E-Z DICKENS SUPERHERO BUKU SATU DAN DUA:

TATTOO ANGEL: TIGA

Cathy McGough

Stratford Living Publishing

APA YANG DIKATAKAN PEMBACA...

"Setelah sebuah tragedi membuat seorang anak laki-laki menjadi yatim piatu, dia menemukan bahwa dia memiliki kekuatan khusus yang akan membantunya menyelamatkan nyawa dalam buku petualangan dewasa muda E-Z Dickens Superhero (Buku Satu: Tattoo Angel) oleh Cathy McGough. Ezekiel Dickens yang berusia tiga belas tahun, E-Z bagi teman-teman dan keluarganya, adalah anak laki-laki biasa yang menyukai bisbol. Sebuah kecelakaan membuatnya kehilangan orang tuanya dan membuatnya harus duduk di kursi roda,

Teka-teki dan hantu berlimpah dalam petualangan supernatural dewasa muda, E-Z Dickens Superhero oleh Cathy McGough. Dengan pesan yang positif, cerita ini dapat membantu mereka yang menderita trauma dan cedera untuk sembuh dan mengubah cara pandang mereka."

EMPAT BINTANG - PENGULAS AMAZON - BUKU SATU: TATTOO ANGEL

Ketika E-Z terbangun di rumah sakit setelah mengalami kecelakaan tragis, kedua orangtuanya telah meninggal dan anak berusia 13 tahun ini tidak dapat menggerakkan jari-jari kakinya. Meskipun terkurung di kursi roda, dia menemukan bahwa dia bisa terbang - dengan sayap yang tumbuh dari lengannya di tempat yang seharusnya ada tato. Dia tidak dibiarkan berjuang sendiri di dunia baru yang aneh, karena dia memiliki Paman Sam yang turun tangan untuk membesarkannya, bersama dengan entitas supernatural yang muncul ketika Anda tidak menduganya.

Saya suka E-Z. Dia unik, dan meskipun sebuah kecelakaan menggagalkan mimpinya untuk menjadi pemain bisbol profesional, dia tidak mengasihani dirinya sendiri dan menarik pembaca untuk ikut bersamanya. Sikapnya menggembirakan (terlepas dari kenyataan bahwa dia memiliki sayap, tidak ada permainan kata-kata). Pembaca akan bersorak untuknya. Senang rasanya melihat seorang karakter cacat memainkan peran sentral dalam plot, daripada hanya berada di pinggir lapangan dan tidak banyak berkontribusi dalam aksi. Tepuk tangan untuk sang penulis. Saya juga menyukai konsep hantu yang memberikan kekuatan khusus kepada E-Z, tetapi saya berharap mereka menjadi lebih berkembang seperti karakter utama lainnya. Namun demikian, cerita yang cerdas. Buku ini akan menarik bagi para remaja muda. Bagus sekali.

LIMA BINTANG - Pengulas Amazon - BUKU DUA: BUKU KETIGA

E-Z DICKENS PAHLAWAN SUPER BUKU DUA: THE THREE oleh Cathy McGough adalah kisah petualangan pahlawan super yang hebat. Karakter utamanya, E-Z, Lia dan Alfred, akan membawa Anda dalam petualangan dengan kejutan-kejutan yang tidak Anda duga. Dan apa hubungan para Malaikat Agung dengan misi mereka? Cari tahu sendiri. Saya sangat menikmati plot, gaya penulisan dan ceritanya, yang membuat saya tetap tegang hingga bab terakhir.

Saya merekomendasikan buku ini kepada siapa saja yang menyukai pahlawan super, ketegangan, aksi, petualangan, remaja, YA, atau fiksi.

Dedikasi

Untuk Dorothy yang percaya.

Daftar isi

BUKU SATU:

TATTOO ANGEL

PROLOG

Makhluk pertama terbang ke dada E-Z dan mendarat, dengan dagu terangkat ke depan dan tangan di pinggul. Dia berputar sekali, searah jarum jam. Berputar lebih cepat, dari kepakan sayapnya terdengar sebuah lagu. Nyanyian itu berupa erangan pelan. Sebuah lagu sedih dari masa lalu untuk merayakan kehidupan yang telah tiada. Makhluk itu bersandar ke belakang, kepalanya bersandar di dada E-Z. Putarannya berhenti tapi lagu itu terus diputar.

Makhluk kedua bergabung, melakukan ritual yang sama, sambil berputar berlawanan arah jarum jam. Mereka menciptakan lagu baru, tanpa bunyi bip-bip dan zoom-zoom. Karena saat mereka bernyanyi, onomatope tidak diperlukan. Sedangkan dalam percakapan sehari-hari dengan manusia, hal itu diperlukan. Lagu ini melapisi lagu yang lain dan menjadi sebuah perayaan yang penuh sukacita dan bernada tinggi. Sebuah syair untuk hal-hal yang akan datang, tentang kehidupan yang belum dijalani. Sebuah lagu untuk masa depan.

Semprotan debu berlian menyembur dari rongga mata emas mereka saat mereka berputar dengan sinkronisasi yang sempurna. Debu berlian menyembur dari mata mereka ke tubuh E-Z yang sedang tertidur. Pertukaran itu terus berlanjut, hingga menutupi tubuhnya dengan debu berlian dari ujung kepala hingga ujung kaki.

Remaja itu terus tertidur pulas. Hingga debu berlian menusuk dagingnya - kemudian dia membuka mulutnya untuk berteriak tapi tidak ada suara yang keluar.

"Dia bangun, bip-bip."

"Angkat dia, zoom-zoom."

Bersama-sama mereka mengangkatnya saat dia membuka matanya yang berkaca-kaca.

"Tidurlah lagi, bip-bip."

"Jangan merasa sakit, zoom-zoom."

Sambil mendekap tubuhnya, kedua makhluk itu menerima rasa sakitnya ke dalam diri mereka.

"Bangunlah, bip-bip," perintahnya.

Dan kursi roda itu pun terangkat. Dan, memposisikan dirinya di bawah tubuh E-Z, ia menunggu. Ketika tetesan darah turun, kursi roda itu menangkapnya. Menyerapnya. Mengkonsumsinya - seperti makhluk hidup.

Saat kekuatan kursi itu meningkat, ia juga bertambah kuat. Tak lama kemudian, kursi itu dapat menahan tuannya di udara. Hal ini memungkinkan kedua makhluk itu menyelesaikan tugas mereka. Tugas mereka adalah menyatukan kursi dan manusia. Mengikat mereka, untuk selama-lamanya dengan kekuatan debu berlian, darah, dan rasa sakit.

Saat tubuh remaja itu bergetar, tusukan di kulitnya sembuh. Tugasnya telah selesai. Debu berlian adalah bagian dari esensinya. Dengan demikian, musik pun berhenti.

"Sudah selesai. Sekarang dia kebal peluru. Dan dia memiliki kekuatan super, bip-bip."

"Ya, dan itu bagus, zoom-zoom."

Kursi roda itu kembali ke lantai, dan remaja itu naik ke tempat tidurnya.

"Dia tidak akan memiliki ingatan tentang hal itu, tapi sayapnya yang asli akan segera berfungsi, bip-bip."

"Bagaimana dengan efek samping lainnya? Kapan mereka akan mulai, dan apakah mereka akan terlihat zoom-zoom?"

"Itu yang saya tidak tahu. Dia mungkin akan mengalami perubahan fisik... itu adalah risiko yang layak diambil untuk mengurangi rasa sakit, bip-bip."

"Setuju zoom-zoom."

PENYEBAB

Semua keluarga memiliki perbedaan pendapat. Ada yang berdebat tentang setiap hal kecil. Keluarga Dickens sepakat dalam banyak hal. Musik bukanlah salah satunya.

"Ayolah Ayah," kata E-Z yang berusia dua belas tahun. "Aku bosan dan mereka sedang memutar lagu-lagu musik di satelit sekarang."

"Apakah kamu tidak membawa headphone-mu?" tanya ibunya, Laurel.

"Ada di ransel saya di bagasi." Dia menghela napas.

"Kita bisa saja berhenti dan mengambilnya..."

Martin, ayah anak laki-laki itu yang sedang menyetir memeriksa waktu. "Saya ingin sampai ke kabin di pegunungan sebelum hari gelap. Muse tidak masalah bagi saya. Lagipula, kita akan segera sampai di sana."

Laurel memutar tombol pada sistem satelit di mobil merah baru mereka. Dia ragu-ragu sejenak saat mendengar Classic Rock. Penyiar berkata, "Selanjutnya adalah lagu Kiss, I Wanna Rock N Roll All Night. Jangan sentuh tombol itu."

"Tunggu, itu lagu yang bagus!" teriak anak itu.

"Apa, tidak ada lagi Muse?" Laurel bertanya, sambil tetap memegang tombolnya.

"Setelah Kiss, oke?"

"Kiss saja," kata Martin, sambil membalik-balik wiper kaca depan. Saat itu hujan belum turun, tetapi guntur menggelegar. Ranting-ranting dan puing-puing lainnya berdesing masuk dan keluar dari kendaraan mereka saat mereka mendaki gunung.

Laurel bersin dan menaruh penanda buku di halamannya. Ia menyilangkan tangan sambil menggigil. "Angin itu benar-benar menderu-deru. Bolehkah kita menaruhnya di atas?"

"Aku setuju," kata E-Z sambil menyingkirkan ranting-ranting dari rambut pirangnya.

DUK.

Tidak ada waktu untuk berteriak-ketika musik berhenti.

Telinga bocah itu masih berdenging akibat suara yang dibarengi dengan ledakan empat kantung udara. Darah menetes di dahinya saat ia menyentuh benda yang ada di kakinya: sebuah pohon. Darah menggenang di dalam dan di sekitar penyusup kayu itu. Dia mengusapkan jarinya di sepanjang batang pohon. Rasanya seperti kulit; dia adalah pohon itu, dan pohon itu adalah dirinya.

"Ibu? Ayah?" ia terisak, dadanya sesak. "Ibu? Ayah? Tolong jawab!"

Dia harus memanggil bantuan. Di manakah ponselnya? Dampak dari tabrakan itu telah membuatnya terlempar. Dia bisa melihatnya, tapi terlalu jauh untuk dijangkau. Atau apakah itu? Dia adalah seorang penangkap bola, dan beberapa orang mengatakan bahwa lengan lemparannya seperti karet. Dia berkonsentrasi, meregangkan dan meregangkan lengannya hingga dia mendapatkannya.

Sinyal itu sangat kuat saat jari-jarinya yang berlumuran darah mendorong angka 9-1-1, lalu terputus. Agar mereka dapat menemukannya, dia harus menggunakan layanan baru yang telah disempurnakan. Dia mengetik E9-1-1. Hal ini memberikan izin kepada pihak berwenang untuk mengakses lokasi, nomor telepon, dan alamatnya.

"Layanan Darurat. Apa keadaan darurat Anda?"

"Tolong! Kami butuh bantuan! Tolong. Orang tuaku!"

"Pertama, katakan padaku, berapa umurmu? Siapa namamu?"

"Aku dua belas tahun. Mereka memanggilku E-Z."

"Tolong verifikasi alamat dan nomor telepon Anda."

Dia melakukannya.

"Hai E-Z. Ceritakan tentang orang tuamu. Dapatkah Anda melihat mereka? Apakah mereka sadar?"

"Aku, aku tidak bisa melihat mereka. Sebuah pohon menimpa mobil, menimpa mereka dan kakiku. Tolong. Tolonglah."

"Kami mendapatkan lokasimu sekarang."

E-Z memejamkan matanya.

"E-Z?" Lebih keras, "E-Z!"

Anak itu datang. "Aku, maaf, aku."

"Kami mengirim helikopter. Cobalah untuk tetap terjaga. Bantuan sedang dalam perjalanan."

"Terima kasih," matanya terkulai tertutup, dia memaksa untuk membukanya. "Aku harus tetap terjaga. Dia mengatakan untuk tetap terjaga." Yang ingin dia lakukan hanyalah tidur, tidur untuk mengakhiri semua rasa sakitnya.

Di atasnya, dua lampu, satu lampu hijau dan satu lampu kuning berkedip-kedip di depan matanya. Untuk sesaat, dia mengira dia melihat sayap-sayap kecil mengepak saat kedua benda itu melayang.

"Dia dalam keadaan bahaya," kata yang hijau, bergerak untuk melihat lebih dekat.

"Ayo kita bantu dia," kata yang kuning sambil melayang lebih tinggi.

E-Z mengangkat tangannya, untuk menepis lampu yang berkedip-kedip. Suara bernada tinggi menyakiti telinganya.

"Apakah kamu setuju untuk membantu kami?" lampu-lampu itu bernyanyi.

"Ya. Tolong aku."

Kemudian semuanya menjadi gelap.

EFEK

Sam, paman E-Z sedang berada di rumah sakit ketika dia bangun. Anak laki-laki itu tidak mengajukan pertanyaan - di mana orangtuanya berada - karena dia tidak ingin mendengar jawabannya. Jika dia tidak tahu, dia bisa berpura-pura bahwa mereka baik-baik saja. Bahwa mereka akan masuk ke kamarnya dan memeluknya sebentar lagi. Namun, di dalam benaknya ia tahu, bahkan ia percaya bahwa mereka sudah mati. Dia membayangkannya dalam pikirannya, bagaimana dia akan melempar selimutnya dan berlari ke arah mereka dan mereka akan berkumpul bersama dalam sebuah pelukan dan menangis tentang betapa beruntungnya mereka. Tapi tunggu dulu, mengapa dia tidak bisa menggoyangkan jari-jari kakinya? Dia mencoba lagi, berkonsentrasi dengan keras tetapi tidak ada yang terjadi.

Sam yang memperhatikan berkata, "Tidak ada cara yang lebih mudah untuk mengatakan hal ini," sambil menahan isak tangis.

"Kakiku," kata E-Z, "Aku, aku tidak bisa merasakannya."

Paman Sam meremas tangan keponakannya. "Kakimu..."

"Oh tidak. Jangan katakan padaku. Jangan."

Dia merenggut tangannya dari pamannya. Dia menutupi wajahnya, menciptakan penghalang antara dirinya dan dunia saat air mata mengalir di pipinya.

Paman Sam ragu-ragu. Keponakannya sudah menangis, sudah berduka, namun dia harus menceritakan tentang orang tuanya. Tidak ada cara yang mudah untuk mengatakannya, jadi dia mengatakannya, "Orang tuamu. Kakakku dan ibumu... mereka tidak selamat."

Mengetahui dan mendengar kata-kata itu adalah dua hal yang berbeda. Yang satu menjadikannya fakta. E-Z menengadahkan kepalanya ke belakang dan melolong seperti hewan yang terluka, gemetar, dan ingin melarikan diri, ke mana saja. Hanya pergi.

"E-Z, aku di sini untukmu."

"Tidak! Itu tidak benar. Kau bohong. Kenapa kau bohong padaku?" Dia meronta-ronta, mengepalkan tinjunya dan menghantamkannya ke kasur sambil mengamuk dan mengamuk tanpa ada tanda-tanda berhenti.

Sam menekan tombol di dekat tempat tidur. Dia mencoba menenangkannya, tetapi E-Z tidak terkendali, meronta-ronta dan mengumpat. Dua perawat datang; satu memasukkan jarum infus sementara yang lain bersama Sam berusaha membuatnya tetap tenang dan dia berbisik pelan bahwa semuanya akan baik-baik saja.

Sam melihat keponakannya di alam mimpi atau di mana pun dia berada sekarang - tersenyum. Dia mengenang senyum itu, berpikir bahwa akan butuh waktu lama sebelum dia bisa melihatnya lagi di wajah keponakannya. Perjalanannya akan panjang dan sulit. Keponakannya harus menghadapi hari di mana hidupnya hancur berantakan. Setelah dia melakukan itu, dia bisa berjuang dan bersama-sama mereka bisa membangun kehidupan yang baru. Baru - berbeda - tidak sama. Tidak akan ada yang sama lagi.

Semua karena mereka berada di tempat yang salah pada waktu yang salah. Korban alam: sebatang pohon. Sebatang pohon yang menjadi senjata alam karena kelalaian manusia. Struktur kayu itu telah mati, akar-akarnya di atas tanah berlomba-lomba mencari perhatian selama bertahun-tahun. Dan ketika mereka memberitahunya bahwa pohon itu telah ditandai dengan tanda X untuk ditebang pada musim semi - dia ingin berteriak.

Namun, ia malah menelepon pengacara terbaik yang ia kenal. Dia ingin seseorang membayar - untuk menanggung tagihan atas dua nyawa yang terenggut terlalu cepat, dan untuk kaki dan nyawa keponakannya yang hancur.

Namun, apa gunanya? Tidak ada yang bisa mengubah masa lalu - tetapi di masa depan dia akan membantu keponakannya menemukan jalannya. Pada saat itu Sam merumuskan sebuah rencana.

Sam menyerupai Harry Potter versi dewasa (tanpa bekas luka). Sebagai satu-satunya kerabat E-Z yang masih hidup, dia akan merawat keponakannya. Sebuah peran yang dia abaikan di masa lalu. Dia berusaha menjadi seperti kakaknya, Martin - bukan untuk menggantikannya.

Dia menepis alasan-alasan itu, yang menggelegak di dalam dirinya. Mencoba membuatnya menggunakan pekerjaan untuk membebaskannya dari tanggung jawab. Dia akan pergi, menghapus semua kewajiban. Kemudian dia bisa berhenti menyalahkan dirinya sendiri. Membenci dirinya sendiri atas semua waktu yang terbuang.

Sementara keponakannya tidur, dia menelepon CEO Perusahaan Perangkat Lunaknya. Sebagai seorang Programmer Senior yang berprestasi di bidangnya - dia berharap mereka akan mencapai kompromi. Dia mengatakan kepada mereka apa yang ingin dia lakukan.

"Tentu, Sam. Kamu bisa bekerja dari jarak jauh. Tidak ada yang akan berubah. Anda lakukan apa yang harus Anda lakukan. Kami bersamamu. Keluarga yang pertama - selalu."

Ketika dia memutuskan hubungan, dia kembali ke samping tempat tidur keponakannya. Untuk saat ini, dia akan pindah ke rumah keluarga, sehingga E-Z dapat tetap berada di dekat teman-temannya dan sekolahnya. Bersama-sama mereka akan menyatukan kembali kepingan-kepingan itu dan membangun kembali kehidupannya. Itu jika dia tidak benar-benar panik. Sebagai seorang bujangan, dia hanya memiliki sedikit atau bahkan tidak memiliki pengalaman dengan anak-anak - apalagi remaja.

$$***$$

Setelahmeninggalkan rumah sakit - dipaksa oleh takdir - mereka tidak punya pilihan lain selain menciptakan ikatan yang lebih dari sekadar darah.

E-Z menolak, dengan menyangkal bahwa dia bisa melakukan semuanya sendiri. Pada akhirnya dia tidak punya pilihan selain menerima bantuan yang ditawarkan.

Sam melangkah maju - selalu ada untuknya - seolah-olah dia tahu apa yang dibutuhkan keponakannya sebelum dia memintanya.

Dan dia ada di sana untuk E-Z pada hari terburuk kedua dalam hidupnya - ketika dia diberitahu bahwa dia tidak akan pernah bisa berjalan lagi.

"Masuklah," kata Dr. Hammersmith, salah satu Ahli Bedah Saraf Ortopedi terbaik.

Dengan kursi rodanya, E-Z masuk, diikuti oleh Sam.

Hammersmith terkenal dengan kemampuannya memperbaiki apa yang tidak bisa diperbaiki dan dia akan memperbaikinya. Dalam konsultasi sebelumnya, ia telah berjanji kepada anak itu bahwa ia akan bermain bisbol lagi.

"Maafkan saya," kata Hammersmith. Setelah beberapa detik keheningan yang tidak nyaman, dia mengisinya dengan mengacak-acak beberapa kertas.

"Apa sebenarnya yang membuatmu menyesal?" E-Z bertanya, sambil mendorong sekuat tenaga untuk bergerak maju dari kursinya. Karena tidak dapat menyelesaikan tugasnya, dia tetap di tempatnya.

"Apa yang dia tanyakan," kata Sam, dengan mudahnya bergerak maju ke depan di kursinya.

Hammersmith berdeham. "Kami berharap karena semuanya berfungsi normal, kelumpuhannya mungkin hanya sementara. Itulah mengapa saya mengirim Anda untuk melakukan tes lebih lanjut dan menyarankan beberapa terapi fisik. Tidak ada keraguan lagi sekarang, saya minta maaf untuk mengatakannya pada E-Z, tapi Anda tidak akan pernah bisa berjalan lagi."

"Bagaimana Anda bisa melakukan ini padanya?" Sam bertanya.

Kata-katanya yang terakhir meresap ke dalam hati. "Keluarkan aku dari sini, Paman Sam!"

"Tunggu," kata Hammersmith, tidak bisa menatap mata mereka. "Saya sudah meminta bantuan dari rekan-rekan saya di seluruh dunia. Kesimpulan mereka sama."

"Terima kasih banyak."

"E-Z, ini saatnya bagi Anda untuk melanjutkan. Saya tidak ingin memberi Anda lebih banyak harapan palsu. "

Sam berdiri, meletakkan tangannya di pegangan kursi roda.

"Kita akan mendapatkan pendapat kedua dan ketiga dan keempat!"

"Anda bisa melakukannya," kata Hammersmith, "tapi kami sudah melakukannya. Jika ada sesuatu yang baru, di luar sana - apa pun yang bisa kita manfaatkan - maka kita akan melakukannya. Banyak hal dapat berubah dalam hidup Anda E-Z. Bidang penelitian sel punca mengalami kemajuan. Sementara itu, saya tidak ingin Anda menjalani hidup Anda untuk hal yang tidak pasti."

Kemudian diarahkan pada Sam,

"Jangan biarkan keponakanmu menyia-nyiakan hidupnya. Bantu dia untuk membangun kembali dan kembali ke tanah kehidupan. Oh, dan saya benci untuk mengungkit hal ini, tapi kami akan segera membutuhkan kursi roda kembali - sepertinya kami memiliki sedikit kekurangan. Jika Anda tidak keberatan untuk membuat pengaturan lain."

"Baiklah," kata Sam, saat mereka meninggalkan kantor Hammersmith tanpa berbicara. Dia memasukkan kursi roda ke dalam bagasi, memasang sabuk pengaman dan menyalakan mobil.

"Ini akan baik-baik saja."

E-Z yang air matanya mengalir di pipinya, menghapusnya. "Maafkan aku."

"Kamu tidak perlu meminta maaf padaku nak, karena telah menunjukkan perasaanmu."

Sam menghantamkan tinjunya ke setir mobil, lalu keluar dari tempat parkir sambil memekik bannya.

Mereka melaju tanpa berbicara selama beberapa saat, lalu dia mengulurkan tangan dan menyalakan radio. Hal itu memecah keheningan di antara keduanya dan memberikan kesempatan kepada E-Z untuk meneriakkannya tanpa merasa sadar diri.

Pada saat mereka berbelok ke jalan masuk ke rumah, mereka merasa tenang dan lapar. Rencananya adalah untuk menonton beberapa program dan memesan pizza.

Beberapa hari kemudian, sebuah kursi roda baru tiba.

✳✳✳

Dua lampu: satu lampu kuning dan satu lampu hijau berkedip-kedip di dekat kursi roda baru E-Z.

"Yang ini tidak bisa, bip-bip."

"Saya setuju, ini tidak akan berfungsi sama sekali. Dia membutuhkan sesuatu yang lebih ringan, lebih kuat, tahan api, anti peluru, dan penyerap, zoom-zoom."

"Kau tahu siapa yang bilang kita tidak boleh membuang waktu - jadi, ayo kita lakukan, sebelum manusia bangun, bip-bip."

Lampu-lampu menari-nari di sekeliling kursi roda. Satu mengganti logam dan yang lainnya mengganti ban. Ketika mereka menyelesaikan prosesnya, kursi roda itu terlihat sama seperti sebelumnya, tetapi sebenarnya tidak.

E-Z berbisik dalam tidurnya.

"Ayo kita pergi dari sini! Bip bip bip!"

"Tepat di belakangmu! Zoom zoom!"

Dan, mereka melakukannya saat anak itu tertidur.

***

Setahun kemudian, bagi E-Z, Paman Sam selalu ada di sana. Bukan berarti dia telah menggantikan orang tuanya. Tidak, dia tidak akan pernah bisa melakukan itu, bahkan dia tidak akan mencobanya - tetapi mereka berhasil. Mereka adalah pasangan. Mereka lebih dari itu, mereka adalah keluarga. Satu-satunya keluarga yang tersisa bagi anak berusia tiga belas tahun itu di dunia.

"Saya ingin berterima kasih," katanya, berusaha untuk tidak berkaca-kaca.

"Kamu tidak perlu berterima kasih padaku, nak."

"Tapi aku harus, Paman Sam, tanpamu, aku akan menyerah."

"Kamu terbuat dari bahan yang lebih kuat dari itu."

"Aku tidak. Sejak kecelakaan itu aku menjadi takut, maksudku benar-benar takut. Aku sering mengalami mimpi buruk."

"Kita semua merasa takut; akan sangat membantu jika Anda membicarakannya. Maksud saya, jika Anda ingin membicarakannya dengan saya."

"Kadang-kadang terjadi pada malam hari - ketika Anda sedang tidur. Saya tidak ingin membangunkan Anda."

"Saya ada di sebelah dan dindingnya tidak terlalu tebal. Berteriaklah dan saya akan datang. Aku tidak keberatan."

"Terima kasih, saya harap saya tidak perlu, tapi ada baiknya saya tahu."

Mereka kembali menonton televisi dan tidak pernah membahas masalah itu lagi.

Hingga suatu malam, ketika E-Z terbangun sambil berteriak dan Sam seperti yang dijanjikan ada di sana.

Dia menyalakan lampu. "Aku di sini. Apa kau baik-baik saja?"

E-Z berpegangan pada tepi tempat tidur, seperti seseorang yang akan terjun dari tebing. Dia membantunya kembali ke kasur.

"Lebih baik sekarang?"

"Ya, terima kasih."

"Ingin membicarakannya? Aku bisa membuatkanmu coklat."

"Dengan marshmallow?"

"Tak perlu dikatakan lagi. Aku segera kembali."

"Oke." E-Z memejamkan matanya sejenak, dan suara-suara bernada tinggi itu kembali terdengar. Dia menutup telinganya dan memperhatikan lampu kuning dan hijau yang menari-nari di depan matanya. Dia melepaskan tangannya, mendengar suara kaki telanjang Pamannya saat mereka menghentak-hentak di sepanjang koridor.

"Ini dia," kata Sam, meletakkan secangkir cokelat panas ke tangan keponakannya. Dia memarkir dirinya di kursi roda dan menyesapnya sambil menghela napas.

Dengan tangan kirinya, E-Z menepuk-nepuk udara, hampir menumpahkan minumannya.

"Apa yang kamu lakukan?"

"Apa kau tidak bisa mendengarnya? Suara yang memekakkan telinga itu?"

Sam mendengarkan dengan saksama, tidak ada apa-apa. Dia menggelengkan kepalanya. "Jika kamu mendengar sesuatu yang aneh, mengapa kamu mencoba untuk menepisnya?"

E-Z fokus pada minuman panasnya, lalu menelan sebuah marshmallow mini. "Kurasa kau tidak bisa melihat cahaya?"

"Lampu? Lampu seperti apa?"

"Dua lampu: satu hijau dan satu kuning. Kira-kira seukuran ujung jarimu. Di sini terus menerus - sejak kecelakaan itu. Menusuk telingaku dan berkedip-kedip di depan mataku. Mengganggu saya."

Sam pergi ke kepala tempat tidur dan melihat dari sudut pandang keponakannya. Dia tidak berharap untuk melihat apa pun - dan tentu saja tidak - upaya itu untuk meyakinkan. "Tidak, tapi ceritakan lebih banyak lagi, jadi saya bisa lebih memahami bagaimana kejadiannya."

"Saat kecelakaan, saya melihat dua lampu, kuning dan hijau dan, jangan tertawa, tapi saya pikir mereka berbicara kepada saya. Itulah mengapa saya mengalami mimpi buruk."

"Lampu seperti apa? Maksudmu, seperti lampu Natal?"

"Eh, bukan, bukan lampu Natal. Bukan apa-apa. Lampu-lampu itu sudah tidak ada lagi sekarang. Mungkin gangguan stres pascatrauma, atau kilas balik."

"PTSD atau kilas balik adalah dua hal yang sangat berbeda. Aku ingin tahu apakah, kamu harus berbicara dengan seseorang. Maksudku seseorang, selain aku."

"Maksudmu seperti teman-temanku?"

"Tidak, maksudku seorang profesional."

POP.

POP.

Mereka kembali lagi. Berkedip di depan hidungnya dan membuatnya juling. Dia menahan diri. Mencoba untuk tidak menepisnya. Saat Sam mengambil cangkirnya dengan satu tangan dan meraba dahinya dengan tangan yang lain, dia menampar udara. "Menjauhlah dariku!"

Sam melihat keponakannya membeku, seperti patung es di Festival Musim Dingin. Sam menjentikkan jari-jarinya di depan matanya, tetapi tidak ada reaksi. E-Z menghela napas dan bersandar ke belakang, menarik napas dalam-dalam dan dalam hitungan detik, ia mendengkur seperti seorang polisi. Sam menarik selimutnya ke atas. Dia mencium kening keponakannya, lalu kembali ke kamarnya. Akhirnya dia tertidur.

Keesokan harinya, Sam menyarankan E-Z untuk menuliskan perasaannya, mungkin di buku harian. Sementara itu, dia akan menanyakan tentang membuat janji dengan seorang profesional.

"Maksudmu seorang psikiater?"

"Atau seorang psikolog. Dan sementara itu, tulislah. Ketika Anda melihat mereka, seperti apa mereka - catatlah penampakannya."

"Sebuah buku harian, maksud saya, saya terlihat seperti siapa, Oprah Winfrey?"

"Tidak," kata Sam. "Nak, kamu mengalami mimpi buruk, mendengar suara-suara bernada tinggi, dan melihat cahaya. Itu mungkin pertanda, seperti yang kamu katakan PTSD atau sesuatu yang bersifat medis. Saya perlu menyelidiki dan berbicara dengan dokter Anda, dapatkan sarannya. Sementara itu, menuliskan pikiran Anda, membuat jurnal mungkin bisa membantu. Banyak pria yang menulis buku harian atau membuat jurnal."

"Sebutkan satu yang namanya saya kenali?"

"Coba kita lihat, Leonardo da Vinci, Marco Polo, Charles Darwin."

"Maksud saya seseorang dari abad ini."

"Anda sudah menyebutkan Oprah."

$$\text{❋❋❋}$$

Kesehatan mental E-Z membaik setelah beberapa sesi dengan terapis/konselor. Ia bersikap baik dan tidak menghakimi remaja tersebut, seperti yang ia takutkan. Sebaliknya, dia menawarkan saran dan strategi khusus untuk menenangkan dan membantunya. Dia, seperti Paman Sam-nya juga menyarankan agar dia menuliskan semuanya - dalam jurnal atau buku harian.

Sebagai gantinya, dia menulis sebuah cerita pendek untuk tugas sekolah yang terinspirasi oleh burung favorit ibunya: burung merpati. Setelah ia menerima nilai A+ untuk karyanya, gurunya mengikutsertakan cerpennya ke dalam kontes menulis tingkat provinsi. Pada awalnya, ia merasa kesal karena gurunya mengikutsertakan ceritanya tanpa memintanya. Namun, ketika ia menang, ia sangat senang. Sejak saat itu, gurunya mengikutsertakan ceritanya ke dalam kompetisi tingkat nasional.

Sementara keponakannya mendalami seni menulis, Sam memiliki hobi baru: silsilah keluarga. Suatu malam ketika mereka sedang makan malam, dia berkata:

"Sekarang kamu sudah menulis sebuah cerita pendek dan meraih kesuksesan, mungkin kamu harus mencoba menulis sebuah novel."

"Aku? Sebuah novel? Tidak mungkin."

"Anda memiliki darah penulis," Paman Sam mengungkapkan. "Melalui penelusuran sejarah kita, saya menemukan bahwa Anda dan saya memiliki hubungan keluarga dengan Charles Dickens."

"Mungkin ANDA harus menulis sebuah novel." Dia tertawa.

"Saya bukan orang yang memiliki cerita pendek yang memenangkan penghargaan."

Lampu hijau dan kuning berkedip-kedip di atas piringnya. Setidaknya dia tidak bisa mendengar suara bernada tinggi dari Paman Sam yang terus berdengung.

".... Lagipula, kau, dan aku, kita adalah sepupu dari Charles Dickens. Lihatlah segala sesuatu yang telah Anda atasi. Kamu adalah anak yang luar biasa - apa yang membuatmu kalah?"

Namanya Ezekiel Dickens, dan inilah kisahnya.

BAB 1

D a lam tiga belas tahun pertama hidupnya, ia dikenal dengan beberapa nama. Yehezkiel, nama lahirnya. E-Z, nama panggilannya. Penangkap bola di tim bisbolnya. Penulis cerita pendek. Anak dari orang tuanya. Keponakan dari pamannya. Sahabat. Sekarang mereka punya nama baru untuknya.

Bukan berarti dia keberatan dengan kata "c". Bahkan, beberapa alternatif lain kurang disukainya. Seperti komentar yang dikatakan beberapa orang, karena mereka pikir itu benar secara politis. "Oh, itu dia anak yang duduk di kursi roda." Mereka mengatakan hal ini sambil menunjuk ke arahnya - seolah-olah mereka mengira dia juga memiliki gangguan pendengaran. Atau mereka akan berkata, "Saya turut prihatin mendengar bahwa Anda adalah pengguna kursi roda." Itu membuatnya merasa ngeri. Tapi yang paling membuatnya tersinggung adalah, "Oh, kamu anak yang menggunakan kursi roda sekarang." Melihat seseorang, terutama yang lebih muda menggunakan kursi roda membuat sebagian orang merasa tidak nyaman. Jika mereka merasa seperti itu, mengapa mereka harus mengatakan sesuatu?

Hal ini memicu sebuah kenangan dari masa lalu. Kenangan tentang orang tuanya, menonton film Bambi di televisi pada Sabtu sore yang hujan. Sang ibu membuat bola-bola popcorn yang terkenal. Mereka makan soda, M&M, marshmallow, dan Twizzlers kesukaan ayah. Thumper si kelinci berkata, "Jika Anda tidak bisa mengatakan sesuatu yang baik, jangan katakan apa-apa." Ketika ibu Bambi meninggal, itu adalah pertama kalinya dia melihat ayah dan ibunya menangis di depan film. Karena dia sangat terkejut dengan perilaku mereka, dia sendiri tidak meneteskan air mata.

Beberapa anak laki-laki di sekolah, memanggilnya "anak pohon". Beberapa di antaranya adalah sesama atlet yang pernah mengaguminya saat dia menjadi raja di belakang plate. Dia membenci sebutan anak pohon. Ia tidak mengasihani dirinya sendiri (tidak sering) dan ia juga tidak ingin orang lain mengasihaninya.

Ketika tiba waktunya baginya untuk kembali ke sekolah pada hari pertama, dia melakukannya dengan bantuan teman-temannya. PJ (kependekan dari Paul Jones) dan Arden mendukung dan mendorongnya, sesuai kebutuhan. Mereka segera dikenal sebagai Trio Tornado. Sebagian besar karena ke mana pun mereka pergi, kekacauan selalu terjadi. Saat itulah E-Z belajar untuk mengharapkan hal yang tidak terduga.

Jadi, ketika teman-temannya muncul di suatu pagi untuk menjemputnya ke sekolah beberapa bulan kemudian - kemudian mengatakan bahwa mereka tidak jadi pergi - dia tidak terlalu terkejut. Ketika mereka mengatakan bahwa mereka harus menutup matanya - itu tidak terduga.

Di kursi belakang dia bertanya. "Kita mau ke mana?" Tidak ada jawaban. "Apakah saya akan menyukainya?"

"Ya," kata teman-temannya.

"Lalu mengapa ada jubah dan belati?"

"Karena ini kejutan," kata PJ.

"Dan kamu akan lebih menghargainya, setelah kita sampai di sana."

"Yah, aku tidak bisa lari." Dia mengejek.

Ibu Arden memarkir mobilnya. "Terima kasih, Bu," katanya.

"Hubungi saya jika kamu membutuhkan saya untuk menjemputmu," katanya.

Kedua teman itu membantu E-Z naik ke kursi rodanya dan mereka pergi.

"Apakah hanya saya, atau kursi ini terasa lebih ringan setiap kali kita membawanya keluar?" Arden bertanya.

"Itu kamu!" PJ menjawab.

Ketika mereka berjalan melintasi tanah yang tidak rata, E-Z bisa mencium bau rumput yang baru dipotong. Ketika teman-temannya membuka penutup matanya, dia sudah berada di lapangan bisbol. Air mata meleleh di matanya ketika dia melihat mantan rekan setimnya, tim lawan, dan Pelatih Ludlow. Mereka berseragam lengkap, berbaris di sepanjang garis dasar yang baru saja digoreskan.

"Selamat datang kembali!" sorak mereka.

E-Z mengusap air mata dengan lengan bajunya saat kursi itu mendekat ke lapangan. Sejak kecelakaan itu merenggut mimpinya untuk bermain bisbol profesional, ia menghindari pertandingan. Dengan benjolan di tenggorokannya, dia begitu dipenuhi emosi hingga tidak bisa menarik napas.

"Dia kehilangan kata-kata," kata PJ, sambil menyenggol Arden dengan sikunya.

"Itu yang pertama."

"Terima kasih, teman-teman. Kalian tidak salah kalau ini adalah sebuah kejutan."

"Tunggu di sini," teman-temannya menginstruksikan.

E-Z ditinggalkan sendirian untuk menikmati pemandangan lapangan bisbol. Tempat yang pernah menjadi tempat favoritnya di dunia. Ia kembali meneteskan air mata, melihat rumput hijau yang berkilauan di bawah sinar matahari. Dia menghapusnya ketika teman-temannya kembali dengan membawa tas berisi peralatan.

Arden mencondongkan badannya, "Kejutan sobat, kamu menangkap ikan hari ini!"

"Apa maksudmu? Saya tidak bisa bermain di sini!" katanya, sambil memukul-mukul lengan kursi roda.

"Ini, lihat ini, sementara kami memasangnya," kata PJ, sambil menyerahkan ponselnya dan menekan tombol play.

E-Z menyaksikan dengan takjub ketika para pemain seperti dirinya, berjalan ke lapangan bisbol. Dia melihat lebih dekat pada kursi mereka yang memiliki roda yang dimodifikasi. Seorang pemain berguling ke arah plate, terhubung dengan bola, dan berputar mengelilingi base.

"Wow, ini luar biasa!"

"Jika mereka bisa melakukannya, Anda juga bisa!" Kata Arden sambil memakaikan bantalan lutut ke kaki temannya, sementara PJ memasang pelindung dada. Dalam perjalanan ke lapangan, teman-temannya melemparkannya topeng dan sarung tangan penangkap bola.

"Ayo memukul!" Pelatih Ludlow berseru.

Pelempar bola pertama melempar bola cepat tepat di zona dan dia menangkapnya.

Lemparan kedua adalah sebuah lemparan ke atas. E-Z melakukannya, meloncat, mengangkat dirinya. Mencapai. Dia bahkan mengejutkan dirinya sendiri saat menangkapnya. Mereka tidak menyadarinya, tapi dia telah mengangkat dirinya. Pantatnya telah meninggalkan dudukan kursinya, dan dia tidak tahu bagaimana dia melakukannya.

"Wow," kata PJ, "itu tangkapan yang luar biasa."

"Ya, kamu mungkin akan melewatkannya, jika bukan karena kursi itu."

E-Z tersenyum dan terus bermain. Ketika permainan selesai, dia merasa senang. Normal. Ia berterima kasih kepada orang-orang yang telah mengembalikannya ke dalam permainan.

"Lain kali, kamu yang memukul," kata PJ.

E-Z mengejek saat Ibu Arden membawa mereka melewati jalan masuk, lalu kembali ke sekolah. Jika mereka bergegas, mereka akan tiba tepat waktu sebelum kelas berikutnya dimulai. Para siswa memadati lorong-lorong sekolah, saat ia berjalan menuju lokernya. Teman-teman sekelasnya mendengar suara ban yang menampar-nampar di lantai linoleum - dan mereka pun berpisah.

E-Z merupakan anak pertama yang membutuhkan akses kursi roda di sekolahnya, namun ia sudah menjadi legenda sebelum ia kehilangan kedua kakinya. Dia membutuhkan banyak waktu untuk meminta bantuan, tetapi begitu dia melakukannya, dia mendapatkannya. Dia sudah mendapatkan rasa hormat dari mereka sebagai seorang atlet, dia telah memenangkan banyak piala dan sebagai bagian dari tim. Dia harus mendapatkan rasa hormat mereka lagi sebagai dirinya yang baru.

Setelah pertandingan, mereka kembali ke sekolah dan menyelesaikan hari itu. Karena baru setengah hari, E-Z cukup lelah ketika Ibu Arden dan teman-temannya mengantarnya pulang sekolah.

Setelah mengucapkan terima kasih kepada mereka, dia masuk ke dalam rumah.

"Aku sudah sampai di rumah, Paman Sam."

"Saya lihat, apakah hari Anda menyenangkan," kata Sam.

"Ya, itu adalah hari yang baik." Dia meregangkan tubuh dan menguap.

"Ayolah. Ada sesuatu yang ingin kutunjukkan padamu. Sebuah kejutan."

"Tidak ada yang lain," kata E-Z, sambil mengikuti pamannya menyusuri lorong. Melewati kamar orang tuanya di sebelah kanan, kamar orang tuanya - yang ditakdirkan untuk menjadi kamar tamu suatu hari nanti. Sampai saat itu, kamar itu persis seperti yang mereka tinggalkan - dan akan tetap seperti itu sampai E-Z memutuskan sebaliknya.

Sesekali Paman Sam menawarkan untuk membantunya membereskan kamar tersebut, namun keponakannya selalu mengatakan hal yang sama.

"Saya akan melakukannya ketika saya siap."

Dengan berat hati, Sam setuju. Dia bertekad bahwa keponakannya harus pindah. Ini adalah langkah pertama menuju tujuan tersebut. Sejak saat itu, ia berbicara dengan konselornya yang mengatakan bahwa Sam harus mendorong E-Z untuk berbicara lebih banyak tentang orang tuanya. Dia mengatakan bahwa menjadikan mereka sebagai bagian dari kehidupan sehari-harinya akan membantunya untuk sembuh lebih cepat. Mereka terus menyusuri lorong, melewati kamar mandi, dan berhenti di sebuah kotak atau ruang penyimpanan.

"Ta-dah!" Paman Sam berkata sambil mendorongnya masuk.

E-Z terdiam saat dia melihat kantor yang baru saja diubah. Di bagian tengah yang terletak di depan jendela yang menghadap ke taman, terdapat sebuah meja kerja. Di atasnya sudah terpasang sebuah PC gaming dan sistem suara yang baru. Dia menggeser kursinya ke bawah meja - sangat pas - sambil menggerakkan jari-jarinya di sepanjang keyboard. Di dekatnya ada sebuah printer, ditumpuk dengan kertas dan tempat sampah - semuanya tertata rapi dalam jangkauan tangan.

Di sebelah kirinya ada sebuah rak buku. Dia menggulingkan tubuhnya mendekat. Rak pertama berisi buku-buku tentang menulis dan buku-buku klasik. Dia mengenali beberapa buku favorit orang tuanya. Rak kedua berisi piala-piala, termasuk penghargaan untuk tulisannya. Rak ketiga dan keempat berisi buku-buku favorit masa kecilnya. Dua rak paling bawah kosong. Matanya menuju ke bagian atas rak buku, ia harus menyandarkan kursinya untuk melihat apa yang ada di sana.

Sam masuk ke dalam ruangan di sampingnya. Dia meletakkan tangannya di bahu keponakannya.

"Itu, saya tidak yakin apakah itu terlalu cepat. I..."

Benda yang paling berharga: foto keluarga. Air mata mengalir di pipinya saat ia mengingat hari pemotretan. Saat itu di sebuah studio fotografi kecil di pusat kota. Mereka semua berdandan. Ayah dengan setelan jas birunya. Ibu dengan gaun biru barunya dengan syal merah yang diikatkan di lehernya. Ayah dengan setelan abu-abu - setelan yang sama dengan yang ia kenakan untuk pemakaman mereka.

Dia menahan isak tangis, mengingat pengaturan di studio fotografer. Studio itu berisi segala sesuatu yang berbau Natal - meskipun saat itu baru bulan Juli. Dia tersenyum, memikirkan dekorasi Natal yang murahan dan perapian palsu. Beberapa minggu kemudian, kartu itu datang bersama pos, tetapi bagi orang tuanya, Natal tidak pernah tiba. Dia memutar kursinya ke arah pintu keluar dan berjalan menyusuri lorong dengan pamannya mengikuti di belakang.

"Saya tahu ini akan memakan waktu. Maafkan saya jika saya terlalu cepat, tapi ini sudah lebih dari satu tahun dan kami, saya dan konselor Anda, berpikir bahwa inilah saatnya."

E-Z terus berjalan. Dia ingin pergi. Untuk melarikan diri ke kamarnya dan menutup diri dari dunia, lalu sesuatu terpikir olehnya. Sesuatu yang penting. Pamannya tidak mungkin mengetahui sejarah foto itu. Jika dia tahu, dia tidak akan menaruhnya di sana. Setelah semua yang telah dia lakukan untuknya, dia berhutang penjelasan kepadanya. Dia berhenti.

"Kami tidak pernah menggunakannnya, itu dimaksudkan untuk kartu Natal kami, tetapi tidak pernah sampai ke hari Natal."

"Aku sangat menyesal. Aku tidak tahu."

"Aku tahu kamu tidak tahu, tapi itu tidak mengurangi rasa sakitnya."

Lelah secara fisik dan mental, ia berjalan mendekati kamarnya. Dialog batinnya berlanjut dengan penguatan positif. Mengingatkan dia bahwa semuanya akan terlihat lebih baik di pagi hari. Karena hampir selalu begitu.

"Kamar ini seharusnya menjadi tempat untukmu menulis. Ingat, kamu adalah seorang penulis pemenang penghargaan sekarang, dan kamu memiliki darah penulis."

Dia hampir sampai di kamarnya - mengapa pamannya tidak mengizinkannya pergi? Emosinya berkobar.

"Saya menulis satu cerita pendek, tapi bukan berarti saya bisa menulis lebih banyak atau ingin menulis. Anda bilang, saya memiliki darah Charles Dickens yang mengalir di pembuluh darah saya, tetapi yang saya inginkan adalah menjadi seorang penangkap bola untuk L.A. Dodgers. Hanya karena mereka memanggil saya "anak pohon" - bukan berarti saya harus puas. Mengapa saya harus puas?"

"Saya berharap Anda tidak membiarkan mereka masuk ke dalam kepala Anda."

"Saya adalah anak pohon! Kalau bukan karena pohon yang menyebalkan itu!" serunya sambil berbalik badan dan memukulkan sikunya ke dinding. Tulangnya yang tidak begitu lucu dan lucu itu terasa sakit sekali.

"Apa kamu baik-baik saja?"

E-Z mendengus menjawab, lalu melanjutkan perjalanan ke kamarnya. Dia berencana untuk membanting pintu di belakangnya. Namun, dia terjepit setengah masuk dan setengah keluar dari pintu. Kemudian roda kursinya terkunci.

"SIAL!"

Sam melepaskan kursinya tanpa mengucapkan sepatah kata pun. Menutup pintu sambil berjalan keluar.

E-Z mengambil beberapa barang yang tidak bisa dipecahkan dan melemparkannya ke dinding. Untuk menenangkan diri, dia membayangkan orang tuanya, menceritakan betapa bangganya mereka terhadap dirinya. Dia merindukan itu. Tapi, jika ayahnya ada di sini sekarang, dia akan memarahinya karena telah menjadi anak nakal. Ibunya juga akan memarahinya, tetapi dengan cara yang lebih baik dan lembut. Dia menyeka air matanya. Merasakan sengatan rasa malu dan tubuhnya terkulai lemas di kursi rodanya.

Paman Sam bertanya dari balik pintu yang tertutup, "Apakah kamu baik-baik saja?"

"Jangan ganggu aku!" E-Z menjawab. Padahal dia membutuhkan bantuannya. Tanpa dia, dia tidak bisa mengenakan piyama atau naik ke tempat tidur. Dia harus tidur di kursi, dengan pakaiannya. Jauh di lubuk hatinya, ia selalu mengetahui kebenarannya. Jika dia berhenti peduli, maka semua orang juga akan berhenti peduli. Maka dia akan benar-benar sendirian.

Dia mendorong kursinya ke jendela dan melihat ke langit malam. Musik. Musik adalah satu-satunya hal yang benar-benar menghubungkan mereka sebagai sebuah keluarga. Tentu saja, mereka memiliki perbedaan dalam genre musik, tetapi ketika sebuah lagu yang bagus diputar di radio, mereka mengesampingkannya.

Seekor kucing hitam kusam berjalan melintasi halaman. Ibunya selalu ingin mereka pergi ke New York dan melihat pertunjukan Kucing di Broadway. Dia berharap mereka pergi bersama. Menciptakan kenangan. Sekarang mereka tidak akan pernah melakukannya. Lagu itu, sesuatu tentang kenangan membuatnya meraih ponselnya. Dia memilih lagu hard rock, mengeraskan volumenya. Menggunakan tinjunya untuk menggebuk ketukan di lengan kursinya saat dia mengoceh dan meneriakkan liriknya.

Hingga ia menggoyangkannya dengan sangat keras hingga ia berguling dari kursinya dan membentur lantai. Pada awalnya, melihat kamarnya dari bawah ke atas, dia ingin menangis. Namun, dia malah tertawa dan tidak bisa berhenti.

"Kamu baik-baik saja di sana?" Sam bertanya.

"Eh, aku butuh bantuanmu." Perutnya sakit karena terlalu banyak tertawa.

Reaksi awal Sam adalah khawatir - ketika ia melihat keponakannya di lantai sambil memegangi perutnya. Ketika dia menyadari bahwa dia memegangnya karena tertawa, dia merosot ke lantai di sampingnya.

Kemudian, ketika Sam akan pergi, dia berkata, "Kamu akan baik-baik saja, nak."

"Kami akan baik-baik saja."

Saat itulah mereka membuat perjanjian untuk membuat tato.

BAB 2

"Sayang, aku tidak bisa bermain bisbol dengan kalian hari ini."

"Ayolah," kata Arden. "Kau tidak seburuk itu terakhir kali."

"Enyahlah," jawab E-Z. Dia menambah kecepatan untuk menemui pamannya dan bertabrakan dengan Mary Garner, Ketua Pemandu Sorak.

"Oh, maaf, Mary."

Itu adalah pertama kalinya dia melihatnya sejak kecelakaan itu. Dia mendongak, saat rambutnya tergerai seperti tirai yang menutupi matanya: baunya seperti kayu manis dan madu.

"Goblok," katanya. "Perhatikan ke mana kamu pergi."

Dia mundur dan berjalan pergi. Rombongannya mengikuti.

Dia tersenyum, menjulurkan lehernya untuk mengawasinya. Teman-temannya mengikuti dan melakukan hal yang sama. Arden bersiul.

Ia melirik ke belakang dan membalikkan burung itu ke arah mereka.

"Ya Tuhan, dia luar biasa," kata PJ.

"Dia seksi," kata Arden.

"Sangat."

Saat meninggalkan sekolah, PJ bertanya, "Jadi, beritahu kami mengapa kalian tidak ingin bermain hari ini."

"Ya, bantu kami, mengerti," kata Arden sambil menarik wajahnya dan menyilangkan matanya. "Kami tidak berguna tanpamu."

"Dengar, Paman Sam dan aku sudah membuat perjanjian. Untuk melakukan sesuatu bersama - sesuatu yang besar - sepulang sekolah hari ini."

Teman-temannya menyilangkan tangan mereka menghalangi jalan menuju kursinya.

"Kamu masih berniat untuk mengucilkan kami - dan kamu bahkan tidak mau memberi tahu kami alasannya?" kata PJ yang berambut merah.

"Kamu benar-benar brengsek."

"Kami tidak akan pernah melakukan itu padamu."

Mereka berjalan menjauh, menambah kecepatan.

E-Z mempercepat, tapi itu tidak cukup. "Tunggu! Kami akan membuat tato!"

Teman-temannya berhenti di jalur mereka.

"Aku akan membuat tato untuk mengenang ayah dan ibuku - sayap merpati, satu di setiap bahu."

"Kami ikut denganmu!"

"Saya pikir kalian akan mengira saya cengeng."

Mereka terus berjalan tanpa berbicara sedikit pun.

"Paman Sam akan menemuiku di tempat tato."

BAB 3

Ketika Sam melihat keponakannya bersama teman-temannya, dia terkejut.

"Saya pikir perjanjian ini hanya di antara kita, yaitu rahasia?"

"Teman-teman ingin mengajak saya bermain - saya harus memberi tahu mereka."

"Oke, cukup adil. Tapi saya tidak terbiasa mewakili orang tua mereka atau memberikan izin atas nama orang tua mereka." Kemudian kepada PJ dan Arden, "Saya tidak masalah kalian berdua berada di sini, tapi hanya orang tua kalian yang bisa menyetujui tato kalian."

"Tunggu!" Kata PJ. "Aku bahkan tidak pernah berpikir untuk membuat tato."

"Orang tuaku pasti akan menolak," kata Arden. Orang tuanya sedang mengalami masalah, yang ia manfaatkan sepenuhnya. Dia bersikap seolah-olah pertengkaran mereka yang terus-menerus tidak mengganggunya hampir sepanjang waktu. Sesekali, ketika dia tidak tahan lagi, dia mencari perlindungan di rumah temannya.

"Aku juga." PJ adalah anak tertua dan memiliki dua saudara perempuan berusia lima dan tujuh tahun. Orang tuanya mendorongnya untuk menjadi contoh yang baik dan sebagian besar waktu dia melakukannya. Dengan berfokus pada masa depan di bidang olahraga, ia tetap berada di jalurnya.

Berbagi momen yang menyenangkan, para remaja ini saling tos satu sama lain.

"Apa?" Sam bertanya.

"Kami akan memberi tahu mereka mengapa E-Z melakukannya, dan bahwa kami ingin tato mendukungnya," kata PJ.

Arden mengangguk.

"Tunggu sebentar. Jadi, kalian berdua ingin menggunakan kematian orang tuaku sebagai alasan untuk membuat tato?"

Sam membuka mulutnya, tapi tidak ada kata-kata yang keluar dari mulutnya.

PJ dan Arden bermuka merah, menatap trotoar.

E-Z membiarkan mereka lepas kendali. "Tidak masalah bagiku."

Sam menutup mulutnya saat ia dan kedua anak laki-laki itu membentuk setengah lingkaran di sekitar kursi roda.

"Berjanjilah padaku satu hal, tidak boleh ada kupu-kupu."

"Hei, apa yang kalian miliki terhadap kupu-kupu?" Sam bertanya.

BAB 4

Singkat cerita, PJ dan Arden berhasil meyakinkan orang tua mereka untuk mengizinkan mereka membuat tato.

"Sebentar lagi," kata sang seniman tato, sambil melirik ke arah mereka berempat. Menghadap ke cermin, ada seorang pelanggan pria bertubuh kekar yang sedang menambahkan satu tato lagi ke dalam koleksinya yang sudah banyak. Tato yang baru ini berada di antara ibu jari dan telunjuknya. "Apakah Anda Sam?" pria yang membuat tato itu bertanya.

Perut Sam terasa sedikit mual, karena dia tahu bahwa tangan adalah salah satu bagian tubuh yang paling menyakitkan untuk ditato. "Ya, saya berbicara dengan Anda di telepon. Ini adalah keponakan saya E-Z, dan teman-temannya PJ dan Arden."

"Kalian berempat ingin ditato, hari ini? Karena saya hanya mengharapkan kalian berdua."

"Maaf soal itu. Kita bisa menjadwal ulang, jika perlu, atau saya bisa membuat tato saya di hari lain," kata Sam dengan penuh harap.

"Semoga saja, putri saya akan segera datang untuk membantu saya. Jadi, selamat datang di Tattoos-R-Us. Anda bisa menunggu di sana. Silahkan ambil segelas air putih. Ada juga beberapa brosur yang mungkin bisa Anda lihat. Mungkin bisa membantu anda untuk memutuskan di mana anda ingin membuat tato. Setiap area di tubuh memiliki ambang batas rasa sakit." Pria kekar yang sedang ditato itu tertawa kecil.

"Terima kasih," jawab Sam saat mereka berjalan menuju ruang tunggu. Begitu duduk di sofa, lututnya yang memantul membuat PJ dan Arden merasa geli. Mereka melintasi ruangan dan melihat papan pengumuman. Untuk menenangkan kegelisahannya, Sam mengoceh. "Saya sudah memeriksanya di internet, mereka sudah berbisnis selama dua puluh lima tahun, dan orang yang tadi kita ajak bicara adalah pemiliknya. Mereka memiliki reputasi yang sangat baik di Better Business Bureau. Ditambah lagi, banyak ulasan bintang lima di situs web mereka."

Semua mata menoleh ketika seorang wanita mencolok yang mengenakan pakaian seperti gothic memasuki tempat itu. Usianya sekitar tiga puluh tahunan dan dilihat dari penampilannya, ia adalah putri pemiliknya. Dia memiliki tato di setiap bagian tubuh yang terbuka, dan tindikan di bagian tubuh lainnya.

"Maaf saya terlambat," katanya sambil menyentuh pundak ayahnya. Dia melirik ke arah ruang tunggu, membisikkan sesuatu kepadanya. Dia tersenyum lebar dan berbalik ke arah para pelanggan.

"Hai, saya Josie." Dia mengulurkan tangannya dan berjabat tangan dengan mereka semua. "Itu Rocky yang di sana. Dia adalah pemiliknya dan saya putrinya."

"Saya Sam, dan ini adalah keponakan saya E-Z dan kedua temannya, PJ dan Arden." Dia terjatuh dan tidak jadi duduk kembali.

Josie mengambilkan segelas air untuknya.

E-Z memikirkan betapa sakitnya tindikan di lidahnya, lalu ia berkata kepada pamannya, "Kamu tidak perlu melakukannya."

"Apa kamu memanggilku ayam?" katanya, dengan seluruh tubuhnya gemetar saat Josie meletakkan gelas ke tangannya. Saat ia mengangkat gelas itu ke arah bibirnya, ia menumpahkan air.

"Kalian adalah perawan bertato, kan?" Josie bertanya.

E-Z berpikir dia memiliki suara yang manis, seperti Stevie Nicks, vokalis favorit ayahnya dari Fleetwood Mac, yang menyanyikan lagu Rhiannon si penyihir.

Mereka tidak perlu menjawab, karena keheningan mereka sudah menjelaskan semuanya.

"Nah, Anda berada di tangan yang tepat dengan Rocky. Dia adalah seniman tato terbaik di kota ini. Ini akan menyakitkan. Ya, itu akan menyakitkan. Tapi ini seperti rasa sakit yang dinyanyikan John Cougar. Kau tahu - Sakitnya Sangat Menyakitkan."

Sam meringis. "Seberapa sakit sebenarnya?"

"Tergantung ambang batas rasa sakit Anda - dan di mana Anda memilih untuk mendapatkannya. Ada brosur di sana, yang memetakan berbagai area tubuh yang memberikan peringkat rasa sakit."

E-Z merasakan wajahnya menjadi panas, dan raut wajah teman-temannya juga memiliki rona yang sama. Dia melirik ke arah Sam, memperhatikan warna kulitnya yang berubah menjadi semburat kehijauan.

Josie melanjutkan. "Setelah tato pertama Anda, Anda mungkin akan menyukainya dan menginginkannya lagi."

Sam berdiri, tubuhnya bergetar ketakutan.

"Dia mungkin butuh sedikit udara segar," kata E-Z, menggiring pamannya ke pintu.

Begitu berada di luar, Sam mondar-mandir di trotoar, dengan jantung berdegup kencang seperti akan melompat keluar dari dadanya. "Saya berharap saya merokok."

"Saya menghargai Anda datang ke sini dengan saya, saya lakukan, tapi sejujurnya, Anda tidak perlu melakukannya. Saya tahu kita sudah janjian, dan ini adalah sesuatu yang ingin saya lakukan - untuk mengenang ayah dan ibu saya - tetapi Anda tidak berutang apa pun kepada saya. Mengapa tidak pergi jalan-jalan, minum kopi dan kita akan mengirim pesan ketika kita selesai, oke?"

"Aku bilang aku akan selalu ada untukmu, selalu. Aku di sini untukmu sekarang. Aku benci jarum. Dan latihan. Kupikir aku bisa melakukannya, tapi sekarang aku sadar bahwa rasa takut itu lebih kuat dariku. Aku pengecut."

"Kau selalu ada untukku, Paman Sam. Anda tidak perlu membuktikannya kepada saya, kepada siapa pun, dengan membuat tato yang bahkan tidak Anda inginkan. Sekarang, pergilah dari sini. Saya akan menelepon Anda setelah kita selesai." Dia mendorong dirinya kembali menaiki tanjakan dengan teman-temannya berbaris di belakangnya. Ia melirik ke arah Sam dari balik bahunya. Pria malang itu terlihat kaku seperti patung.

"Aku akan baik-baik saja. Sekarang, berangkatlah."

Sam tertawa. "Tapi sebelum aku pergi, sebaiknya kau berikan surat yang kutulis semalam, jadi aku bisa menambahkan nama PJ dan Arden. Karena tanpa seijin saya - tidak ada satupun dari kalian yang boleh membuat tato."

"Pemikiran yang bagus," kata E-Z sambil menyerahkan surat itu. Setelah ditandatangani, catatan itu muncul kembali. Dia memasukkannya ke dalam sakunya, dan mereka masuk ke dalam di mana Josie telah menunggu.

"Oke, kamu berikutnya. Jika Anda ingin buang air kecil, saya akan tunjukkan di mana toiletnya sekarang."

"Gigit aku," kata E-Z sambil memutar kursinya ke posisinya.

$$*\!*\!*$$

Sementara Rocky menyelesaikan pekerjaannya di konter, Josie memberikan sebuah buku yang berisi tato kepada E-Z.

"Saya sudah tahu tanpa melihat. Saya ingin sayap merpati, di setiap bahu." Itu dia lagi, lampu hijau dan kuning. Dia ingin sekali memukulnya, tapi dia tidak ingin Josie berpikir dia juga gila.

Josie membalik-balik buku itu. "Apakah ini yang ada dalam pikiranmu?"

Dia mengangguk, lalu mengamatinya di cermin saat dia mencuci tangannya, lalu mengenakan sarung tangan hitam. Dia mengeluarkan cangkir tinta dari kemasan steril dan meletakkannya di atas meja.

"Apakah Anda memiliki catatan, dari orang tua atau wali Anda? Saya berasumsi bahwa Anda belum berusia 18 tahun?"

E-Z tersenyum dan menyerahkan catatan tersebut.

"Semuanya terlihat baik-baik saja. Sekarang ke hal yang lebih penting. Apakah Anda memiliki punggung yang berbulu?" Dia tersenyum. "Jika ya, kita harus membersihkan dan mencukurnya terlebih dahulu. Maksudku seluruh punggungmu."

"Tentu saja tidak."

Suara tawa teman-temannya dari ruang tunggu membuatnya tersenyum juga. Sementara itu, Josie menghilang ke ruang belakang dan terdengar suara musik. Sesaat terdengar lagu Another Brick in the Wall, lalu tidak ada musik lagi.

"Hei, kenapa kamu melakukan itu?" tanyanya.

"Saya membenci apa pun yang berbau Pink Floyd." Dia terus mengatur segalanya.

"Kamu tidak bisa mengatakan itu, kecuali kamu belum pernah mendengarkan Dark Side of the Moon."

"Saya sudah mendengarkannya, itu omong kosong," katanya sambil menarik kemejanya ke atas kepala. "Oh!"

POP.

POP.

Dan kedua lampu itu pun lenyap.

Rocky berjalan mendekat dan berdiri di sampingnya. "Apa-apaan ini?"

"Apa-apaan ini, memang," kata Josie.

Yang membuat PJ dan Arden menghampiri.

"Aku tidak mengerti, E-Z. Kenapa kau berbohong?"

"Tentu saja, dia tidak akan berbohong - E-Z tidak pernah berbohong," kata Arden.

"APA!?" E-Z bertanya, mencoba menggeser kursinya agar bisa melihat apa yang mereka lihat. "Berbohong? Tentang apa? Katakan padaku, apa pun itu. Aku bisa menerimanya."

Josie bertanya, "Mengapa kamu berbohong tentang menjadi perawan bertato?"

✻✻✻

"Aku tidak!" E-Z tergagap, tidak tahu apa yang dia maksud.

"Tunggu sebentar," kata Arden. "Ayolah kawan, jika kamu berbohong, kamu pasti punya alasan yang kuat."

"Jignya sudah habis!" Kata PJ. "Meskipun, dia tidak mungkin mendapatkannya tanpa izin dari orang dewasa."

Rocky mengambil cermin tangan dan memposisikannya agar E-Z bisa melihat apa yang mereka lihat. Dua tato, satu di bahu kanannya dan satu lagi di bahu kirinya. Sayap.

"Apa itu?"

"Dia bilang dia ingin sayap," kata Josie. "Kupikir kamu anak yang baik."

"Memang! Jujur saja, saya tidak tahu bagaimana mereka bisa sampai di sana, dan ini bukan jenis sayap yang saya inginkan. Aku ingin sayap merpati. Ini lebih mirip sayap malaikat."

"Ayolah sobat," kata Rocky. "Ini dikerjakan oleh seorang profesional. Beberapa waktu yang lalu. Dan ini adalah sayap malaikat yang sangat luar biasa. Pujian saya untuk siapa pun yang melakukannya. Katakan kepada mereka jika mereka mencari pekerjaan, untuk menemui saya."

"Dalam hati saya, saya tidak membuat tato. Ini adalah pertama kalinya saya berada di tempat tato. Tanyakan kepada paman saya. Dia akan mendukung saya. Dia tahu."

"Semua ini tidak masuk akal," kata Arden.

Rocky menggelengkan kepalanya. "Setidaknya akui saja, nak."

"Apakah kalian berdua ingin tato?" Josie bertanya dengan tangan di pinggul.

"Tidak," jawab mereka.

"Pria memang pembohong," kata Josie saat mereka menutup pintu di belakang mereka.

"Sudahlah, sayang, sudah waktunya kita makan malam," lalu dia memasang tanda TUTUP di pintu.

Sayakembali melihat ketiga anak laki-laki yang menunggu di luar studio. Bahasa tubuh mereka aneh. PJ yang berambut merah menyilangkan kedua tangannya, sementara Arden yang berkulit zaitun meletakkan kedua tangannya di pinggul. Sementara itu, keponakannya hampir menangis.

"Syukurlah, Paman Sam, syukurlah kau sudah kembali."

Dia bergegas mendekat. "Oh tidak, apakah itu sangat menyakitkan? Ini akan mereda dalam beberapa hari. Ini akan baik-baik saja. Sekarang biar saya lihat." Dia bersiul saat keponakannya mencondongkan tubuh ke depan sehingga dia bisa mengangkat bajunya. "Sial, itu pasti sakit."

"Mungkin saja," kata PJ.

"Saat pertama kali dia mendapatkannya."

"Pertama kali? Apa?"

"Dia sudah memilikinya saat dia melepas bajunya."

"Yang tidak kita ketahui adalah, bagaimana caranya?"

"Apa maksudmu? Saya bisa pastikan dia tidak memilikinya kemarin."

"Lihat, sudah kubilang Paman Sam akan mendukungku." Jika mereka tidak mempercayainya, mereka akan mempercayai pamannya, tetapi mengapa mereka berpikir dia akan berbohong tentang hal itu? Mereka tahu dia bukan pembohong.

"Menurut Rocky, dia sudah mengalami hal ini sejak lama."

"Lihat bagaimana mereka semua sudah sembuh?" PJ berkata. "Rocky dan Josie merasa kesal, dan mereka berhak untuk kesal karena E-Z terlihat sama terkejutnya dengan kita saat melihat mereka."

"Dan kalian berdua," tanya Sam, "bagaimana dengan tato kalian?"

"Kami memutuskan untuk tidak melanjutkannya," kata PJ.

"Rasanya tidak cocok."

Sam berkata, "Ceritakan apa yang terjadi. Jelaskan sendiri, bung, karena saya tidak bisa membayangkannya."

"Aku tidak bisa. Paman Sam, kau tahu mereka tidak ada di sana kemarin. Saya tidak punya penjelasan. Yang saya inginkan hanyalah pulang ke rumah." Dia mulai bergerak, memijit roda kursinya, lebih cepat, lebih cepat, dan lebih cepat lagi. Dia ingin pergi, ke mana saja. Jika mereka tidak mempercayainya, maka persetan dengan mereka.

Ketika dia mendekati ujung jalan, lampu berubah dari hijau menjadi merah. Seorang gadis kecil yang berjalan sendiri sudah berada dalam momentum untuk menyeberang. Ia melangkah keluar dari trotoar, saat sebuah mobil van kemping berbelok di tikungan. Kursi rodanya terangkat dari tanah dan melesat ke arahnya. Dia mengulurkan tangan, meraihnya. Tepat pada waktunya untuk menyelamatkannya agar tidak masuk ke bawah roda kendaraan.

Setelah keluar dari bahaya, kursi roda itu menyentuh tanah, dan dia menggendongnya ke tempat yang aman. Di depannya, seekor angsa putih yang lebih besar dari biasanya berdiri. Angsa itu mengacungkan jempolnya dengan sayapnya, lalu terbang menjauh.

"Angsa," kata gadis kecil itu, sambil melihat sekelilingnya untuk mencari orang tuanya.

E-Z mengambil kesempatan untuk berbaur dengan kerumunan dan menghilang di tikungan, lalu dia memetik jari-jari rodanya lebih keras dari yang pernah dia lakukan sebelumnya dan segera berada beberapa blok jauhnya.

"Apa kau lihat itu?" Arden berseru, berhenti di sebuah tikungan. "Aduh," katanya saat wanita di belakangnya menabraknya. "Aduh," ia mendengar di belakangnya, pejalan kaki lain di belakangnya bertabrakan.

PJ tetap berdiri tegak, saat orang di belakangnya menabraknya. Kepada Arden ia berkata, "Ya, saya melihatnya...tapi saya tidak yakin apa yang saya lihat. Sayap tato itu satu hal, ini... apa? Sebuah keajaiban?"

"Itu adalah sebuah ilusi optik," kata Sam, saat ponselnya bergetar. Itu adalah pesan dari E-Z yang memintanya untuk segera menjemputnya di dekat tempat parkir toko perangkat keras. "E-Z membutuhkan saya, apakah kalian berdua bisa kembali ke rumah lagi?"

"Tentu, tidak masalah, Sam."

"Saya harap dia baik-baik saja."

Sam berjalan kembali ke mobil, berusaha untuk tetap tenang saat dia mencoba memikirkan apa yang baru saja terjadi.

Tak satu pun dari anak-anak itu ingin membicarakan apa yang telah mereka lihat - kursi roda E-Z yang sedang terbang.

"Apakah kamu melihat itu?" bisik orang lain di belakang mereka saat kerumunan orang berkumpul.

"Seandainya saja saya membawa ponsel saya," kata seorang wanita.

Wanita kedua dengan mikrofon dan kamera mendorongnya ke depan. Ketika lampu berganti, ia menyeberangi jalan, diikuti oleh pasangan yang menangis - orang tua dari kedua gadis kecil itu. Di belakang mereka ada pengemudi mobil van kemping.

"Syukurlah, Anda ada di sana," teriaknya. "Saya tidak melihatnya. Kamu adalah anak pahlawan. Terima kasih."

"Ibu!" anak itu berseru, ketika ibunya menariknya ke dalam pelukannya. Dia dan suaminya memeluknya erat, saat reporter masuk, dan operator kamera merekam momen tersebut.

Terisak di dekatnya adalah pria yang hampir menabraknya. Reporter dan fotografer berbicara dengannya. "Dia menyelamatkannya, dan saya. Anak laki-laki itu, anak laki-laki di kursi roda."

Mereka mencoba mencarinya, tetapi dia sudah tidak ada. Dia bersembunyi, seperti seorang penjahat. Menunggu Paman Sam datang dan menyelamatkannya. Mencoba memahami apa yang telah terjadi. Mencoba untuk tidak panik.

Kembali ke tempat kejadian, dua lampu, satu hijau dan satu kuning menghapus pikiran semua orang di sekitarnya. Kemudian mereka menghancurkan semua rekaman yang terekam.

"Apa yang kita lakukan di sini?" tanya reporter.

"Tidak tahu," jawab juru kamera.

Dalam perjalanan pulang, E-Z merasa seperti seorang pahlawan. Tapi dia tahu bahwa pahlawan yang sebenarnya adalah kursi rodanya; kursi rodanya yang telah terbang.

E-Z Dickens adalah seorang Malaikat Tato.

✳✳✳

"**A**ku menerbangkan Paman Sam. Aku benar-benar terbang."

Sam berhenti di jalan masuk dan memarkir mobilnya.

"Kau melihatnya, kan? Kamu melihat saya menyelamatkan gadis kecil itu. Saya tidak bisa datang tepat waktu, dan kursi roda saya tahu itu dan terangkat dari tanah dan melesat ke arahnya."

"Ya, saya melihatnya. Itu sangat luar biasa. Maksud saya, cara Anda menyelamatkan gadis kecil itu dari bahaya. Tetapi kursi roda Anda tidak terangkat. Itu adalah momentum, yang mendorong Anda ke depan. Dengan adrenalin yang terpacu dan seberapa cepat Anda harus bergerak untuk sampai ke sana, rasanya seperti terbang - tetapi sebenarnya tidak."

"Saya terbang. Kursi itu meninggalkan tanah."

"E-Z ayolah. Anda tahu dan saya tahu bahwa tidak ada yang namanya terbang. Kau harus tahu itu. Maksudku, kau pikir kau ini apa? Malaikat sialan?"

Sam keluar dari mobil, menarik kursi roda dari bagasi, dan menghampiri keponakannya untuk membantu memasukkannya ke dalam mobil. Saat dia melakukannya, bahu kanan E-Z bergesekan dengan tepi pintu, dan dia berteriak kesakitan.

"Air!" teriaknya. "Rasanya seperti akan terbakar."

Sam berlari ke dapur dan kembali dengan sebotol air.

E-Z menumpahkannya ke bahunya. Rasa sakitnya sedikit mereda, lalu bahunya yang lain terasa seperti terbakar. Dia menuangkan sisa botol air itu ke bahu itu. Sam mendorongnya masuk ke dalam rumah, sementara E-Z mencoba merobek bajunya. Sam membantunya menariknya ke atas kepalanya.

"Oh tidak!" Sam berteriak sambil menutup hidungnya. Tulang belikat keponakannya sekarang terlihat dan berbau seperti daging barbekyu yang hangus. Dia bergegas ke dapur untuk mengambil air.

Dalam perjalanan E-Z berteriak dan terus berteriak, sampai dia pingsan.

BAB 5

Saatitu gelap dan dia sendirian, hanya ada bayangan bulan yang membentang di langit.

Tangannya disilangkan di dadanya, seperti melihat mayat-mayat yang diposisikan di pemakaman peti mati. Dia mengibaskannya. Setelah merasa rileks, dia meletakkannya di sandaran lengan kursi rodanya, dan baru menyadari bahwa dia tidak berada di dalamnya. Takut dia akan terjatuh; dia menyilangkan tangannya di depan dada. Tapi tunggu, dia tidak terjungkal ketika dia membuka lengannya sebelumnya - dia melakukannya lagi dan tetap tegak.

E-Z menahan satu tangan di dadanya, sementara tangan lainnya, tangan kanannya, mengulurkan tangan sejauh mungkin. Ujung-ujung jarinya terhubung dengan sesuatu yang dingin dan metalik. Dengan lengan kirinya dia melakukan hal yang sama, dan kembali menemukan logam. Sambil mencondongkan tubuh ke depan, dia menyentuh dinding di depannya, dan melakukan hal yang sama di belakangnya. Saat dia bergerak, kursi di bawahnya bergeser, dengan memberi dan menerima seperti sistem suspensi. Sistem inilah yang membuatnya tetap tegak, atau bukan?

PFFT.

Suara kabut, membumbung ke udara. Hangat, meningkatkan indera penciumannya, memandikannya dengan buket bunga lavender dan jeruk.

Dia tertidur lelap, di mana dia memimpikan mimpi yang bukan mimpi karena itu adalah kenangan. Kecelakaan itu terjadi lagi dan lagi - berulang-ulang. Dia menengadahkan kepalanya ke belakang dan melolong.

"Sebentar, tolong," kata suara seorang wanita.

Itu adalah suara robot seperti yang terdengar dalam sebuah rekaman ketika tidak ada manusia di sekitarnya.

Terlalu takut untuk mengangguk lagi, ia bertanya, "Siapa di sana? Tolonglah. Di mana saya?"

"Kamu ada di sini," kata suara itu, lalu tertawa. Suara tawa itu terdengar di dalam wadah yang seperti silo, menggedor-gedor telinganya saat suara itu datang dan pergi.

Ketika suara itu berhenti, dia memutuskan untuk membebaskan dirinya. Dengan menggunakan seluruh kekuatannya, dia mengulurkan tangannya dan mendorong. Rasanya menyenangkan. Melakukan sesuatu, apa saja - pada awalnya - sampai klaustrofobia menguasai dirinya.

PFFT.

Semprotan itu, kali ini lebih dekat dan langsung mengenai matanya. Asam sitratnya menyengat, dan air matanya mengalir deras seperti habis memotong bawang, dan ia pun berdiri.

Tunggu sebentar...

Dia jatuh kembali ke bawah lagi. Dia menggeliat-geliatkan jari-jari kakinya. Dia melakukannya lagi. Dia mengulurkan kaki kanannya. Lalu kaki kirinya. Mereka bekerja. Kakinya bekerja. Dia mengangkat dirinya sendiri...

Sebuah suara, kali ini laki-laki berkata, "Harap tetap duduk."

Dia mencubit paha kanannya, lalu paha kirinya. Siapa yang tahu satu atau dua cubitan bisa terasa begitu menyenangkan? Tidak ada yang bisa menghentikannya. Selagi dia masih bisa menggunakan kakinya, dia akan berdiri lagi.

Terdengar suara di atasnya, seperti lift yang bergerak. Suara itu semakin keras. Dia mendongak ke atas. Langit-langit silo mulai runtuh. Semakin lama semakin besar. Akhirnya, lift itu berhenti.

"Duduklah," perintah suara laki-laki itu.

E-Z mengangkat tubuhnya, tapi langit-langitnya semakin turun - sampai dia tidak bisa lagi berdiri. Dia duduk dengan sabar, menunggu benda itu menarik diri seperti lift yang naik ke atas - tetapi benda itu tidak bergerak.

PFFT.

"Keluarkan aku!"

"Tambahkan laudanum," kata suara wanita itu.

Dinding-dinding itu berhenti sejenak, lalu menyemprotkan dosis yang sangat banyak.

PPPFFFTTT.

Itu adalah suara terakhir yang dia dengar.

✳✳✳

Back di tempat tidurnya - bertanya-tanya apakah dia telah kehilangan akal sehatnya dan membayangkan seluruh insiden silo adalah E-Z. Rasanya nyata, baunya pun nyata. Dan kedua suara itu - mengapa mereka tidak menampakkan diri? Dia menggaruk-garuk kepalanya, melihat dua cahaya di depan matanya. Seperti sebelumnya, yang satu berwarna hijau, dan yang satu lagi berwarna kuning.

"Halo?" bisiknya, saat sebuah rengekan bernada tinggi seperti nyamuk menyerangnya. Dia meluncurkan tangan kanannya ke belakang, menyerang dengan pukulan yang kuat. Namun sebelum tersambung, dia membeku, tangannya di udara. Matanya berkaca-kaca, seperti seekor ayam yang terhipnotis.

POP.

POP.

Lampu-lampu itu berubah menjadi dua makhluk. Masing-masing mendorong pundak, dan E-Z menjatuhkan diri ke atas bantal di mana dia memejamkan mata dan tidur.

"Kita harus melakukannya sekarang, bip-bip," kata mantan lampu kuning.

"Mari kita pastikan dia tertidur, pertama, zoom-zoom," kata mantan lampu hijau.

"Oke, ayo kita mulai bekerja, bip-bip."

"Apakah kita sudah mendapatkan persetujuannya, zoom-zoom?"

"Dia bilang sudah, tapi dia tidak ingat. Saya khawatir itu bukan perjanjian yang mengikat. Mungkin hanya sebagian, dan Anda tahu sendiri, siapa yang membenci sebagian. Belum lagi, manusia parsial akan tertangkap di antara bunyi bip-bip."

"Ya, saya terlalu menyukainya untuk membiarkannya menjadi zoom-zoom di antara zoom-zoom."

"Rasa suka tidak ada hubungannya dengan itu. Jangan lupa apa yang terjadi pada angsa. Belum lagi - mengapa manusia mengatakan apa yang tidak boleh dikatakan sebelum mereka menyebutkan apa yang tidak ingin mereka katakan?" Tanpa menunggu jawaban. "Kita akan berada dalam masalah dan Anda tahu siapa yang akan sangat marah."

"Tapi manusia sudah memiliki sayap bertato. Percobaan tidak akan dimulai, sampai subjeknya setuju." Dia menjentikkan jarinya dan sebuah buku muncul. Dia mengepakkan sayapnya menciptakan angin sepoi-sepoi yang membalikkan halaman-halamannya. "Lihat di sini, tertulis sayap hanya dipasang SETELAH subjek disetujui. Jadi, saat dia mengatakan ya, itu pasti sudah menyegel kesepakatannya." Dia mengangkat tangannya, dan buku itu terbang ke atas, seperti akan menabrak langit-langit tapi malah menghilang melaluinya.

Buku-buku itu terbang, satu mendarat di bahu E-Z dan satu lagi di kepalanya.

"Saya tidak melakukannya," katanya, tanpa membuka matanya.

"Tidurlah lebih banyak, zoom-zoom," katanya sambil menyentuh matanya.

"Ssst, bip-bip."

"Ibu kembalilah. Tolong kembalilah!"

"Dia sangat gelisah, zoom-zoom."

"Dia bermimpi, bip-bip."

E-Z membuka mulutnya dan mendengkur seperti bayi gajah. Angin sepoi-sepoi membuat mereka tetap terbang tinggi - tidak perlu mengepakkan sayapnya. Mereka terkikik, sampai dia menutup mulutnya. Mengirim mereka terjun bebas. Dengan mengepakkan sayapnya dengan kencang, mereka dengan cepat pulih.

"Oh tidak, dia menggertakkan giginya, bip-bip."

"Manusia memiliki kebiasaan aneh, zoom-zoom."

"Anak manusia ini sudah cukup banyak mengalami. Dengan memberikan hak-hak ini, dia akan merasakan lebih sedikit rasa sakit, bip-bip."

Makhluk pertama terbang ke dada E-Z dan mendarat, dengan dagu terdorong ke depan dan tangan di pinggulnya. Makhluk itu berputar sekali, searah jarum jam. Berputar lebih cepat, dari kepakan sayapnya terdengar sebuah lagu. Nyanyian itu adalah erangan rendah. Sebuah lagu sedih dari masa lalu untuk merayakan kehidupan yang telah tiada. Makhluk itu bersandar ke belakang, kepalanya bersandar di dada E-Z. Putarannya berhenti tapi lagu itu terus diputar.

Makhluk kedua bergabung, melakukan ritual yang sama, sambil berputar berlawanan arah jarum jam. Mereka menciptakan lagu baru, tanpa bunyi bip-bip dan zoom-zoom. Karena saat mereka bernyanyi, onomatope tidak diperlukan. Sedangkan dalam percakapan sehari-hari dengan manusia, hal itu diperlukan. Lagu ini melapisi lagu yang lain dan menjadi sebuah perayaan yang penuh sukacita dan bernada tinggi. Sebuah syair untuk hal-hal yang akan datang, tentang kehidupan yang belum dijalani. Sebuah lagu untuk masa depan.

Semprotan debu berlian menyembur dari rongga mata emas mereka. Mereka berbalik dengan sinkronisasi yang sempurna. Debu berlian menyembur dari mata mereka ke tubuh E-Z yang sedang tertidur. Pertukaran itu terus berlanjut, hingga menutupi tubuhnya dengan debu berlian dari ujung kepala hingga ujung kaki.

Remaja itu terus tertidur pulas. Hingga debu berlian menusuk dagingnya - kemudian dia membuka mulutnya untuk berteriak tapi tidak ada suara yang keluar.

"Dia bangun, bip-bip."

"Angkat dia, zoom-zoom."

Bersama-sama mereka mengangkatnya saat dia membuka matanya yang berkaca-kaca.

"Tidurlah lagi, bip-bip."

"Jangan merasa sakit, zoom-zoom."

Sambil mendekap tubuhnya, kedua makhluk itu menerima rasa sakitnya ke dalam diri mereka.

"Bangunlah, bip-bip," perintahnya.

Dan kursi roda itu pun terangkat. Dan, memposisikan dirinya di bawah tubuh E-Z, ia menunggu. Ketika tetesan darah turun, kursi roda itu menangkapnya. Menyerapnya. Mengkonsumsinya - seperti makhluk hidup.

Saat kekuatan kursi itu meningkat, ia juga bertambah kuat. Tak lama kemudian, kursi itu dapat menahan tuannya di udara. Hal ini memungkinkan kedua makhluk itu menyelesaikan tugas mereka. Tugas mereka adalah menyatukan kursi dan manusia. Mengikat mereka, untuk selama-lamanya dengan kekuatan debu berlian, darah, dan rasa sakit.

Saat tubuh remaja itu bergetar, tusukan di kulitnya sembuh. Tugasnya telah selesai. Debu berlian adalah bagian dari esensinya. Dengan demikian, musik pun berhenti.

"Sudah selesai. Sekarang dia kebal peluru. Dan dia memiliki kekuatan super, bip-bip."

"Ya, dan itu bagus, zoom-zoom."

Kursi roda itu kembali ke lantai, dan remaja itu naik ke tempat tidurnya.

"Dia tidak akan memiliki ingatan tentang hal itu, tapi sayapnya yang asli akan segera berfungsi, bip-bip."

"Bagaimana dengan efek samping lainnya? Kapan mereka akan mulai, dan apakah mereka akan terlihat zoom-zoom?"

"Itu yang saya tidak tahu. Dia mungkin akan mengalami perubahan fisik... itu adalah risiko yang layak diambil untuk mengurangi rasa sakit, bip-bip."

"Setuju zoom-zoom."

Karena kelelahan, kedua makhluk itu meringkuk di dada E-Z dan tertidur. Tanpa mengetahui bahwa mereka ada di sana, ketika dia melakukan peregangan di pagi hari - mereka jatuh ke lantai.

"Ups, maaf," katanya kepada makhluk bersayap itu sebelum dia membalikkan badan dan kembali tidur.

✳✳✳

"Apakah kamu sudah bangun?" Sam bertanya, sebelum membuka pintu sedikit. Keponakannya mendengkur, tetapi kursinya tidak berada di tempat semula ketika ia membantunya naik ke tempat tidur. Dia mengangkat bahu dan kembali ke kamarnya di mana dia membaca beberapa bab dari David Copperfield. Beberapa jam kemudian dia kembali ke kamar keponakannya.

"Tok, tok."

"Eh, selamat pagi," kata E-Z.

"Bolehkah saya masuk?"

"Tentu."

"Apa tidurmu nyenyak?"

"Saya rasa begitu." Dia meregangkan tubuh lalu bersandar di kepala tempat tidur.

"Bagaimana kursimu bisa ada di sini? Saya pikir saya memarkirnya di dinding."

Dia mengangkat bahu.

"Dan lihat sandaran lengannya - apa kamu yang mengecatnya?"

Dia membungkuk, melihat semburat merah, sekali lagi dia mengangkat bahu. "Apa yang terjadi padaku?"

"Kamu pingsan. Yang saya tidak mengerti adalah mengapa. Kamu bilang kamu merasa bahumu seperti terbakar. Saya mencari di internet dengan menggunakan deskripsi Anda dan sebuah obat homeopati muncul. Menakjubkan apa yang bisa Anda temukan di sana. Saya mencampurkan minyak lavender dengan air dan lidah buaya ke dalam botol semprot, lalu menyemprotkannya langsung ke kulit Anda. Mereka bilang itu akan membuat Anda merasa lega. Mereka tidak bercanda karena Anda merasa rileks dan tertidur."

"Terima kasih, saya merasa jauh lebih baik sekarang." Dia mencoba untuk bangun dari tempat tidur, tetapi suara zzzzzs terbang di kepalanya seperti Wile E. Coyote. "Saya rasa saya akan tetap di tempat tidur untuk sementara waktu."

"Ide bagus. Mau kuambilkan sesuatu?"

"Roti panggang? Dengan selai stroberi?"

"Tentu nak." Dia meninggalkan ruangan, dan mengatakan bahwa dia akan segera kembali. Ketika ia kembali dengan membawa makanan di atas nampan, keponakannya mencoba untuk makan tetapi tidak bisa menahannya.

"Mungkin hanya air putih."

Sam membawa sebuah botol, yang berusaha diminum oleh E-Z, bahkan ia tidak bisa menahannya.

"Kurasa aku akan terus beristirahat." Matanya tetap terbuka, menatap ke depan tanpa melihat apa-apa. "Jam berapa sekarang?"

"Sekarang jam 5 pagi dan hari ini hari Sabtu. Kamu sudah keluar selama dua belas jam. Kamu membuatku takut."

Hubungannya, lavender di kedua tempat itu membuat E-Z merasa aneh. Apakah dia telah mengalami persilangan kehidupan nyata? Itu terlalu kebetulan, itu jika silo itu benar-benar ada. Ataukah itu hanya sebuah mimpi? Lebih seperti mimpi buruk. Tapi kakinya bekerja di dalam wadah logam itu. Dia akan kembali sebentar lagi - mengambil risiko apa pun - untuk bisa menggunakan kakinya lagi.

"E-Z?"

"Eh, apa? Aku. Sejujurnya, aku ingin memejamkan mata dan beristirahat sejenak."

Sam meninggalkan ruangan, menutup pintu di belakangnya.

E-Z melayang masuk dan keluar dari kesadaran, sementara kecelakaan itu diputar berulang-ulang. Mengenakan sayap putih, Stevie Nicks menyediakan soundtrack yang mengiringi. Sementara di latar belakang, dua lampu - satu lampu hijau dan satu lampu kuning memantul ke atas dan ke bawah.

✳✳✳

Selamabeberapa hari berikutnya, ia mencoba menyatukan potongan-potongan gambar itu dalam pikirannya dengan membuat daftar kesamaan:

Sayap putih - sayap putih yang ditato di pundaknya. Stevie Nicks memiliki sayap putih dalam mimpinya.

Lavender - Paman Sam menggunakan lavender dan lidah buaya untuk meredakan luka bakar. Di dalam silo, lavender memercikkan udara untuk menenangkannya.

Lampu kuning dan hijau. Dia melihatnya setelah kecelakaan dan di kamarnya.

Kursi roda - telah terbang sehingga dia bisa menyelamatkan gadis kecil itu. Ketika dia menjadi penangkap bola, pantatnya telah meninggalkan kursi sehingga dia bisa menangkap bola.

Sandaran tangan - sekarang berwarna merah. Tidak ada kejadian serupa. Tidak ada penjelasan.

Sensasi terbakar di bahu/tato muncul di bahu. Tidak ada penjelasan.

Dia tidak percaya pada Tuhan lagi, tidak sejak kecelakaan itu. Tidak ada tuhan yang akan membiarkan pohon menimpa orang tuanya. Mereka adalah orang yang baik, tidak pernah menyakiti siapapun. Apa yang terjadi pada kakinya bukanlah hal yang penting. Tuhan mana pun yang berharga, pasti akan mengulurkan tangan dan menghentikannya sebelum hal itu terjadi.

Kecuali mungkin jika ada dewa, dia sedang keluar untuk makan siang. Ya, benar.

Perubahan terjadi pada tubuhnya, dan dia menginginkan jawaban. Jauh di dalam hatinya dia tahu satu-satunya cara untuk mendapatkannya adalah dengan kembali ke dalam silo terkutuk itu - jika memang ada.

BAB 6

Pagi itu E-Z melayang-layang di udara di atas tempat tidurnya karena sayapnya telah tumbuh. Dalam perjalanan untuk melihat pelengkap barunya di cermin lemari pakaian, dia hampir menabrak dinding.

"Semua baik-baik saja di sana?" Sam memanggil dari kamarnya di sebelah.

"Ya," katanya, terbang ke samping, sambil mengagumi kekuatan terbang yang baru ditemukannya. Bulu-bulu halus itu membuatnya terpesona. Terutama cara bulu-bulu itu mendorongnya ke depan, seperti menyatu dengan tubuhnya. Merasa lebih mirip burung daripada malaikat, dia mencoba mengingat apa yang dia pelajari di sekolah tentang ornitologi. Dia tahu bahwa sebagian besar burung memiliki bulu primer, mungkin sepuluh. Tanpa bulu primer, mereka tidak bisa terbang. Dia memiliki lebih dari sepuluh bulu primer di sayapnya, dan lebih banyak bulu sekunder. Ia mencoba berbelok ke kiri, lalu ke kanan, menilai kemampuan manuvernya. Merasa tidak berbobot, ia melayang-layang di sekitar kamarnya. Melayang di atas kursi roda - yang sudah tidak ia perlukan lagi. Dengan sayap ini dia bisa melayang ke seluruh dunia.

Dengan meletakkan kedua tangannya di pinggul, seperti Superman, dia menunjuk ke arah pintu. Dia tiba di sana saat Sam membukanya.

"Kamu membuatku takut setengah mati!" Sam berkata, hampir melompat keluar dari kulitnya.

Karena lengah, remaja itu berusaha mengendalikan situasi. Dia mengubah arah, berniat untuk pergi ke tempat tidur. Namun, transisi itu tidak semudah yang dia harapkan, dan dia terjun bebas.

Sam berlari menuju kursi roda, menggerakkannya maju mundur agar tetap berada di bawah keponakannya.

E-Z pulih dan naik lagi.

"Kamu turun ke sini, sekarang juga!" Sam berteriak; mengacungkan tinju ke udara.

Dia terbang ke arah tempat tidur dan mendarat dengan selamat. Sayapnya menutup seperti akordeon tanpa musik. "Tadi sangat menyenangkan. Aku tidak sabar untuk terbang ke sekolah."

Sam jatuh ke kursi keponakannya. "Tadi itu tentang apa? Dan apakah kamu benar-benar berpikir kamu bisa menerbangkan benda-benda itu ke sekolah? Kamu akan menjadi bahan tertawaan."

"Mereka akan terbiasa dengan hal itu dan alih-alih memanggilku "anak pohon" - mereka bisa memanggilku anak terbang. Ya, saya suka itu."

"Dari apa yang saya lihat, itu adalah upaya yang tidak kompeten. Dan anak lalat terdengar konyol."

"Itu adalah percobaan pertama saya. Aku akan terbiasa."

Sam menggelengkan kepalanya saat rasa ingin tahu menguasai dirinya dan mengalahkan emosinya untuk melarikan diri.

"Bolehkah saya melihat lebih dekat? Maksud saya tanpa Anda lepas landas?" tanyanya sambil berdiri saat E-Z membalikkan tubuhnya ke arahnya. "Mereka sudah pergi. Sepenuhnya. Maksudku tato-tatonya. Mereka telah digantikan oleh sayap sungguhan - dan kamu bisa terbang. Ya ampun!" Dia duduk sebelum terjatuh.

"Saya terbangun, sayap-sayap itu keluar dan hal berikutnya yang saya tahu, saya terbang."

"Itu sihir. Pasti. Atau mungkin kita sedang bermimpi, kamu ada di mimpiku atau aku di mimpimu dan sebentar lagi kita akan terbangun dan..." Sam berusaha untuk tetap tenang demi keponakannya, tetapi di dalam hatinya berdegup kencang.

"Ini bukan mimpi."

"Bagaimana mereka bisa keluar? Apa kau harus mengatakan sesuatu? Maksud saya, apakah ada kata-kata ajaib yang harus Anda ucapkan?"

"Saya tidak ingat mengatakan apa-apa. Mungkin saya bisa mencobanya." Dia memikirkannya selama beberapa detik, berpose seperti Pemikir Rodin. "Tunggu sebentar, biar saya coba sesuatu." Dia mengibaskan udara dengan gerakan tanpa tongkat, "Autem!"

"Kapan kamu belajar bahasa Latin?"

"Ada aplikasi gratis di ponselku."

"Aku juga, aku sedang belajar bahasa Prancis. Cobalah en haut."

"En haut!" Masih tidak ada. "Angkat aku! Qui exaltas me!" Dengan kesal dia menyilangkan tangannya. "Saya kira itu hal yang baik karena Anda masuk dan melihat saya terbang, jika tidak, Anda tidak akan percaya!" Dia bertanya-tanya apa yang sedang dilakukan PJ dan Arden

- dia tidak melihat mereka selama berhari-hari. Hal berikutnya yang ia tahu, sayapnya terbuka dan ia melayang di atas tempat tidurnya.

"Ro-ro," kata Sam, saat sayapnya ditarik kembali, dan E-Z menghantam lantai.

"Itu akan menjadi waktu yang tepat bagimu untuk mengambil kursiku."

Sam tersenyum. "Lebih mudah diucapkan daripada dilakukan. Maaf. Apa kau baik-baik saja?"

"Aku tidak terluka. Maksud saya secara fisik, tapi secara mental, siapa yang tahu?" Dia tertawa. "Maukah kau membantuku duduk di kursiku?"

Sam mengangkatnya, mendudukkannya dengan aman di kursi. Ketika dia bersandar ke belakang, sayapnya bukannya tertarik sepenuhnya, tapi malah mengembang dengan kekuatan penuh. E-Z pun terbang, melayang-layang seperti Tinkerbell.

"Jadi, begitulah, eh?" Sam berkata.

"Aku harus menguasainya - tidak yakin mengapa - tapi..."

"Baiklah, jika kamu sudah siap, turunlah dan kita akan keluar untuk sarapan. Saya akan membawa laptop saya dan kita bisa melakukan riset."

"Eh, itu ide yang cerdas. Kita bisa pergi ke Ann's Cafe. Dan aku akan turun - jika aku bisa." Sayap ditarik kembali ketika E-Z berada tepat di atas kursi rodanya. "Nah, itulah yang saya sebut pelayanan," katanya sambil dengan lembut menjatuhkan diri ke kursi.

Mereka mengobrol, sementara dia berpakaian. Kemudian E-Z pergi ke kamar mandi, sementara Sam bersiap-siap.

Ketika mereka keluar dari rumah dan menuju Ann's Café, E-Z memiliki dua pikiran. Pertama, dia rindu pergi ke sana dan kedua, "Sudah lama sekali aku tidak ke sana. Tidak sejak…"

"Aku tahu, nak. Apa kamu yakin ini belum terlalu lama?"

Sarapan di Ann's Café telah menjadi tradisi bagi keluarganya. Selain buka lebih awal pada pukul 6 pagi, lokasinya juga bisa dicapai dengan berjalan kaki. Di dalamnya terdapat bilik-bilik pribadi, yang dihiasi dengan kulit imitasi dengan taplak meja kotak-kotak merah. Ayahnya selalu mengatakan bahwa tempat itu memiliki tema yang 'jauh'. Musik tahun 60-an diputar di jukebox - mereka sudah menyiapkannya, jadi orang tidak perlu membayar. Dan poster-poster Marilyn Monroe, James Dean dan Marlon Brando memenuhi dindingnya. Menunya sangat banyak, mulai dari Club Sandwich, Cheeseburger hingga Fondue. Namun, yang menjadi favoritnya adalah minuman kocok ekstra kental dan Panekuk Apel.

Begitu dia melihatnya, pemiliknya, Ann, langsung menghampiri. "Aku merindukanmu." Dia memeluknya erat-erat.

"Ini Paman Sam saya, Ann." Mereka berjabat tangan. "Terima kasih untuk kartu dan bunganya, itu sangat bijaksana."

Matanya berkaca-kaca. "Sekarang, kemarilah. Aku punya meja yang sempurna untukmu."

Meja itu berada di sudut yang sepi, jadi dia tidak perlu khawatir kursinya akan mengganggu staf dapur atau pelanggan.

"Saya akan langsung memasak hidangan yang biasa Anda pesan. Kau tahu apa yang kau inginkan, Sam, atau haruskah aku kembali?"

"Apa yang kau pesan?"

"Panekuk Apel a la mode. Itu yang terbaik di planet ini dan Ann selalu membawa sirup dan kayu manis ekstra."

"Kedengarannya enak, tapi saya rasa saya akan memilih daging asap dan telur yang biasa saja, dengan tambahan jamur."

"Baiklah," kata Ann. "Dan apakah Anda akan memesan minuman kocok cokelat kental?" Dia mengangguk. "Kopi untukmu Sam? "

"Yang hitam," jawabnya. "Dan terima kasih telah membuat saya sangat disambut."

"Semua Paman E-Z diterima di sini."

Setelah Ann mengambilkan minuman, dia berkata, "Paman Sam, saya rasa saya berubah menjadi malaikat."

"Kamu harus mati dulu," katanya, saat Ann meletakkan minuman di atas meja dan kembali ke dapur.

"Mungkin aku memang mati, dalam kecelakaan mobil itu. Untuk beberapa menit. Siapa yang tahu berapa lama waktu yang dibutuhkan untuk menjadi malaikat? Di film-film, jika Anda sampai di Gerbang Mutiara, pria besar itu bisa membalikkan keadaan dan mengirim Anda kembali ke sini lagi. Itu jika kamu percaya pada hal-hal seperti itu - yang mana saya tidak percaya."

"Aku juga. Tidak ada yang namanya malaikat. Tidak juga setan. Selain di dalam diri kita masing-masing. Maksud saya, kita semua memiliki kebaikan, dan kita semua memiliki keburukan. Itulah yang membuat kita menjadi manusia. Mengenai sekarat, mereka akan memberitahu saya jika mereka harus menyadarkan Anda. Mereka tidak mengatakan hal semacam itu."

"Lalu, bagaimana menjelaskan kemunculan tato yang tiba-tiba, dan sekarang telah berubah menjadi sayap sungguhan? Saya tidak memilikinya kemarin. Jadi, apa yang terjadi antara kemarin dan hari ini? Tidak ada yang menjamin pertumbuhan pelengkap baru."

"Tidak seperti yang kamu pikirkan," kata Sam. Dia tertawa.

E-Z menusuk panekuk dan memasukkannya ke dalam mulutnya, membiarkan sirup mengalir di dagunya. Ann membuat dirinya merasa kesal.

"Yah, kamu memang tidak terlihat seperti malaikat saat ini," kata Sam sambil mengambil sesendok telur orak-arik. "Mm, ini benar-benar enak." Setelah beberapa gigitan lagi, ia merogoh tasnya dan mengeluarkan laptopnya. Dia mengkliknya dan mengetik "define angel." Dia memutar layarnya sehingga mereka dapat membaca informasi sambil makan.

"Seorang utusan, terutama dari tuhan," Sam membaca, "seseorang yang menjalankan misi tuhan atau bertindak seolah-olah diutus oleh tuhan."

"Bertindak seolah-olah," E-Z mengulangi sambil memasukkan lebih banyak panekuk ke dalam mulutnya.

Sam membaca, "Seseorang yang tidak resmi, terutama seorang wanita, yang baik, murni atau cantik. Kamu cukup cantik, dengan rambut pirang dan mata birumu."

"Diam."

"Sebuah representasi konvensional," dia berhenti sejenak. "Dari salah satu makhluk yang digambarkan dalam bentuk manusia bersayap." Sam menyesap kopi lagi, tepat pada saat Ann mengisi ulang cangkirnya.

"Kalian akan mengalami gangguan pencernaan, membaca dan makan pada saat yang bersamaan."

E-Z tertawa.

Sam berkata, "Tidak, saya kuliah di jurusan Teknologi Informasi, jadi saya cukup mahir melakukan banyak hal."

Ann mendengus dan berjalan pergi.

"Apa yang mereka maksud dengan, 'makhluk-makhluk ini?" E-Z bertanya.

"Dikatakan dalam ilmu malaikat abad pertengahan, malaikat dibagi menjadi beberapa tingkatan. Sembilan tingkatan: serafim, kerubim, takhta, dominasi (juga dikenal sebagai kekuasaan)," dia berhenti sejenak, meneguk air. Kemudian melanjutkan, "Kebajikan, kerajaan (juga dikenal sebagai kerajaan), malaikat-malaikat agung, dan malaikat-malaikat."

"Whoa! Coba ucapkan itu sepuluh kali dengan cepat." Dia tersenyum. "Saya tidak tahu ada begitu banyak jenis malaikat."

"Aku juga. Makanan ini sangat enak, aku terus bertanya-tanya apakah kau dan aku sedang bermimpi."

"Maksudmu kau berharap kita sedang bermimpi - dan sayapku akan menghilang?"

"Mereka bisa pergi secepat mereka datang." Dia mendekatkan laptopnya dan mengetik "Manusia menumbuhkan sayap malaikat." E-Z mencemooh tapi mendekat untuk melihat apa yang muncul. Sam mengklik sebuah artikel ilmiah.

"Seperti yang saya katakan, tidak ada bukti tentang sayap malaikat yang tercatat. Aku tidak berpikir begitu. Saya pikir kejadian itu, Anda tahu ketika saya menyelamatkan gadis kecil itu - ada hubungannya dengan mereka - muncul. Itu adalah pemicunya karena pembakaran itu dimulai tepat setelah saya sampai di rumah dan kemudian, yah, Anda tahu sisanya."

"Bagaimana keadaan kalian berdua di sini?" Ann bertanya.

"Aku sudah memesankan kalian berdua pancake lagi, E-Z, seperti biasa. Kecuali kalian bisa makan lebih banyak?"

"Sempurna."

"Dan bagaimana denganmu, Sam?"

"Isi ulang saja," katanya, menawarkan cangkirnya yang kosong, yang kemudian diambil Ann dan dikembalikannya dengan terisi penuh. Bel berbunyi di dapur, dan dia pergi mengambil pancake.

E-Z menuangkan sirup maple ke atasnya, diikuti dengan sedikit mentega. "Kamu yang terhebat," katanya kepada Ann. Dia tersenyum dan meninggalkan mereka untuk menghabiskan makanan mereka.

Paman Sam memperhatikan keponakannya dengan saksama. Dia berharap dia memesan Panekuk Apel, tapi dia sudah kenyang.

"Apa?"

"Entahlah, rasanya saat kamu mencicipi makanan ini, wajahmu bersinar seperti malaikat di pohon Natal."

E-Z meletakkan garpunya. "Lucu sekali. Kamu memang pelawak yang hebat."

Ketika mereka selesai makan, Sam bertanya, "Jadi setelah membaca tentang malaikat, apakah kamu berubah pikiran? Maksud saya, apakah kamu masih berpikir kamu akan menjadi malaikat. Dan jika ya, apa yang akan kamu lakukan?"

"Apa maksudmu, DO? Aku punya sayap, sebaiknya aku menggunakannya."

"Menurutku, jika kamu tidak menggunakannya, jika kamu menyangkal keberadaannya, maka sayap-sayap itu akan hilang."

E-Z menggelengkan kepalanya. "Bukan pilihan. Anda melihat apa yang terjadi. Mereka keluar, tanpa saya melakukan apapun dan saya katakan, ketika saya bangun pagi ini, saya terbang di atas tempat tidur saya. Aku merasa sangat melayang."

"E-Z, saya memikirkan masa depan. Mungkin Anda perlu berbicara dengan seseorang, kita perlu membicarakan hal ini dengan seseorang."

"Kecelakaan itu terjadi lebih dari setahun yang lalu, konselor mengatakan saya baik-baik saja. Selain itu, ini semua masih baru."

"Ini bisa saja tertunda. Mungkin ada sesuatu yang memicunya."

"Mari kita lihat faktanya. Nomor satu, saya memiliki tato ketika saya tidak memiliki tato. Nomor dua, kursi saya terangkat dari tanah dan saya menyelamatkan seorang gadis kecil - ditambah lagi, saya terangkat dari kursi saya untuk menangkap bola di sebuah pertandingan. Saya masih menyangkal hal itu sampai saat ini... Nomor tiga, tato-tato itu terasa panas sekali. Nomor empat, sayap sungguhan muncul. Nomor lima, aku bisa terbang. Apakah semua itu terdengar akrab bagi Anda? Maksudku dalam kasus lain."

"Itulah yang tidak saya mengerti. Bagaimana hal ini bisa terjadi, tapi pikiran adalah sebuah komputer yang sangat kuat. Itulah yang membedakan kita dari dunia binatang dan mengapa manusia bisa bertahan begitu lama. Saya pernah mendengar cerita, di mana seseorang berada dalam bahaya besar dan bantuan datang. Atau, ketika seseorang terjebak di bawah kendaraan - dan seorang pejalan kaki mampu mengangkat mobil tersebut untuk menyelamatkan nyawanya."

"Saya membaca tentang itu; itu disebut kekuatan histeris - tetapi saya belum pernah mendengar kasus ketika sayap tumbuh."

"Mungkin sayap-sayap itu, muncul, untuk menyelamatkan Anda."

"Dari apa? Terlalu banyak tidur?" dia tertawa. "Mereka akan sangat membantu dalam kecelakaan itu. Aku bisa saja menerbangkan ayah dan ibu untuk mencari pertolongan daripada menunggu di sana dengan batang kayu yang berdarah. Menahan saya. Ini bukan keajaiban. Aku, tidak tahu apa itu Paman Sam, yang kutahu hanya itu."

"Kami sedang mengobrol. Menilai. Bertukar pikiran. Mencoba menemukan jawaban."

"Alangkah baiknya jika ada jawaban, tapi... siapa ahli yang bisa kita tanya dalam situasi seperti ini?"

"Bagaimana dengan pendeta atau pastor?"

E-Z menggelengkan kepalanya. Dia belum pernah ke gereja sejak pemakaman orangtuanya.

"Apa yang akan kita rasakan?"

"Kurasa itu patut dicoba, tapi. Oh, oh."

"Ada apa?"

"Saya merasa ada yang menekan tulang belikat saya. Aku harus pergi, dan kita tidak menyetir ke sini. Maaf, aku harus buru-buru. Sampai jumpa di rumah." Dia melesat keluar dari kafe dan terus berlari, sampai sayapnya keluar dari hoodie-nya, dan dia terangkat dari tanah. Di rumah, ia menyadari bahwa ia tidak memiliki kunci, tapi ia tidak bisa tetap berada di teras depan - tidak dengan sayapnya yang terbuka. Dia mencoba bahasa Latin agar bisa masuk kembali - tapi tidak berhasil. Jadi, dia terbang dan berhasil masuk melalui jendela kamar tidurnya tanpa terlihat oleh siapa pun.

"E-Z!" Sam berseru ketika dia tiba di rumah. "E-Z!"

"Aku di atas sini."

"Apa kau baik-baik saja? Aku sampai di sini secepat mungkin."

"Masuklah, duduklah. Tidak ada tanda-tanda mereka akan menarik diri - belum."

Melihat jendela yang terbuka. "Saya kira Anda terbang ke sini?"

"Ya, untung saja aku lupa mengunci jendelaku tadi malam. Sebaiknya kita lanjutkan diskusi kita, sampai aku bisa keluar lagi."

"Aku kenal seorang pendeta. Jika ada yang bisa membantu, dia bisa."

Dua jam kemudian, dengan lagu-lagu yang mengalun dari radio, mereka sedang dalam perjalanan untuk menemui pendeta. Lagu "Take Me to Church" dari Hozier memenuhi gelombang radio. Kebetulan? Mereka pikir tidak dan bernyanyi bersama dengan lirik lagu tersebut dengan suara yang paling tinggi. Untungnya, dengan jendela yang tertutup, tidak ada yang bisa mendengar mereka.

✻✻✻

Di gereja itu tidak ada akses kursi roda dan banyak tangga yang harus dinaiki.

"Kamu pergilah ke bawah naungan pohon ek besar, dan aku akan mencari Bapa Hopper," saran Sam.

"Apakah itu nama aslinya?" E-Z tertawa.

"Sejauh yang aku tahu. Kau tetaplah di sini dan aku akan segera kembali."

"Baiklah."

Remaja itu mengeluarkan ponselnya. Meskipun ia menikmati keteduhan yang diberikan oleh pohon - namun tidak memungkinkan untuk melihat layarnya. Dia mengubah posisi kursinya, memperhatikan dengungan yang tidak biasa di udara. Suara yang sepertinya berasal dari pohon itu sendiri.

Ia mendongak, mencoba melihat apakah itu seekor burung, ketika nada suaranya naik, dan volumenya meningkat. Dia mematikan teleponnya. Suara itu berakhir, dan suara baru dimulai. Suara yang satu ini sangat merdu; memukau dan ia jatuh ke dalam keadaan seperti mimpi.

Kepalanya menengadah ke depan, hingga sebuah suara baru mengagetkannya terjaga. Bisikan, datang dari atas kepalanya. Suara-suara yang mengalir dari dedaunan pohon. Dia menyilangkan tangannya, saat hawa dingin menjalar ke seluruh tubuhnya, menyebabkan sayapnya terlepas. Sebelum dia menyadarinya, kursinya terangkat dari tanah. Dia merunduk ke dahan-dahan saat dia naik ke jantung pohon ek besar itu.

"Turunkan aku!" perintahnya.

Dia terus naik. Saat anggota tubuhnya terhubung dengan pohon, darah menetes dari lengan dan kepalanya.

"Berhenti! Kau bodoh..."

"Itu tidak bagus, bip-bip," sebuah suara bernada tinggi berkata.

"Saya pikir kamu bilang dia cantik saat dia bangun, zoom-zoom," kata suara kedua.

"Whoa!" E-Z berkata, mencoba untuk menguasai diri dan menghindari agar tidak benar-benar pingsan. Dia menarik napas dalam-dalam. Menenangkan dirinya sendiri. "Siapa, apa dan di mana kalian?"

"Siapa kita sebenarnya, bip-bip."

Sekali lagi, cahaya yang sama, hijau dan satu kuning menari-nari di depan matanya.

Karena penasaran, dia berkata, "Hai."

Cahaya kuning itu menghilang.

Sebuah jeritan.

Lalu lampu hijau menghilang.

"Apa-apaan ini? Kalian berdua, siapa pun kalian, hentikan itu. Kau berutang penjelasan padaku. Aku tahu kalian menguntitku. Keluar dan hadapi aku!"

POP.

Sesuatu seperti malaikat kecil berwarna hijau mendarat di hidungnya. Bau yang anehnya tidak menarik, hampir seperti bau busuk tercium ke arahnya. Dia menutup hidungnya.

"Selamat siang, E-Z, bip-bip," kata makhluk itu sambil membungkuk.

Saat makhluk itu menyebutkan namanya, dia kehilangan kendali atas sayapnya. Dia bergoyang-goyang di udara seperti burung yang sedang belajar terbang. Dia menginginkan sayapnya untuk kembali mengepak, tapi sayapnya tidak mau mengepak. Dia berpegangan pada lengan kursinya saat dia jatuh.

POP!

Sekarang ada dua orang dari mereka. Masing-masing mencengkeram salah satu telinganya dan menurunkan dia dan kursinya dengan aman ke tanah.

"Aduh," kata E-Z sambil menggosok-gosok telinganya ketika pendeta dan pamannya datang dari arah yang berlawanan. "Eh, terima kasih, saya rasa."

POP.

POP.

Kedua makhluk itu menghilang.

"E-Z, ini Bapa Bradley Hopper dan dia ingin membantu."

Hopper mengulurkan tangannya, E-Z melakukan hal yang sama. Saat tubuh mereka bersentuhan, remaja itu menghilang.

Hopper dan Sam tetap berdampingan, dengan mata berkaca-kaca. Keduanya menatap kehampaan seperti dua manekin di etalase toko.

BAB 7

KakiE-Z mendarat di tanah dan pada awalnya, dia dibutakan oleh warna putih. Dia meletakkan satu kaki di depan kaki yang lain, pertama-tama berjalan, kemudian jogging di tempat, lalu berlari penuh. Dia melemparkan dirinya ke dinding, memantul, seperti sedang berada di kastil lompat.

POP

POP

Dia tidak lagi sendirian. Di depannya ada dua makhluk bersayap banyak, berbunga-bunga. Yang satu berwarna hijau, yang lainnya kuning. Saat dia mendekat, sayap mereka, berubah seperti kaleidoskop di sekitar mata emas.

Dia menyentuh sayap kelopak bunga yang berwarna hijau terlebih dahulu. Dia belum pernah melihat bunga yang sepenuhnya hijau sebelumnya, apalagi yang memiliki mata. Mata yang ia kenali dari pertemuan mereka sebelumnya. Sayap-sayap itu menggelitik jarinya dan bunga hijau itu tertawa. Dia menghindari mendekat dengan hidungnya, berharap bau keju tercium - tapi ternyata tidak.

Bunga kedua, berwarna kuning, memiliki lebih banyak sayap kelopak daripada bunga lainnya. Kelopaknya merespons sentuhannya, seperti karang yang bergerak di lautan. Mata keemasan yang satu ini, memiliki bulu mata yang tegas. Dia mencondongkan tubuhnya untuk melihat lebih dekat.

Saat dia terus mengamati keduanya, sebuah PFFT memenuhi udara. Dengan itu, bau busuk yang sangat kuat dan sangat menyengat muncul dan membuatnya merasa mual. Dia mundur, menutup hidungnya, dan menyeka sengatan dari matanya.

Bunga kuning itu berbicara. "Namaku Reiki dan kami membawamu ke sini dengan bunyi bip-bip."

"Di mana tepatnya di sini? Dan mengapa kakiku bisa bekerja?"

"Tidak penting di mana, E-Z Dickens, atau mengapa kamu berada di sini, karena kamu berada di sini."

Dia menyeberangi ruangan dan mengambil bunga kuning dengan tangan kanannya dan bunga hijau dengan tangan kirinya. WHOOSH! Kali ini kabut menyengat menerpanya, dan dia mulai bersin dan terus bersin.

"Tolong turunkan kami, sebelum kamu menjatuhkan kami, bip-bip."

"Ada sekotak tisu, di sana zoom-zoom."

"Oh, maaf." Dia meletakkannya, mengambil tisu - tetapi dia tidak lagi membutuhkannya. Dia menjaga jarak, menyandarkan punggungnya ke dinding putih.

"Kami membawamu ke sini sekarang, bip-bip."

"Saya Hadz, ngomong-ngomong zoom-zoom."

"Karena kamu perlu tahu bip-bip."

"Bahwa kamu tidak boleh berbicara dengan pendeta, tentang sayapmu zoom-zoom."

"Bahkan, Anda tidak boleh berbicara dengan siapa pun tentang apa pun bip-bip."

Sambil meletakkan tangannya di dinding, dia berjalan sambil berpikir. "Pertama-tama, mengapa kamu mengatakan bip-bip dan zoom-zoom?"

Reiki dan Hadz memutar bola mata mereka. "Apa kalian tidak pernah mendengar tentang onomatope?"

"Tentu saja pernah."

"Kalau begitu kamu harus tahu, bip-bip."

"Itu menambah kegembiraan, aksi dan ketertarikan, zoom-zoom."

"Untuk memastikan pembaca mendengar dan mengingat, bip-bip."

"Apa yang Anda ingin mereka ketahui, zoom-zoom."

Dia tertawa. "Itu benar jika Anda membaca sesuatu, tapi tidak perlu dalam percakapan. Saya ingat apa yang dikatakan Reiki karena dia mengatakannya dan saya ingat apa yang dikatakan Hadz karena dia mengatakannya. Saya berasumsi bahwa salah satu dari kalian adalah perempuan dan yang lain laki-laki - apakah itu benar?"

"Ya," Hadz mengiyakan. "Saya perempuan. Wah, saya senang saya tidak harus terus mengatakan zoom-zoom."

"Dan aku laki-laki. Aku akan merindukan mengucapkan bip-bip."

"Anda bisa mengucapkannya jika Anda mau, tapi itu agak mengganggu dan selama percakapan, pengulangannya bisa membosankan."

"Kami tidak ingin membosankan!"

"Itu akan menggagalkan tujuan kami membawa Anda ke sini."

"Oke," kata E-Z. "Jadi, sekarang mari kita kembali ke apa yang Anda katakan sebelum kita mulai berbicara tentang perangkat sastra." Mereka mengangguk. "Jika aku tak bisa memberitahu siapa pun tentang apa yang terjadi padaku, maka aku sendirian dalam hal ini - apa pun itu. Aku menyelamatkan seorang gadis kecil. Aku menduga itu ada hubungannya denganmu?"

"Ya, Anda benar dalam asumsi itu, ups, maaf."

"Aku ingin tahu apa ini dan mengapa ini terjadi padaku?"

"Tutup matamu," kata Hadz.

"Baiklah, tapi jangan bercanda."

Bunga-bunga itu terkikik.

Kakinya meninggalkan tanah, dan dia mendarat di ruangan yang berbeda. Di ruangan ini, seperti sebelumnya, pada awalnya ia dibutakan oleh warna putih. Ketika matanya mulai terbiasa dengan lingkungannya, dia memperhatikan buku-buku. Rak-rak dan rak-rak yang ditumpuk dengan volume setinggi langit.

"Jangan takut," kata Hadz.

Dia tidak takut. Malah, dia sangat gembira. Karena di dalam ruangan ini, ia tidak hanya dapat menggunakan kakinya, tetapi ia juga dapat merasakan darah yang berdenyut di kakinya. Indranya semakin tajam; bau buku tua tercium ke arahnya. Dia mengendus aroma parfum prunus dulcis (almond manis) yang manis. Dicampur dengan planifolia (vanili), tercipta sebuah anisol yang sempurna. Jantungnya berdebar, darahnya memompa - dia tidak pernah merasa lebih hidup. Dia ingin tinggal di sini, selamanya.

Di dalam sepatunya, gerakan setiap jari kakinya memberinya kesenangan. Ia teringat sebuah permainan yang biasa ia mainkan saat masih kecil. Dia melepas sepatu dan kaus kakinya dan menyentuh setiap jari kakinya sambil mengucapkan sajak, "Babi kecil ini pergi ke pasar."

"Dia sudah gila," kata Reiki, saat E-Z berseru, "Wee!"

"Beri dia waktu sejenak. Ini adalah tempat yang sangat menakjubkan."

E-Z mengenakan kaus kakinya kembali. Dia meluncur mengelilingi ruangan di atas lantai putih yang berkilau seperti selembar es. Dia tertawa, saat dia mendorong dirinya ke dinding pertama, lalu dinding kedua, memantul dan mendarat di lantai. Dia tidak bisa berhenti tertawa, sampai dia menyadari ada sesuatu yang aneh dengan buku-buku di atasnya. Dia menggelengkan kepalanya ketika salah satu buku terbang dari rak ke tangannya. Buku itu adalah buku karya leluhurnya, Charles Dickens. Buku itu terbuka dengan sendirinya, mengipasi dari awal sampai akhir, lalu terbang kembali ke tempat asalnya.

"Selamat datang di perpustakaan malaikat," kata Reiki.

"Wow! Hanya wow! Jadi, kalian berdua adalah malaikat?"

"Anda benar," kata Hadz. "Dan kalian ada di sini, karena kami telah ditunjuk sebagai mentor kalian."

"Ditunjuk? Ditunjuk oleh siapa? Tuhan?" ia mencemooh.

Hadz dan Reiki saling berpandangan, menggelengkan kepala.

"Tujuan kami."

"Adalah untuk menjelaskan misi kalian kepada kalian."

"Juga, untuk menunjukkan jalannya. Untuk membantumu," kata mereka bersama-sama.

"Misi? Misi apa?" Pikirannya melayang. Di kepalanya ia mendengar tema film Mission Impossible. Melihat Tom Cruise yang sedang digantung di sebuah ruang komputer. "Hei, tunggu sebentar! Kalian berdua ada di kamarku, bukan? Dan kalian sudah mengikutiku sejak kecelakaan itu."

"Kami sedang menunggu waktu yang tepat untuk memperkenalkan diri," kata Reiki. "Kami berharap bisa melakukannya dengan cara yang tidak terlalu formal, tapi ketika kamu ...."

"... akan berbicara dengan Pendeta, kami harus maju terus."

"Yah, kau benar-benar meluangkan waktumu. Saya pikir saya berhalusinasi," katanya lebih keras dari yang dia inginkan.

POP.

Reiki menghilang.

"Sekarang lihat apa yang telah kau lakukan!" Kata Hadz.

POP.

Saat mereka pergi dan dia tidak tahu di mana, kapan atau apakah mereka akan kembali. Namun, dia tidak akan menyia-nyiakan waktu. Dia membentur lantai dan melakukan dua puluh kali push-up, diikuti dengan jumlah yang sama dengan jumping jack. Matanya terasa silau karena silau dan ia berharap memiliki kacamata hitam.

TICK-TOCK.

Sebuah kacamata hitam muncul begitu saja. Dia memakainya, saat perutnya menggeram. Dia mengambil foto selfie, lalu memeriksa waktu. Sesuatu yang aneh terjadi dengan jamnya. Jam itu menjadi gila. Dan angka-angkanya tidak pernah berhenti berubah. Perutnya menggeram lagi.

TICK-TOCK.

Burger keju dan kentang goreng muncul, sekarang tangannya sudah penuh. Ia membayangkan sebuah minuman kocok cokelat kental dengan ceri maraschino di atasnya.

TICK-TOCK.

Sebuah minuman shake ekstra besar, dengan ceri di atasnya tiba di atas meja putih yang belum pernah ada sebelumnya. Atau pernah ada? Mungkin dia tidak menyadarinya karena keduanya berwarna putih.

Sebelum dia mulai makan, dia menikmati aromanya, lalu dengan setiap gigitan, rasanya. Rasanya seperti dia belum pernah makan burger keju atau kentang goreng sebelumnya. Dan buah ceri, terasa begitu manis, diikuti dengan cokelatnya yang legit. Dia melahap makanannya sambil berdiri. Makanan selalu terasa lebih enak jika dimakan sambil berdiri. Pesanan ini terasa sangat enak; sungguh konyol.

Setelah selesai, dia tidak berterima kasih kepada siapa pun atas makanannya. Kemudian dia mengalihkan perhatiannya ke perpustakaan dan, sebuah tangga putih yang tidak dia sadari sebelumnya. Memikirkannya saja sudah cukup untuk membuat tangga itu bergerak mendekatinya, seolah-olah tangga itu ingin digunakan. Dia menaiki tangga itu, dan tangga itu bergerak, seperti cakram pada papan Ouija, melewati rak demi rak buku. Kemudian, benda itu berhenti.

Sambil memanjat, dia membaca judul-judul di punggung buku. Buku-buku yang ada di depannya adalah karya Charles Dickens, setiap jilidnya memiliki sepasang sayap.

Satu sayap terbang ke arahnya, A Christmas Carol. Sayap itu membolak-balik beberapa halaman, untuk menunjukkan kepadanya bahwa buku itu adalah Edisi Pertama, yang diterbitkan pada tanggal 19 Desember 1843. Ketika burung itu terus membolak-balik halaman, ia mengagumi ilustrasinya. Betapa detailnya ilustrasi tersebut dan juga penuh warna. Dan di latar belakang, di belakang Tiny Tim dan keluarganya pada salah satu gambar, ada sesuatu yang bergerak. Mata. Dua pasang. Hadz dan Reiki! Dia hampir saja menjatuhkan bukunya. Karena makhluk itu memiliki sayap, ia kembali ke tempatnya semula di rak. Sementara itu, dia kehilangan keseimbangan, jatuh dari tangga dan berpegangan pada tangga. Ketika ia sudah stabil kembali, ia turun perlahan-lahan dan menginjakkan kakinya dengan kuat di tanah. Dia bertanya-tanya mengapa sayapnya tidak muncul untuk membantunya. Segala sesuatu yang lain memiliki sayap di sini yang berfungsi, bahkan para malaikat memiliki beberapa pasang sayap. Di dunia luar sana, kakinya tidak berfungsi, dan dia memiliki sayap yang berfungsi. Di sini, dimanapun dia berada, kakinya berfungsi, tetapi sayapnya sekarang tidak berfungsi.

Dia menggaruk-garuk kepalanya. Seandainya saja Paman Sam ada di sini. Namun, dia tidak bisa berbicara dengannya. Itu dilarang. Tapi kenapa? Apa yang bisa mereka lakukan padanya? Para malaikat telah menguntitnya sejak kecelakaan itu. Dia berasumsi bahwa mereka adalah malaikat yang baik, karena mereka belum menyakitinya - belum. Kerinduan akan rumah menerpanya seperti gelombang raksasa, mengancam untuk membawanya tenggelam.

"Saya ingin pulang!" teriaknya, saat teleponnya bergetar. Sebelum dia sempat membukanya...

POP.

Reiki meraihnya dan melemparkannya ke...

POP.

Hadz yang melemparkannya ke dinding putih terjauh. Benda itu terpental, menghantam lantai, dan hancur berkeping-keping.

"Kau berhutang padaku empat ratus dolar untuk sebuah telepon baru! Saya harap kalian para malaikat punya uang tunai."

Hadz mengulurkan tangan dan menampar wajah E-Z dengan sayapnya. Bulu-bulunya menggelitik, bukannya melukainya. "Sekarang kau, E-Z Dickens, duduklah di sini." Sebuah kursi putih menekan bagian belakang kakinya, memaksanya untuk duduk.

"Dan berhentilah menjadi orang bodoh," kata Reiki.

"Whoa! Bisakah malaikat berkata seperti itu? Malaikat macam apa kau ini? Malaikat yang sedang berlatih? Apakah aku orang yang akan membantumu untuk mendapatkan sayapmu?"

Dia menyadari bahwa mereka sudah memiliki sayap. Bahkan, beberapa pasang. Jadi, poin yang ingin dia sampaikan tampak tidak masuk akal saat mereka melayang-layang di atasnya.

"Apakah saya orang yang akan menolong Anda, atau Anda yang ditakdirkan untuk menolong saya? Karena jika benar, seperti yang Anda katakan, maka Anda melakukan pekerjaan yang buruk. Saya tidak akan mengatakan hal yang baik untuk salah satu dari kalian dalam waktu dekat."

"Kami menunggu permintaan maaf."

"Nah, Anda akan menunggunya, untuk waktu yang lama. Karena aku haus."

TICK-TOCK.

Segelas root beer dalam gelas buram muncul. Dia menenggaknya dalam satu tegukan. "Karena kau membawaku kemari, tanpa persetujuanku. Dan..."

"DIAM!" sebuah suara menggelegar berkata, saat dia merapat ke salah satu dinding putih.

Dia setinggi langit-langit. Bahkan, lebih tinggi. Dia bengkok, namun sangat besar dalam ukuran dan perawakannya. Sayapnya menyentuh dinding dan langit-langit. "JAGA LIDAHMU!" malaikat yang sangat besar itu menuntut, menarik sayapnya ke arah E-Z dengan sebuah SWOOSH sampai dia berada tepat di wajahnya.

$$* * *$$

"E.Z. Dickens, Anda telah dipanggil ke sini di hadapan saya," kata malaikat besar itu. "Aku adalah Ophaniel, penguasa bulan dan bintang-bintang. Dan mereka ini adalah bawahanku. Kamu TIDAK BOLEH memperlakukan mereka dengan kurang ajar. Kamu HARUS memperlakukan mereka dengan baik dan hormat karena mereka adalah MATA dan TELINGA-Ku bagimu. Tanpa mereka, kamu bukan apa-apa."

Dia terbata-bata mengucapkan kalimat yang tidak dapat dimengerti sambil menahan keinginan untuk melarikan diri.

"JANGAN menyela sampai saya selesai berbicara," perintah Ophaniel.

Dia mengangguk, tubuhnya gemetar, terlalu takut untuk mengucapkan sepatah kata pun.

"E-Z," suaranya menggelegar. "Kamu telah diselamatkan. Kami telah menyelamatkanmu, untuk sebuah tujuan."

Reiki dan Hadz mendekat dan duduk di atas bahu Ophaniel.

"Diamlah," perintah Ophaniel.

Mereka melipat sayap mereka, bersandar agar tidak melewatkan satu kata pun.

E-Z membuat catatan mental untuk bertanya kepada mereka bagaimana cara melipat sayapnya seefisien yang mereka lakukan. Itu jika dia mendapatkan sayapnya kembali.

Ophaniel melanjutkan. "Ketika orang tuamu meninggal, E-Z Dickens, kamu, juga seharusnya meninggal. Itu adalah takdirmu. Takdir yang kami ubah untuk tujuan kami. Kami berhasil memohonkan kasusmu. Kami berjanji bahwa kau akan melakukan hal-hal yang luar biasa. Bahwa kau akan membantu orang lain. Kami menyelamatkanmu, dan sebuah hutang. Hutang yang sebagian besar telah kau bayar lunas dengan menyerahkan kakimu."

Menyerah? Kedengarannya seperti dia punya pilihan. Bahwa dia telah membuat keputusan akhir untuk tidak pernah berjalan lagi, yang mana itu bohong. Dia membuka mulutnya untuk berbicara, tetapi suara Ophaniel bergemuruh.

"Masih ada utang yang harus dibayar, utangmu kepada kami."

E-Z menghirup udara dalam-dalam. Dia ingin berbicara tapi tidak bisa. Bibirnya bergerak tapi tidak ada suara yang keluar. Beraninya kau, malaikat, membuat keputusan untuknya dan mengatakan kepadanya bahwa dia berhutang?

"Kami memberimu alat - sebuah kursi yang kuat. Ini untuk membantumu. Jadi, suatu hari nanti kamu bisa berada di sini bersama orang tuamu dan berjalan bersama kami, bersama mereka, di alam baka." Ophaniel ragu-ragu selama beberapa detik, untuk meresapkannya. "Kamu boleh mengajukan satu pertanyaan hari ini, tapi hanya satu. Buatlah pertanyaan yang bagus."

Alih-alih merenungkan pertanyaannya, E-Z malah berkata, "Kapan saya bisa bertemu dengan orang tua saya lagi?"

"Ketika Anda telah membayar utang Anda secara penuh."

"Tolong satu pertanyaan lagi."

"Akan ada waktu untuk pertanyaan dan akan ada waktu untuk jawaban. Untuk saat ini, Anda berada dalam perawatan bawahan saya. Anda dapat mengajukan pertanyaan kepada mereka dan mereka dapat memilih untuk menjawab. Atau mereka bisa memilih untuk tidak menjawab. Itu akan menjadi pilihan mereka untuk menjawab ya atau tidak. Dengan cara yang sama, Anda juga memiliki pilihan untuk menjawab ketika mereka mengajukan pertanyaan kepada Anda. Perlakukan mereka sebagaimana Anda ingin diperlakukan dan jangan ungkapkan detail tentang tempat ini atau pertemuan kita. Jangan bicarakan hal ini, semua ini kepada manusia manapun. Saya ulangi, simpanlah hal-hal ini hanya untuk dirimu sendiri."

Dia masih tidak bisa berbicara. Tanpa memintanya, Ophaniel melanjutkan dengan pertanyaan berikutnya.

"Jika Anda melanggar janji ini, sayap Anda akan menjadi seperti pasta - lemah - dan Anda tidak akan pernah bisa membayar utang Anda."

Dia memikirkan pertanyaan lain.

"Ya, saat kamu menyelamatkan gadis kecil itu - pembakaran itu - adalah bagian dari proses. Sayapmu perlu terbakar, untuk menguatkan, untuk mengikatmu, sehingga kamu akan siap menghadapi tantangan berikutnya."

Dia berpikir, bagaimana jika saya tidak mau.

Ophaniel tertawa dan terbang ke bagian tertinggi dari ruangan itu. Kemudian dia menghilang melalui langit-langit.

BAB 8

Yangdia tahu, dia sudah kembali duduk di kursi rodanya menghadap sang Pendeta.

"Eh, Paman Sam, kita harus pergi. SEKARANG."

"Oh," kata Sam, sambil melihat keponakannya melaju pergi. "Saya minta maaf karena telah membuang-buang waktumu, dia harus pulang." Sam bergegas pergi sementara Hopper mengikuti di belakangnya. Dia menambah kecepatan, menyusul keponakannya dan dengan memegang pegangannya mendorong kursi roda. Hopper berlari dan segera berjalan di samping mereka, meskipun terengah-engah.

"Oh, begitu, Anda benar-benar tidak memiliki sayap, E-Z."

Dia melirik dari balik bahunya, mengangkat gelas pura-pura ke bibirnya, lalu memutar matanya.

"Saya tidak punya masalah dengan minuman," kata Sam menantang.

Sekali lagi, remaja itu memutar matanya, saat mereka mendekati tempat parkir. Sang pendeta tidak mengikutinya.

Begitu mereka sampai di mobil, Sam berkata, sambil berusaha mengatur napasnya, "Apa-apaan ini tadi?" sambil membuka pintu dan membantu keponakannya masuk.

"Ayo kita pergi dari sini dulu." Dia mengulur-ulur waktu karena dia tidak bisa menceritakan apa yang terjadi. Dia harus memikirkan kebohongan yang meyakinkan - dan dia tidak pernah menjadi pembohong yang baik. Ibunya selalu memergokinya karena telinganya selalu memerah saat dia berbohong.

"Saya menunggu penjelasan," kata Sam sambil mengencangkan genggamannya pada kemudi.

Lagu Don't Look Back dari Boston mengalun dari speaker mobil.

"Maaf, aku harus pergi. Aku rasa Hopper tidak bisa membantu dan aku tidak ingin dia tahu lebih banyak dari yang sudah kau ceritakan."

"Kau masih belum menjelaskan mengapa kau menyiratkan bahwa aku punya masalah dengan minuman keras."

"Oh, itu. Itu muncul di kepala saya, dan saya mengatakannya tanpa berpikir panjang. Aku minta maaf."

"Saya bangga karena tidak minum alkohol. Tentu saja, saya akan minum bir sekarang dan nanti. Untuk bersosialisasi di acara kerja. Tapi saya tidak seperti orang IT lainnya yang suka minum-minuman keras. Dan tidak akan pernah."

E-Z tidak memikirkan apa yang dikatakan Paman Sam. Sebaliknya, ia sedang memikirkan informasi yang telah disampaikan Ophaniel kepadanya. Dia berhutang budi kepada para malaikat karena telah menyelamatkannya dan telah menukar kakinya dengan nyawanya. Tawar-menawar yang dilakukan oleh para malaikat, adalah untuk tujuan mereka sendiri - dan sekarang mereka mengharapkan dia untuk membayar hutangnya - tetapi bagaimana caranya?

Yang dia tahu pasti, dia harus menang. Apapun tugas yang mereka lemparkan ke arahnya, dia harus mengatasinya. Dengan bantuan Reiki dan Hadz - sekecil apa pun itu, dia akan membayar hutangnya. Kemudian, jika tidak ada yang lain, dia akan bertemu dengan orang tuanya lagi. Dia mengira itu berarti dia akan mati, dan mereka akan bertemu di surga, jika memang ada tempat seperti itu. Dia akan segera mengetahuinya.

BAB 9

Sesampainya di rumah lagi, remaja ini langsung menuju ke kamarnya.

"Jika kamu membutuhkan bantuanku," hanya itu yang berhasil Sam ucapkan sebelum keponakannya membanting pintu kamarnya.

E-Z menutupi wajahnya dengan kedua tangannya. Ia merasa ada yang salah, saat kakinya kembali. Dia menghantamkan tinjunya ke sandaran tangan, saat sayapnya keluar dan menerbangkannya ke tempat tidur. "Terima kasih," katanya kepada mereka, seolah-olah mereka terpisah dan bukan bagian dari dirinya.

"Lihatlah," kata Hadz, yang sedang beristirahat di atas bantalnya. Malaikat itu terbang ke arah lampu dan berkata, "Bangun, dia sudah pulang."

E-Z kini berbaring dengan nyaman di tempat tidurnya, mata terpejam, hampir tertidur.

"Malam ini, kamu terbang," malaikat bernyanyi.

"Dengar, aku mengalami hari yang melelahkan, seperti yang kamu tahu dan yang ingin kulakukan hanyalah tidur."

"Kamu boleh tidur siang selama lima menit," kata Reiki.

"Kalau begitu, akan segera bangun dan menyapa mereka!"

Dia hampir tertidur lagi ketika Sam masuk. "Maaf mengganggu Anda, tapi PJ dan Arden mengatakan mereka telah mencoba untuk mendapatkan Anda sepanjang hari. Apa bateraimu sudah mati?"

"Eh, tidak, saya kehilangan ponsel saya," katanya sambil menatap kedua pembantunya.

"Pembohong, pembohong, celana terbakar," tegur mereka. Sam, karena tidak bereaksi, tidak mendengar suara mereka yang bernada tinggi. E-Z mengusir mereka.

"Itu sebabnya saya selalu membeli asuransi dengan rencana saya. Jangan khawatir, kami akan mencarikan penggantinya besok. Lagipula, sudah saatnya Anda meningkatkannya. Anda bisa menyimpan nomor telepon yang sama. Saya akan memberi tahu orang-orang bahwa Anda akan menghubungi mereka nanti."

"Terima kasih, Paman Sam. Selamat malam."

"Malam E-Z."

BAB 10

Dalam mimpinya, ia sedang melakukan perjalanan ski bersama orang tuanya. Itu sebenarnya adalah kenangan, tetapi dia menghidupkannya kembali sebagai mimpi.

E-Z saat itu berusia enam tahun. Dia dan ibunya sedang diajari semua gerakan oleh instruktur ski. Sementara itu, ayahnya - yang bukan pemula seperti mereka - berjalan menuruni bukit yang dipenuhi salju.

Mereka belajar bermain ski di bukit bayi - begitulah mereka menyebut bukit percobaan.

"Apakah kalian siap?" kata instruktur, "untuk meluncur di salah satu bukit besar?"

Mereka menjawab siap. Mereka pikir mereka sudah siap. Namun, mengatakan dan melakukan adalah dua hal yang berbeda.

Pada percobaan pertama, mereka tidak sampai jauh sebelum salah satu dari mereka jatuh. Itu adalah ibunya, dan ketika ia tersungkur, ia duduk di atas salju yang dingin sambil tertawa. Dia membantunya berdiri, dan mereka melanjutkan perjalanan lagi.

Kali ini, E-Z yang terjatuh, wajahnya membentur benda putih yang dingin. Dia mengibaskannya, dibantu berdiri oleh instruktur, sementara ibunya terus menyemprotkan salju dalam perjalanan. Dia menganggapnya sebagai tantangan, dan melaju kencang, melewati ibunya sambil menyeringai.

Hal berikutnya yang dia tahu, sang ibu sudah berada di belakangnya. Dia menabrak beberapa bubuk yang dikemas - dan meninggalkannya menjadi debu - menemukan langkahnya. Tetap saja, dia terus melaju, mengerahkan seluruh kemampuannya dan menyusulnya. Mereka melayang turun, berdampingan, lalu terpisah, lalu kembali bersama lagi. Sambil tertawa seperti dua anak kecil.

Di dasar bukit, mengenakan pakaian biru langit dari ujung kepala hingga ujung kaki adalah ayahnya. Dia tampak menonjol; sepotong biru dikelilingi oleh salju yang masih perawan - dengan kursi roda di tangannya.

"Salju," kata E-Z, sambil menghirup marshmallow lagi. Rasanya lebih enak lagi karena semua meleleh. Kemudian dia merasa kedinginan dan terbangun dikelilingi oleh es di bak mandi. Paman Sam ada di sana, duduk di sisinya.

"E-Z, kamu benar-benar membuatku takut kali ini."

"Apa? Apa yang terjadi?

"Aku mendengar suara berisik jadi aku masuk untuk memeriksamu. Jendelamu terbuka lebar, gordennya mengepul. Saya merasakan dahimu, dan kamu terbakar. Saya takut kamu akan mengalami kejang. Bahkan sayapmu terlihat layu.

"Saya mempertimbangkan untuk menelepon 911, lalu memutuskan untuk tidak melakukannya. Maksud saya,

saya tidak bisa membawa Anda ke tempat gawat darurat, tidak dengan sayap-sayap itu. Saya harus membawamu ke kursi roda dan mengisi bak mandi dengan es dan melihat apakah saya bisa menurunkan suhumu. Saya pergi keluar dan membeli es, meminta sumbangan dari teman-teman di lingkungan sekitar. Mereka sangat membantu."

"Saya merasa lebih baik sekarang, terima kasih," katanya sambil mencoba berdiri. Tidak sampai jauh, sebelum ia jatuh lagi.

"Kau harus menceritakan apa yang terjadi."

"Saya tidak bisa, Paman Sam. Kau harus percaya padaku."

Remaja itu mencoba untuk berdiri lagi. "Tunggu di sini," kata Sam, sambil keluar dari kamar mandi dan kembali dengan kursi roda. "Ini," ia memasukkan termometer ke dalam mulut keponakannya. "Jika sudah normal, kamu bisa naik ke kursi roda."

Ternyata normal, jadi dengan jubah yang melilitnya, E-Z diangkat dari bak mandi dan naik ke kursi. Sayapnya mengembang, lalu mengendur ke tempatnya dan tidak lagi terasa seperti terbakar.

Saat dia melewati ruang tamu, dia melihat sekilas berita.

"Tadi malam, ada kecelakaan pesawat yang dialihkan," kata juru bicara itu. "Mereka menyebutnya pendaratan ajaib, tapi ini beberapa rekaman mentah, yang diambil oleh salah satu pemirsa kami saat kejadian."

Dia menonton video tersebut, yang menunjukkan pesawat mendarat tetapi tidak ada yang lain - tidak ada gambar dirinya. Dia merasa lega dan kembali ke kamarnya.

"Aku akan segera kembali untuk membantumu berpakaian."

Dia sangat berharap bisa menceritakan semuanya kepada Pamannya - tetapi dia tidak bisa. "Terima kasih," katanya setelah dia berpakaian.

"Aku selalu mendukungmu."

"Kembali padamu," kata remaja itu. "Kurasa aku akan pergi ke kantorku untuk menulis sesuatu."

"Ide yang bagus, saya punya pekerjaan rumah yang harus diselesaikan hari ini." Dia mulai beranjak pergi, lalu berbalik. "Kamu tahu nak, kamu tidak harus langsung menulis novel. Kamu bisa membuat buku harian, atau jurnal. Tulislah hal-hal yang mungkin suatu hari nanti akan kamu lupakan. Seperti kenangan-kenangan yang berharga."

"Saya pikir saya akan menulis sesuatu dan menyebutnya Tattoo Angel."

"Aku suka itu."

Sesampainya di kantornya, dia duduk sejenak sambil memikirkan tentang pesawatnya - bertanya-tanya bagaimana dia bisa melakukan apa yang diminta darinya. Dia tidak akan bisa melakukannya tanpa bantuan angsa dan teman-temannya, atau tanpa bantuan kursinya. Bahkan kedua calon malaikat itu telah membantu dengan caranya sendiri dengan menyemangati dia di latar belakang.

Dia fokus menulis dan mengetik judulnya: Tattoo Angel.

Jari-jarinya ingin mengetik lebih banyak lagi, tetapi pikirannya ingin mengembara. Dia bersandar di kursinya dan menatap layar yang kosong. Dia membutuhkan kalimat pertama yang fantastis, seperti yang pernah ditulis oleh leluhurnya, Charles Dickens - "Aku dilahirkan.

Ketika dia tidak tahan lagi melihat layar putih itu beberapa waktu kemudian, dia mengetik -

Saya berharap saya tidak pernah dilahirkan.

Dan dia terus mengetik.

Saya tidak bisa berjalan lagi.

Saya tidak akan pernah bermain bisbol atau hoki profesional atau mendapatkan beasiswa olahraga.

Aku tak bisa berlari.

Aku tidak bisa melompat.

Ada begitu banyak hal yang tidak bisa saya lakukan.

Itu tidak akan pernah saya lakukan.

Dia berhenti mengetik, melihat sesuatu di bagian kanan atas layar yang bergerak ke bawah. Mengalir.

Air mata. Air mata kecil.

Bergabung. Tumbuh semakin besar dan semakin besar. mengalir ke bawah layar.

Dia pikir dia mendengar sesuatu - mengeraskan volume suara.

"WAH! WAH! WAH!" sebuah suara bernada tinggi bernyanyi.

Suara kedua bergabung.

"WAH-WAH!

WAH-WAH!

WAH-WAH!"

E-Z mematikan komputernya.

Itu hanya kata-kata kasar dan dia merasa lebih baik karenanya. Semua orang membutuhkan pesta kasihan sekarang dan lagi. Itu sudah di luar sistemnya.

Dia tahu satu hal yang pasti - sebagai seorang penulis, dia bukanlah Charles Dickens.

Charles Dickens tidak bisa terbang.

✳✳✳

"**B**angun, saatnya untuk pergi!" Kata Reiki sambil terbang ke jendela.

Hadz menunggu di jendela yang terbuka. "Siap?"

Jadi, mereka mengharapkan dia untuk melompat, dari lantai tiga rumahnya. "Aku tidak akan melompat ke sana! Lihatlah betapa tingginya kita."

"Kamu lupa, kamu punya sayap."

"Dan jika kamu jatuh, kamu akan mengetahuinya."

Setidaknya dia masih mengenakan pakaiannya, saat mereka menurunkannya ke kursi rodanya. Dia menggigil, melihat ke bawah, bertanya-tanya bagaimana sayapnya bisa membuat dia dan kursinya tetap berada di udara.

"Bagaimana dengan kursi roda saya?"

"Ingat apa yang dikatakan Ophaniel? Sekarang - terbanglah!"

Begitu dia keluar, sayapnya terentang sepenuhnya. Di atas bahunya, dia bisa melihat sayap-sayap itu beraksi.

Makhluk-makhluk kecil namun kuat itu mengangkatnya, semakin tinggi, membawa remaja itu melintasi langit malam, sementara mata berbintang yang terang menatapnya. Ketika mereka merasa dia sudah siap, mereka melepaskannya.

"Saya bisa terbang," katanya. "Aku benar-benar bisa terbang!"

"Berhentilah pamer," kata Reiki, "dan ikuti saja programnya."

"Saya akan melakukannya jika saya tahu apa itu," dia mendengus.

Hadz terbang ke depan. E-Z dan Reiki melayang di atas sekolah, di dekat lapangan bisbol. Menuju ke pusat kota. Lampu-lampu di landasan pacu dekat bandara bersaing langsung dengan bintang-bintang di atasnya.

"Kamu melakukannya dengan sangat baik," kata Reiki.

"Terima kasih."

Suara mesin pesawat yang mati, dari sebuah pesawat jumbo jet di depan mereka, menarik perhatiannya.

"Lihat di sana, pesawat itu dalam masalah. Seandainya saya punya ponsel untuk meminta bantuan." Mesinnya mati dan pesawat turun sedikit lalu mendatar.

"Anda tidak memerlukan telepon. Selamat datang di uji coba kedua Anda."

"Anda mengharapkan saya untuk, apa? Membawa pesawat di punggung saya? Saya tidak bisa menyelamatkan pesawat; saya tidak punya cukup tenaga. Saya tidak bisa melakukannya."

"Baiklah kalau begitu," kata Hadz yang kini sudah menyusul mereka.

"Satu hal yang harus kalian ketahui, jika kalian tidak menyelamatkan mereka - semua orang di dalam pesawat akan binasa."

"Semua 293 penumpang. Pria, wanita, dan anak-anak."

"Ditambah dua anjing dan satu kucing," tambah Reiki.

Kepalanya dipenuhi dengan jeritan-jeritan, dari orang-orang di dalam pesawat. Bagaimana dia bisa mendengar mereka, melalui dinding logam yang tebal? Anjing menggonggong dan kucing mengeong. Seorang bayi menangis.

"Hentikan, matikan dan aku akan melakukannya."

"Kami tidak akan mematikannya."

"Tapi ini akan berakhir, setelah Anda mendaratkan pesawat dengan selamat di bandara, di sana."

"Kami percaya padamu," kata Hadz.

"Tapi apakah mereka tidak akan melihat saya? Jika mereka melihatku, maka permainan akan berakhir, maksudku dengan istilah Ophaniel - aku tidak akan pernah bisa bertemu dengan orang tuaku."

"Sampai jumpa?"

"Itu yang paling tidak perlu kamu khawatirkan!"

"Sekarang pergilah," kata Hadz. "Oh, dan kamu mungkin membutuhkan ini."

Kini ia telah mengenakan sabuk pengaman, untuk menahannya di kursi rodanya, saat ia melesat melintasi langit menuju pesawat yang jatuh.

"Kami akan mengawasi," kata mereka.

"Maukah Anda membantu saya, jika saya membutuhkan Anda?"

"Ini adalah cobaan Anda, yang ditujukan kepada Anda dan hanya Anda. Kami di sini untuk menyemangati Anda. Semoga berhasil."

"Tunggu sebentar, apakah kalian tidak akan memberiku pelajaran yang tepat? Tunjukkan padaku apa yang harus kulakukan?"

POP.
POP.
"Terima kasih untuk apa-apa!" teriaknya.

$$\text{✳✳✳}$$

Di Bandara, di Menara Kontrol Lalu Lintas Udara, seorang Pengendali menyadari bahwa pesawat tersebut mengalami masalah. Karena tidak dapat menghubungi pilot, ia melihat sebuah objek terbang tak dikenal di radarnya.

Dengan menggunakan Superman dan Mighty Mouse sebagai inspirasi, E-Z mengangkat kedua tangannya. Dia memposisikan dirinya di bawah tubuh binatang logam yang perkasa itu dan mengerahkan seluruh kekuatannya.

"Saya pikir Anda bisa menggunakan sedikit bantuan," kata angsa yang lebih besar dari biasanya. Dia mengangguk dan burung-burung terbang dari berbagai arah. Saat pesawat jet jumbo itu mendekat, burung-burung yang asli pun menyelaraskan diri mereka. Membantunya menahan pesawat agar tetap stabil. Untuk menstabilkannya, sehingga dia dan kursinya dapat menanggung beban penuh.

Benda-benda di dalam pesawat berguling-guling seperti kelereng. Dia harus bergegas, dan berharap dia memiliki sepasang sayap lagi, atau sayap yang lebih kuat. Seandainya saja dia berada di ruang putih. Dia fokus pada tugas yang ada dan mempersiapkan diri secara mental untuk turun. Melirik ke bawah, dia melihat kursinya juga memiliki sayap, di pijakan kaki dan di rodanya. "Terima kasih," bisiknya kepada siapa pun. Kemudian kepada burung-burung, "Saya sudah mendapatkannya sekarang, terima kasih atas bantuan Anda."

Setelah siap, dia menurunkan pesawat jumbo itu, menjaganya agar tetap stabil dan datar. Dia menyentuh bagian depan pesawat ke landasan. Kemudian, karena roda pendaratan belum turun, dia harus menyingkir. Dia mengulurkan tangan kanannya, sejauh yang bisa dilakukannya dan memosisikan kursinya menjauh dari bagian tengah pesawat. Dia menurunkan bagian tengah pesawat, lalu bagian ekornya. Dia berhasil! Ya! Dia bergerak menjauh ke arah suara-suara menakutkan dari sirene yang berteriak mendekat dari segala arah dalam bentuk mobil pemadam kebakaran, ambulans, dan mobil polisi.

Sebelum mereka melihatnya, dia sudah terbang menjauh. Para penumpang yang bersyukur di dalam bersorak, mengambil foto dan merekamnya dengan ponsel mereka. Tak lama kemudian, dia kembali bersama Hadz dan Reiki.

"Kamu melakukannya dengan sangat baik. Kami bangga padamu, anak didikku."

Dia tersenyum, sampai sayapnya terasa seperti ada yang membakarnya. Hal berikutnya yang dia tahu dia terbakar, dan rasanya sangat sakit, sampai dia ingin mati. Dia mengharapkan kematian. Merindukannya. Sekarang dalam keadaan terjun bebas, dengan kursinya menghadap ke bawah, dia membuka matanya lebar-lebar dan menunggu bibirnya mencium tanah. Kemudian dia dibawa oleh dua malaikat, yang membawanya pulang dan menidurkannya.

Rasa sakitnya tidak berkurang, tetapi E-Z tahu bahwa hari ini dia tidak akan mati. Dia akan selamat untuk hari yang lain. Cobaan lain. Yang harus dia lakukan adalah bertahan dari yang satu ini.

$$*\!*\!*$$

"**K**apan debu berlian akan mulai bekerja?" Hadz bertanya. "Dia masih sangat kesakitan."

"Ini adalah pengobatan baru, jadi saya tidak bisa mengatakan kapan - tetapi pada akhirnya akan mulai bekerja."

"Semoga dia bisa bertahan selama itu!"

"Dengan bantuan Paman Sam, dia akan melewatinya. Setelah itu dimulai, kita akan melihat tanda-tandanya. Beberapa perubahan fisik."

E-Z terus mendengkur

POP.

POP.

Dan sekali lagi mereka pergi.

BAB 11

Sehari kemudian, E-Z sudah merencanakan hari-harinya. Pertama, dia harus menyiapkan ranselnya untuk perjalanan hari Sabtu ke taman. Dia akan sarapan, melakukan sedikit kegiatan menulis, lalu berangkat. Ketika dia sedang menyiapkan ranselnya, dia mendengar suara Hadz dan Reiki yang bernada tinggi sebelum dia melihat mereka.

"Saya bisa mendengar Anda," katanya.

POP.

Hadz muncul lebih dulu.

POP.

Kemudian Reiki - keduanya dalam kemegahan malaikat yang telah berubah sepenuhnya.

"Selamat pagi," mereka bernyanyi serempak dengan suara yang merdu.

E-Z memasukkan sebuah buku catatan ke dalam ranselnya dan beberapa pulpen tanpa menghiraukannya. Dia berharap menemukan sesuatu yang inspiratif untuk ditulis di taman. Dia mengulurkan tangan untuk menutup ritsleting ranselnya ketika dia melihat kedua malaikat itu duduk di atas ritsletingnya.

"Oh, maaf. Aku hampir tidak melihatmu di sana."

"Wah, hampir saja," kata Reiki.

Hadz terlalu gemetar untuk mengucapkan sepatah kata pun.

Mereka terbang ke pundaknya saat ia mengarahkan kursinya ke arah pintu yang tertutup.

"Kami perlu berbicara denganmu," kata Hadz.

"Ini... penting. Kami melakukan sesuatu..."

"Untukku?"

Mereka melayang di depan matanya.

"Ya. Saat kau tertidur beberapa minggu yang lalu."

"Beberapa minggu yang lalu! Oke, aku mendengarkan..." Sebenarnya, dia berusaha untuk tidak meniup bagian atasnya. Membayangkan mereka melakukan sesuatu padanya. Saat dia sedang tidur. Tanpa seizinnya. Itu adalah pelanggaran kepercayaan yang mengerikan. Dia mengepalkan tinjunya. Diam. Dia menyilangkan tangannya. Dia tidak akan membuatnya mudah bagi mereka.

Sam mengetuk pintu, "Sarapan pagi E-Z, apa kau butuh bantuan?"

"Tidak, aku bisa. Aku akan ke sana dalam beberapa menit." Keheningan membungkam suara di luar saat Sam kembali ke dapur.

"Pertama-tama," kata Hadz, "kami hanya melakukan apa yang kami lakukan untuk membantumu."

"Dengan cobaan itu. Kami melakukan sesuatu untuk membantumu mencapai tujuanmu."

"Maksudmu kau bisa saja membantuku, dengan pesawat itu? Saya yakin bisa menggunakan bantuan Anda.

Untungnya, kami berhasil melakukannya berkat angsa dan burung-burung itu."

"Eh, ya, tentang itu, bantuan tidak diizinkan - tidak dari teman maupun unggas. Kami melaporkan kejadian tersebut kepada pihak yang berwenang."

E-Z menggelengkan kepalanya, ia tidak percaya dengan apa yang ia dengar. "Jangan bilang ada yang menyakiti angsa atau burung-burung itu? Sebaiknya jangan katakan itu... Oh, dan mengapa angsa itu berbicara padaku, dalam bahasa Inggris. Apakah dia tahu."

"Hal itu rahasia," kata Hadz, berkibar-kibar di dekat wajahnya dengan tangan di pinggul. Reiki mengambil posisi yang sama, dan sayap mereka menyentuh kelopak matanya.

"Hei, hentikan itu," katanya, lebih keras dari yang dia maksudkan.

"Semuanya baik-baik saja di dalam sana?" Sam bertanya melalui pintu yang tertutup.

"Aku baik-baik saja," katanya, melambaikan tangannya di depan wajahnya, melemparkan makhluk-makhluk itu ke seberang ruangan. Reiki menghantam dinding dan meluncur ke bawah. Hadz yang sudah berada di bawah berusaha untuk menangkap Reiki tapi terlambat. Kedua malaikat itu jatuh dan mendarat di lantai.

"Maaf," kata remaja itu. Dia menggerakkan kursi rodanya mendekati mereka. Dia bertanya-tanya apakah mereka memiliki bintang-bintang yang berputar-putar di kepala mereka seperti tokoh-tokoh kartun di masa lalu. Dia dulu suka sekali ketika hal itu terjadi pada Wile E. Coyote. Mereka sedikit terhuyung-huyung, jadi dia menaruh mereka di tempat tidur. Ketika para malaikat itu pulih, dia berkata, "Maaf sekali lagi. Saya tidak bermaksud menampar kalian. Sayapmu menggelitik mataku."

"Ya, kamu memang melakukannya!" Reiki berkata.

"Dan kami, tidak akan melupakannya."

Dia merasa tidak enak. Sayap-sayap itu sangat kecil; ia tidak menyadari bahwa hanya dengan satu jentikan saja bisa membuat mereka terbang seperti itu. Rasanya seperti dia telah mengusir mereka dari taman, dan dia hampir tidak menyentuh mereka.

"Tentang itu..." Reiki berkata.

Hadz menimpali, "Saat kamu tidur, kami melakukan ritual terhadapmu."

E-Z kembali tetap tenang, tapi nyaris saja. "Ritual yang kamu katakan?" Mereka menatapnya, merasa bersalah seperti berdosa. "Jika Anda manusia, mereka akan melemparkan buku kepada Anda karena melakukan apa pun kepada saya tanpa izin. Itu penyerangan terhadap anak di bawah umur. Kamu akan dipenjara..."

Para malaikat gemetar dan berpegangan satu sama lain.

"Kami tidak punya pilihan."

"Kami melakukannya demi kebaikanmu."

"Saya mengerti, tetapi saat ini permintaan maafmu TIDAK diterima."

"Cukup adil," kata para malaikat. "Untuk saat ini." Mereka meneriakkan, "Kami memanggil kekuatan-kekuatan, kekuatan-kekuatan besar dan ilusif di atas dan di sekitarmu. Kami meminta mereka untuk memberikan Anda bantuan dengan meningkatkan kekuatan, keberanian dan kebijaksanaan Anda. Sederhananya, kami percaya bahwa Anda membutuhkan lebih banyak sehingga kami menyulapnya untuk Anda."

"Saya mengerti. Permintaan maaf masih TIDAK diterima."

"Kami melakukannya dengan sedikit ketidaknyamanan bagi Anda," kata Hadz.

E-Z mempertimbangkan informasi terbaru ini. Sementara pada saat yang sama dia melihat ke kursi rodanya. Kursi itu tampak berbeda sekarang, selain perubahan warna yang jelas pada sandaran lengannya.

"Ada apa dengan kursi roda saya akhir-akhir ini?" tanyanya. "Kursi ini seperti memiliki pikirannya sendiri."

Para malaikat itu gemetar lagi.

"Apa yang telah kau lakukan? Tepatnya? Karena saya menduga kamu tidak hanya menyerang saya, tetapi kamu juga menyerang kursi saya."

Akhirnya, para malaikat menjelaskan segala sesuatu tentang debu berlian dan darah. Tentang kekuatan yang telah dianugerahkan kepada dirinya dan kursi tersebut. "Seiring dengan meningkatnya kesulitan tugas, Anda harus meningkatkan kemampuan Anda."

"Aku sudah tahu, itulah sebabnya sayapku terasa panas. Meningkat dalam suhu setelah setiap tugas. Tapi saya terus berkata pada diri saya sendiri bahwa semua itu akan terbayar saat saya bisa bertemu dengan orang tua saya lagi."

"Jika Anda menyelesaikan uji coba dalam jangka waktu yang ditentukan. Dan ikuti panduannya sampai tuntas," kata Hadz.

"Tunggu sebentar," kata E-Z sambil memukul-mukul lengannya di sandaran kursi. "Tidak ada yang bilang ada tenggat waktu. Tidak di Ruang Putih. Tidak kapan pun. Dan jika ada buku peraturan, saya harus mengikutinya, serahkan saja, agar saya bisa membacanya. Selain itu, tidak ada komitmen dari kedua belah pihak. Tidak ada yang mengatakan berapa banyak uji coba yang diperlukan untuk menyegel kesepakatan. Apakah kita perlu menuangkan semuanya secara tertulis? Apakah ada yang namanya Pengacara Malaikat atau lebih baik lagi Bantuan Hukum Malaikat?"

Hadz tertawa. "Tentu saja, kami memiliki Pengacara Malaikat, tetapi Anda harus menjadi seorang Malaikat agar memenuhi syarat untuk memilikinya."

Reiki berkata, "Kamu menyelesaikan tugas pertama tanpa bantuan dari siapapun. Kamu menyelamatkan nyawa gadis kecil itu dengan inisiatif, kemauan, dan keberuntunganmu. Ketiga hal itu hanya bisa membawa Anda sejauh ini, jadi kami memberi Anda lebih banyak daya tembak. Itu yang paling bisa kami minta."

"Hal yang paling bisa kami berikan padamu."

"Hei, apa maksudmu dengan risiko? Maksudmu, ritual ini bisa membahayakanku?"

"Kami membantu Anda. Kami menempatkan diri kami dalam risiko untuk membantumu. Jika kamu tidak bisa memaafkan kami sekarang, suatu hari nanti kamu akan memaafkan kami."

"Bicaralah tentang menghindari pertanyaanku! Pernahkah kau berpikir untuk terjun ke dunia politik Malaikat - jika memang ada hal seperti itu?"

Hadz berkata. "Orang-orang di sekitarmu mungkin akan melihat perubahan tertentu pada penampilan fisikmu."

"Ya, mungkin saja," kata Reiki sambil menyeringai.

"Apa maksudmu perubahan fisik?" teriaknya.

POP.

POP.

Dan mereka menghilang.

E-Z sendirian lagi. Saat dia berjalan menuju pintu, dia bertanya-tanya apa yang mereka maksud. Apapun itu, dia akan segera mengetahuinya. Sementara itu, dia memikirkan bagaimana kursinya sekarang memiliki darahnya. Bagaimana kursi itu adalah perpanjangan dari dirinya sendiri. Dia berjalan menuju dapur di mana Paman Sam sedang menunggu.

$$* * *$$

"Yah, itu tidak berjalan sesuai dengan yang kami rencanakan," kata Reiki. "Dia sangat marah pada kami. Saya rasa dia tidak akan mempercayai kita lagi."

"Dia lebih membutuhkan kita daripada kita membutuhkannya."

"Kita bisa menghapus pikirannya, seperti yang kita lakukan pada yang lain."

"Jika dia tidak memaafkan kita, tidak ada yang bisa kita lakukan. Menghapus pikirannya bukanlah sebuah pilihan. Tanpa persetujuannya dan jika dia tidak mengetahuinya, kami akan mengasingkannya selamanya. Dan Anda tahu siapa yang tidak akan menyukainya."

"Kau benar seperti biasa," kata Hadz.

"Apakah menurutmu ada orang yang akan menyadari perubahan penampilannya hari ini?"

"Kami menyadarinya, bukan!"

"Mungkin kita harus memberitahunya, setidaknya tentang rambutnya. Mungkin dia akan menyukainya. Jika kita menjelaskannya."

"Saya pikir perubahannya akan lebih baik jika datang dari orang lain selain kita."

"Manusia sangat aneh," kata Reiki.

"Memang begitu. Tetapi bekerja dengan mereka adalah satu-satunya cara kita dapat dipromosikan sebagai malaikat sejati."

"Beruntung bagi kita, dia cukup baik."

BAB 12

E-Z menusukkan garpunya ke piring yang berisi pancake. Dia kelaparan, seperti sudah berhari-hari tidak makan. Dan haus. Dia menenggak gelas demi gelas jus jeruk. Dia mengisi kembali piringnya dengan pancake, terus makan sampai semuanya habis.

Sam tertawa ketika melihat keponakannya kemudian melanjutkan mencelupkan sepotong roti panggang yang sudah diolesi mentega ke dalam kopinya.

"Apa yang lucu?" E-Z bertanya.

"Eh, tidak ada, kurasa."

Satu-satunya suara di dapur adalah suara menyeruput, memotong, dan mengunyah. Selain jam yang berdetak di dinding di belakang mereka.

"Apa?" E-Z menuntut, menyadari pamannya menyeringai dan menyembunyikannya di balik tangannya.

"Ada yang berbeda dari dirimu, kau tahu, pagi ini. Ada yang ingin kau ceritakan padaku? Seperti kenapa?"

Kedua makhluk itu muncul dan masing-masing duduk di salah satu bahu E-Z. Mereka menguping dan dia sama sekali tidak menyukai gangguan tak diundang mereka, jadi dia menepisnya.

POP.

POP.

Mereka menghilang.

"Tidak yakin apa yang Anda maksud."

Sam menuangkan secangkir kopi untuk dirinya sendiri. "Apa itu untuk seorang gadis? Karena gadis mana pun, harus menerimamu apa adanya."

E-Z tertawa. "Tidak ada gadis. Kau sudah melenceng jauh."

Keduanya terdiam selama beberapa saat, sementara jam terus berdetak.

"Aku sudah mengepak tas dan akan pergi ke taman setelah aku menulis sedikit pagi ini. Saya membawa buku catatan dan beberapa pena untuk berjaga-jaga jika taman menginspirasi saya."

"Kedengarannya seperti sebuah rencana, tapi pertama-tama kamu bantu saya merapikannya," kata Sam sambil bangkit dari meja.

Remaja itu mendorong kursinya ke belakang, bersama-sama mereka membereskan meja dengan cepat. E-Z masuk ke ruang kerjanya dan menutup pintu di belakangnya saat bel pintu depan berbunyi.

Sam mempersilakan Arden dan PJ masuk. "Dia sedang bekerja di kantornya. Apa dia menunggumu? Jika ya, dia tidak mengatakan apa-apa padaku."

"Saya mengiriminya pesan singkat, tapi dia tidak menjawab," kata PJ.

"Jadi, kami pikir kami akan mampir dan mengajaknya keluar hari ini. Pastikan dia bersenang-senang. Pria itu terlalu banyak bekerja. Ibu bilang dia akan mengantar kami ke sana. Hanya perlu mengecek dengan E-Z lalu meneleponnya."

"Keponakan saya sangat tertarik dengan buku yang sedang ditulisnya. Dia mungkin keberatan."

"Bagaimanapun caranya, kita akan membawanya keluar dari sini hari ini," kata PJ.

"Dia berencana untuk pergi ke taman, setelah dia selesai menulis. Tapi turunlah, dia bisa menemuimu di sana nanti?" Sam kembali ke dapur, mengeluarkan daging giling dari lemari pendingin. Dia memeriksa lemari untuk mencari saus, spageti, telur, bawang bombay, remah roti, dan bayam. Dia memiliki semua yang dibutuhkan untuk membuat spageti dan bakso nanti.

Kedua anak laki-laki itu berjalan di sepanjang koridor setelah menggantungkan mantel mereka.

Sam mengangkat bahu ke dalam mantelnya. Dia sudah menunda memotong rumput untuk sementara waktu. Hari ini adalah hari di mana dia akan merawatnya.

E-Z mencoba menulis, tapi kreativitasnya tidak mengalir. Ketika teman-temannya datang - dia senang karena ada gangguan. Dia membuka Facebook, berpura-pura memeriksa pembaruan. "Eh, hai teman-teman." Dia memutar kursinya ke arah mereka.

"Wah, Bung, apa yang terjadi dengan rambutmu? Apa kamu pergi ke salon kecantikan tanpa kami?"

"Apakah Anda menunjukkan foto dan meminta tampilan Pepe Le Pew yang terbalik?"

"Dan alismu juga! Aku bahkan tidak tahu kalau mereka bisa mewarnai alis?"

E-Z mengusap-usap rambutnya, sama sekali tidak tahu apa yang mereka bicarakan. Tunggu sebentar - apakah itu yang dimaksud Sam?

"Dan matanya, juga berbeda."

Arden membungkuk, "Ya, ada bintik-bintik emas di matanya. Luar biasa!"

"Hei kawan, mundurlah," kata E-Z. "Kalian berdua membuatku takut. Menyerbu ruang saya itu tidak keren."

"Setidaknya dia tidak berbau seperti Pepe," kata Arden sambil mundur. PJ bergabung dengannya di sisi lain ruangan dan mereka berbisik-bisik di antara mereka sendiri.

"Bolehkah kami mengambil foto?"

E-Z tersenyum dan berkata, "Mozzarella."

PJ menunjukkan foto yang diambilnya kepada Arden. "Lihat!" kata mereka sambil memperlihatkannya.

E-Z tidak bisa mempercayai apa yang dilihatnya. Rambut pirangnya memiliki garis hitam yang melintang di tengahnya, dan bintik-bintik abu-abu di pelipisnya. Abu-abu! Dia memperbesar gambar, dan ternyata benar, matanya memiliki bintik-bintik keemasan. Pikirannya kembali melayang pada debu berlian, seperti itukah bentuk debu berlian? Kedua malaikat bodoh itu yang melakukan ini! Dan mereka seharusnya tahu bagaimana cara memperbaikinya! Lain kali dia melihat mereka, dia akan membuat mereka membayarnya. Sementara itu, dia berusaha meredakan situasi.

"Bukan masalah besar. Saya mengalami malam yang berat."

Arden bertanya, "Apa yang tidak kamu ceritakan kepada kami?"

PJ menambahkan, "Rambutmu mulai beruban dan kamu masih SMA. Kamu pikir itu normal?"

"Saya pikir dia benar; kita mempermasalahkan hal yang tidak penting. Apa yang pamanmu katakan tentang hal itu?"

"Dia tidak menyadarinya - atau jika dia menyadarinya, dia tidak mengatakan apa-apa."

"Apa? Maksudmu Sam tidak menyadarinya?"

"Apakah matanya terbuka?"

E-Z mencoba mengingat-ingat. Pertama, Paman Sam bertanya apakah ada yang ingin dia sampaikan. Apakah itu yang dia maksud?

"Sebentar," kata E-Z, sambil berjalan ke kamar mandi. Dia menggunakan pembesaran sepuluh kali lipat dari cermin untuk melihat lebih dekat. Dia terkesiap. Bintang atau bintik-bintik di matanya berbeda. Tidak merugikan, bahkan, mereka membuatnya terlihat keren. Dia memeriksa uban di pelipisnya.

Jadi apa? Dia telah melalui banyak hal dengan kematian orang tuanya. Ditambah lagi, tekanan sehari-hari di sekolah menengah. Dan membiasakan diri dengan kursi roda. Belum lagi berurusan dengan malaikat pencabut nyawa dan cobaan.

Rambutnya yang beruban sebelum waktunya tidak menjadi masalah. Dia menggerakkan cermin, mengusap-usap rambutnya dengan jari. Teksturnya berbeda saat dia menyentuh garis hitam. Terasa kasar, seperti bulu. Tidak masalah, dia akan mengoleskan sedikit gel ke atasnya dan...

Di luar mesin pemotong rumput mulai bekerja. Sam akhirnya melakukan hal yang ditakuti. Sebelum kecelakaan itu, memotong rumput adalah pekerjaan yang paling dibenci E-Z.

"YEOW!" Sam berteriak saat mesin pemotong rumput berhenti.

Kursi E-Z meluncur ke arah pintu depan yang terbuka dengan sendirinya. Dia melesat, melewatkan anak tangga dan mendarat di halaman rumput di belakang Sam.

"Sialan!" Sam berseru. Dia menabrak sebuah batu dengan mesin pemotong rumput, dan batu itu melayang dan mengenai matanya. Tetesan darah menetes di pipinya dan menggenang di rumput.

Kursi rodanya bergerak ke tempat darah itu berada, menyedotnya dengan roda.

"Apakah kau baik-baik saja?"

"Saya baik-baik saja," kata Sam. Ia merogoh sakunya, mengeluarkan sapu tangan dan menempelkannya pada lukanya.

Arden dan PJ tiba. "Kami mendengar teriakan itu."

"Aku baik-baik saja, sungguh," kata Sam. "Hanya kecelakaan kecil. Tidak perlu khawatir atau cemas. Ayo kita kembali ke dalam."

Dia meraih pegangan kursi roda dan mendorongnya. Sangat sulit untuk mengemudikannya di atas rumput.

Sementara itu Arden membawa mesin pemotong rumput dan menyimpannya di gudang.

"Apakah berat badanmu bertambah?" PJ bertanya menyadari kesulitan yang dialami Sam.

"Saya makan sekitar dua puluh pancake pagi ini."

"Mungkin garis hitam itu lebih berat dari rambutmu yang normal?" Arden berkata bergabung kembali dengan mereka sambil menyeringai.

"Oh, mereka menyadarinya," kata Sam.

"Ya, mereka sudah mengomeliku tentang hal itu sejak mereka tiba. Kenapa kamu tidak mengatakan apa-apa?"

Sekarang di dalam, E-Z mengeluarkan plester luka dan menempelkannya pada luka Pamannya.

"Itu adalah perubahan yang halus," kata Sam. "Tidak!" dia tersenyum. "Oh, dan apakah kamu pernah mempertimbangkan untuk masuk ke dalam profesi perawat? Kamu memiliki sentuhan yang halus."

PJ dan Arden mencemooh.

BAB 13

E-Z dan teman-temannya kembali ke kantornya. Dia memutuskan untuk tetap berada di dekat rumah untuk berjaga-jaga jika Sam membutuhkannya. Sam terlalu sibuk memasak makan malam untuk memikirkan apa yang mungkin terjadi dengan mesin pemotong rumputnya.

"Makan malam sudah siap," dia menelepon beberapa jam kemudian. "Datang dan ambil."

E-Z memimpin jalan, "Baunya lezat!"

Mereka duduk dan membagikan makanan dan bumbu-bumbu.

"Kamu sudah cukup bersinar di sana," kata Arden kepada Sam.

Sam yang sampai saat ini tidak tahu bahwa ia memiliki luka yang terlihat dan sekarang memakainya dengan bangga. Dia menusuk bakso lain dan menaruhnya di piringnya.

"Apa yang terjadi di luar sana," tanya PJ.

"Itu adalah sebuah batu. Tersangkut di mesin pemotong rumput dan mengenai saya." Dia terus mendorong makanannya di atas piring. "Bagaimana dengan tulisannya?" tanyanya kepada keponakannya, mengalihkan perhatian dari dirinya sendiri.

"Saya tidak punya waktu untuk mengerjakannya pagi ini."

Sam mengubah topik pembicaraan dan bertanya apakah ada sesuatu yang terjadi di sekolah atau di tim.

"Kami ada latihan malam ini," kata PJ.

"Dan kami berharap E-Z akan ikut bermain dalam pertandingan besok."

E-Z menggelengkan kepalanya, dengan tegas menolak dan melanjutkan makannya.

"Satu inning, hanya satu dan jika kamu tidak ingin melanjutkan permainan, tidak masalah bagi kami," kata Arden.

"Ide yang bagus," kata Paman Sam. "Celupkan jari kakimu. Jika tidak cocok, keluar saja. Apa ruginya?"

PJ membuka mulutnya untuk mengatakan sesuatu tetapi memutuskan untuk tidak melakukannya. Ia menyuapkan bakso ke dalam mulutnya. Dia mengunyah, lalu minum. "Saat kamu berada di sana, E-Z, kamu meningkatkan semangat semua orang. Orang-orang berpikir banyak tentang Anda. Selalu begitu, akan selalu begitu."

"Baiklah," kata E-Z. "Saya akan duduk di bangku cadangan jika menurut Anda itu akan membantu. Setelah makan malam, ayo kita pergi ke taman dan berlatih sedikit. Kita lihat bagaimana hasilnya."

"Cukup adil," kata PJ.

Mereka berterima kasih kepada Sam untuk makan malam yang luar biasa.

"Kamu yang memasak, jadi kami yang akan membersihkannya," tawar Arden.

E-Z dan PJ saling bertukar pandang.

Ketika Sam sudah tidak terlihat, PJ berkata, "Kamu sungguh manis."

Arden menyiramkan sedikit air ke arah PJ, tetapi E-Z menangkap sebagian besar air itu di wajahnya.

PJ membalas cipratan air yang memercik di lantai dapur, mengenai sepatu Sam.

"Alat pel dan embernya ada di dalam lemari," katanya sambil mengambil mantelnya saat keluar.

Mereka selesai bersih-bersih, dan saat itu sebagian besar dari mereka sudah kering, kecuali E-Z yang mengganti bajunya. Akhirnya, mereka tiba di lapangan bisbol, dan lapangan itu sudah terisi.

"Bagus," kata E-Z. "Ayo kita mulai."

Di pinggir lapangan, ada beberapa gadis dari tim pemandu sorak tim lawan. Salah satunya, seorang gadis berambut merah, melirik ke arah E-Z. Dia melakukan salto dan mendarat dengan mudah.

"Sepertinya kita bisa tinggal sebentar," kata E-Z.

Mereka berjalan melintasi lapangan menuju bangku penonton. Setidaknya mereka harus menyapa, jika tidak, mereka akan terlihat seperti orang brengsek.

Gadis kecil berambut merah itu membisikkan sesuatu kepada temannya, dan mereka tertawa.

E-Z yakin mereka menertawakannya.

"Kita kedatangan tamu," kata gadis berambut merah itu.

"Ya, pria berkursi roda dengan rambut zebra dan dua orang kutu buku," teriak pemain base ketiga. Dia berharap semua orang akan tertawa mendengar leluconnya yang lemah, tetapi tidak ada yang tertawa.

"Jangan pedulikan dia," kata teman gadis berambut merah itu. "Dia menyedihkan."

"Pergilah," teriak pemain kiri. "Tidak ada tempat di sini untuk orang cacat."

E-Z mengabaikan semua komentar itu. Namun, kursinya tidak. Ia mendorong, berputar seperti banteng yang mencoba keluar dari kandang. "Whoa!" katanya, saat kursi itu menolak, seperti kuda liar.

Arden mencengkeram pegangan kursi, dan kursi itu kembali ke fungsi normalnya.

Di belakang plate, si penangkap bola menjatuhkan sebuah lalat dan meraba-raba sebuah lemparan. "Saya melihat Anda membutuhkan seorang penangkap yang layak," kata E-Z.

Para pemandu sorak terkikik.

"Beri aku waktu lima menit di belakang plate, hanya lima menit. Jika aku bisa menangkap setiap lemparan yang kalian kirimkan ke arahku, maka kami akan membantu kalian dan tetap tinggal."

"Dan jika tidak?" tanya si pelempar bola.

Si penangkap bola membuka topengnya. "Kamu belikan kami burger dan kentang goreng."

"Dan minuman keras," si pemain base pertama menambahkan.

"Setuju," kata E-Z sambil mendorong kursinya ke depan.

Ia duduk dengan sabar sementara Arden mengencangkan bantalan lututnya. PJ menarik pelindung dada di atas kepalanya dan mengenakan masker penangkap bola ke wajahnya. E-Z memasukkan tinjunya ke dalam sarung tangan catcher.

"Baiklah, lemparkan bolanya," perintah E-Z.

"Saya harap kamu tahu apa yang kamu lakukan, sobat," kata Arden dan PJ.

"Percayalah," kata E-Z. Dia memutar badannya ke posisi di belakang plate. "Lempar ke atas!"

Sang pelempar bola memberi isyarat kepada Arden untuk memukul. Dia memilih pemukul dan melangkah ke plate.

E-Z memberi isyarat kepada pelempar bola untuk melempar bola cepat yang tinggi. Sebaliknya, pelempar bola melempar bola melengkung, dan itu tepat di zona tersebut. Arden gagal memukul, tetapi tidak sepenuhnya karena ia hanya menyentuh bola sedikit dan bola itu kembali ke arahnya. E-Z bangkit dari kursinya dan meraih bola itu.

"Whoa!" teriak sang pelempar bola. "Penyelamatan yang bagus."

"Beruntung," kata pemain base pertama.

Para pemandu sorak mendekat.

Lemparan kedua ke Arden, ia muncul ke lapangan kanan.

PJ melangkah ke arah pemukul dan memukul. E-Z menangkap semua bola dengan mudah, tetapi lemparan terakhir menjadi liar, dan ia hampir kehilangan bola. PJ menuju ke base pertama, tetapi E-Z melempar bola ke bawah dan dia keluar.

Mereka bermain hingga hari sudah terlalu gelap untuk melihat bola lagi.

Setelah pertandingan, mereka memutuskan hasil imbang. Mereka pergi ke sebuah restoran terdekat dan semua orang membayar makanan mereka sendiri.

"Kami akan membunuh kalian di pertandingan besok" Brad Whipper, sang kapten tim menyombongkan diri.

"Apakah Anda bermain E-Z?" Larry Fox, pemain base pertama bertanya.

"Oh, dia pasti bermain," kata Arden dan PJ.

"Tentu saja."

Gadis berambut merah itu adalah Sally Swoon dan ia membisikkan sesuatu kepada Arden, yang menggelengkan kepalanya. "Tanyakan saja sendiri padanya," katanya.

"Tanyakan apa?"

Pipinya memerah.

"Kamu ingin tahu apa yang terjadi, kan?"

Dia mengangguk. "Apakah Anda meminta penata rambut Anda untuk melakukannya, atau apakah mereka…"

"Melakukan kesalahan?" katanya.

Dia mengangguk.

"Saya bangun pagi ini, dan sudah seperti ini. Akhir cerita."

"Tarik yang satunya lagi," kata seorang pemain. "Sekarang ceritakan mengapa Anda berada di kursi roda."

E-Z menceritakan kisahnya. Semua orang tetap diam selama ia bercerita. Tidak ada yang makan atau minum. Ketika dia selesai, dia khawatir semua orang akan memperlakukannya secara berbeda, tetapi mereka tidak melakukannya.

Mereka berbicara tentang World Series yang sedang berlangsung dan obrolan lain yang berhubungan dengan olahraga.

Kemudian ketika teman-temannya mengantarnya pulang, mereka semua diam. Dia mengucapkan selamat malam kepada mereka dan kembali ke kamarnya. Dia mencoba menonton televisi, menulis sedikit, namun apa pun yang dia lakukan, dia terus memikirkan semua yang telah hilang. Dia jatuh kembali ke tempat tidur dan menatap langit-langit dan akhirnya tertidur.

telah hilang. Dia jatuh kembali ke tempat tidur dan menatap langit-langit dan akhirnya tertidur.

BAB 14

E-Z sedang tidur, bermimpi.

"Bangun E-Z! Bangun!" Kata Reiki sambil melompat-lompat di atas dadanya.

"Hentikan itu!" serunya.

Hadz menyemprotkan air ke wajahnya.

Dia mengibaskannya. "Kalian berdua harus menjelaskan sesuatu, dan memperbaiki sesuatu. Kembalikan rambutku seperti semula. Dan mataku juga!"

"Tidak ada waktu!" kata mereka, saat kursinya terguling, menjatuhkannya ke dalamnya, lalu terbang keluar dari jendela yang sudah terbuka.

"Aku bahkan belum berpakaian!" E-Z berseru.

Reiki dan Hadz tertawa dan menyuruh E-Z untuk berharap pakaian apa yang akan dikenakannya. Ketika dia melihat ke bawah lagi, dia mengenakan celana jins, ikat pinggang, dan kaos. Dia melihat ke kakinya, di mana sepatu larinya mengikat talinya sendiri. Saat mereka melayang melintasi langit, E-Z berterima kasih kepada mereka.

"Jadi, Anda memaafkan kami?" Hadz bertanya.

"Beri waktu," kata Reiki.

E-Z mengangguk, saat kursinya naik semakin tinggi. Di atas pesawat, melewati pesawat. Jelas bukan tujuan mereka. Mereka terus terbang, hingga kursi rodanya berhenti, lalu mengarah ke bawah.

"Itu dia," kata Reiki.

Di bawah, sekelompok orang berdiri di luar sebuah gedung perkantoran yang tinggi dalam sebuah cluster.

"Apakah Anda merasakannya?" E-Z bertanya, menyadari bahwa udara di sekitar kejadian itu berbeda. Udara itu bergetar dengan energi.

"Ya," kata Hadz.

"Bagus untukmu yang memperhatikan kali ini," kata Reiki.

"Maksudmu, ada getaran di waktu-waktu sebelumnya?"

"Ya, tapi seiring dengan bertambahnya kekuatanmu, kau akan dapat memusatkan perhatian pada lokasi."

"Dan bukan hanya kamu, kursimu juga bisa merasakannya."

"Maksudmu, aku punya kursi yang super canggih? Aku tahu ini sudah dimodifikasi, tapi ini luar biasa!"

Para malaikat tertawa.

Kursi itu melaju sementara di bawahnya terdengar suara tembakan. Mereka melihat orang-orang berlarian, berteriak, dan terjatuh.

Di tengah kekacauan itu, E-Z dan kursinya terbang, masuk ke dalam semprotan peluru yang datang. Dia tersentak, saat kursi rodanya membelokkan mereka. Dia bertanya-tanya apa yang akan terjadi jika kursi roda itu meleset.

"Kami cukup yakin Anda kebal peluru," kata Reiki tanpa bertanya. "Itu adalah bagian dari ritual."

"Dan debu berliannya akan bekerja."

"Cukup yakin?" katanya, berharap mereka benar. "Jika berhasil, maka itu adalah imbalan yang bagus untuk kondisi rambut saya!"

Para malaikat yang ingin menjadi seperti dirinya tertawa.

BAB 15

H mendorong kursi roda ke bawah, membidik seorang pria di atap gedung. Dia telah menembak ke arah kerumunan orang di bawah, dan ke arah mereka yang semakin mendekat ke arahnya. Kursi roda itu meluncur ke depan, E-Z mendengar suara aneh, seperti pesawat yang sedang menurunkan roda pendaratan. Suara itu berasal dari kursi roda, saat sebuah kotak logam jatuh dan mendarat di atas pria itu. Pistolnya terlepas dari tangannya, melintasi atap sebelum benda itu mencengkeramnya. Pria itu berusaha melawan E-Z dan kursi rodanya dari punggungnya, tetapi tidak ada yang berhasil.

Sebuah sirene berbunyi di kejauhan, lalu menjadi semakin keras dan semakin keras saat menutup celah.

"Jika saya membiarkan Anda naik," tanya E-Z, "maukah Anda bersikap baik?"

Meskipun pria itu mengangguk setuju, kursi rodanya menolak untuk bergeming.

E-Z harus mematikan pistolnya dan segera keluar dari sana sebelum polisi tiba. Dia bertanya-tanya apakah ada orang di bawah yang terluka. Dia berharap ambulans sedang dalam perjalanan. Namun, dia dan kursinya dapat menerbangkan korban yang terluka parah ke rumah sakit dengan lebih cepat.

Dia menatap pistol di sisi lain atap. Dia berkonsentrasi, lalu mengulurkan tangannya. Seolah-olah tangannya adalah magnet, pistol itu terbang ke dalamnya, dan dia melumpuhkan pistol itu dengan mengikatnya menjadi simpul. E-Z melepas ikat pinggangnya dan menggunakannya untuk mengikat tangan si penembak di belakang punggungnya.

Kursi itu terangkat dan terbang seperti roket, saat pintu di atap terbuka. Alat yang telah dimodifikasi itu terangkat, melayang di udara sementara E-Z menyaksikan tim SWAT bergerak ke arah penembak dan membawanya ke tahanan. Raut wajah petugas yang menemukan pistolnya diikat dengan simpul itu tak ternilai harganya.

Untuk satu atau dua detik, dia ragu-ragu mempertimbangkan mandatnya, tetapi ada orang yang terluka di bawah dan dia bisa membantu mereka lebih cepat daripada orang lain dan itulah yang dia lakukan. Dia khawatir tentang konsekuensinya nanti dan berharap mereka akan mengerti.

E-Z mendarat di dekat kerumunan. Dia mengumpulkan empat orang yang terluka paling parah dan karena mereka tidak sadarkan diri, dia menggunakan sebagian sayapnya untuk menjaga mereka tetap aman di kursinya saat terbang melintasi langit.

Kursi tersebut menyerap darah para penumpang yang terluka saat darah menetes dari luka-luka mereka. Darah mereka digabungkan dengan darah E-Z dan Sam Dickens.

Penggabungan ini mendorong peluru keluar dari tubuh mereka, dan luka-luka mereka mulai sembuh.

Butuh beberapa menit bagi mereka untuk mencapai rumah sakit. Pada saat mereka tiba, semua pasien telah sembuh, seperti luka mereka tidak pernah terjadi. Mereka memeluk E-Z dan mengucapkan terima kasih.

Di tempat parkir rumah sakit, masing-masing melompat dari kursi roda.

Para petugas berdiri di pintu masuk dengan tandu yang sudah siap.

E-Z melirik ke arah mereka. Dia melambaikan tangan, lalu terbang ke angkasa. Di bawahnya, orang-orang yang dia selamatkan membalas lambaian tangannya. Dia berharap para petugas yang menunggu tidak terlalu kesal karena mereka tidak dibutuhkan.

"Terima kasih," teriak seorang pemuda sambil melambaikan tangan.

"Saya berharap bisa bertemu dengan Anda lagi," seru seorang wanita paruh baya.

"Anda adalah pahlawan sejati!" kata seorang pria yang mengingatkannya pada Paman Sam.

"Anda mengingatkan saya pada cucu saya - kecuali garis aneh di rambut Anda!" kata seorang wanita tua.

Para petugas menghampiri keempatnya dan bertanya, "Ada yang butuh bantuan?"

Pemuda itu berkata, "Anda tidak akan percaya, tapi saya tertembak - dua kali beberapa saat yang lalu. Saya pikir saya pingsan. Ketika saya bangun," dia menarik bagian depan bajunya yang berlumuran darah, "lukanya sudah hilang."

Wanita tua yang bajunya berlumuran darah itu menjelaskan bagaimana ia ditembak di dekat jantungnya.

"Saya mungkin sudah mati, jika pemuda di kursi roda itu tidak menyelamatkan nyawa saya."

Dua pasien lainnya memiliki cerita yang serupa. Mereka memuji E-Z dan mengucapkan terima kasih lagi. Meskipun ia sudah tidak lagi bersama mereka.

"Saya pikir Anda semua harus tetap datang ke rumah sakit," kata petugas pertama.

Petugas kedua berkata, "Ya, Anda telah mengalami pengalaman yang traumatis. Kalian harus menemui dokter dan mendapatkan kejelasan."

Keempat warga yang sebelumnya terluka mengizinkan para petugas untuk membantu mereka masuk ke dalam. Mereka berusaha mengangkat anak tertua dari keempatnya ke atas tandu.

"Saya sehat seperti biola!" seru wanita yang lebih tua itu.

Mereka mengikutinya ke dalam rumah sakit.

✳✳✳

"**S**ebaiknya kita melakukannya sekarang," kata Reiki.

"Ini menyedihkan. Dia telah melakukan hal-hal yang luar biasa dan sekarang tidak ada yang akan mengingatnya."

Mereka menyeka pikiran semua orang di sekitarnya.

"Dia melakukan pekerjaan yang luar biasa."

"Ya, dia dipilih dengan baik," kata Hadz.

E-Z kembali ke rumah, terbang ke sana secepat mungkin. Dia tahu rasa sakit itu akan datang, tapi tidak seburuk kali ini. Dia hampir tidak berhasil melewati jendela dan naik ke tempat tidur sebelum pundaknya terbakar dan membuatnya pingsan.

Para malaikat kembali, membisikkan kata-kata yang menenangkan ketika dia berteriak dalam tidurnya. Ketika rasa sakitnya menjadi terlalu hebat, mereka meredakannya dengan membawanya ke diri mereka sendiri.

"Itu cobaan nomor tiga selesai," kata Reiki. "Dia bisa melewatinya dengan mudah."

"Benar, tapi kita harus memastikan dia tidak teridentifikasi. Dia bisa dilihat, tapi kita harus menghapus ingatannya. Saya khawatir, kita mungkin akan kehilangan seseorang."

"Jika kita menghapus ingatan semua orang di sekitarnya, semua akan baik-baik saja."

BAB 16

Dipagi hari, E-Z sedang makan sereal ketika Sam datang ke dapur.

"Kopinya benar-benar harum," kata Sam.

Remaja itu menuangkan secangkir penuh untuk pamannya. "Apa?" tanyanya, dengan perasaan déjà vu.

"Apa, apa?" Sam bertanya sambil menambahkan sedikit krim ke dalam cangkir.

"Kamu menatapku," kata E-Z. Dia menggelengkan kepalanya. Apakah dia sedang berada di film Groundhog Day? Film tentang satu hari yang berulang terus menerus, yang dibintangi oleh Bill Murray?

"Oh, itu. Apakah ada yang ingin Anda ceritakan?" Dia menjatuhkan gumpalan gula ke dalam kopinya.

Tanpa menghiraukan pamannya, ia menyendokkan cornflake ke dalam mulutnya. "Saya tidak tahu apa yang kamu maksud."

Sam menunggu keponakannya selesai menyantap sarapan. "Aku mengintipmu tadi malam dan tempat tidurmu kosong, dan jendelanya terbuka. Bagaimana kau bisa keluar dengan kursimu, aku tidak tahu. Bagaimanapun, jika kamu pergi keluar, kamu harus memberi tahu saya. Aku bertanggung jawab atas dirimu dan keberadaanmu. Lain kali, berjanjilah kamu akan memberitahuku ke mana kamu akan pergi dan kapan kamu akan kembali. Itu adalah kesopanan yang umum."

"I..."

POP.

POP.

Hadz dan Reiki muncul. Reiki terbang menghampiri Sam, beterbangan di depan matanya. Selama beberapa detik, Sam tampak seperti zombie. Lalu ia kembali menyeruput kopinya. Mengangkat gelasnya, menyeruput, lalu meletakkannya. Ulangi.

E-Z teringat akan mainan burung - di mana burung itu menenggelamkan kepalanya ke dalam gelas dan meminumnya. Apa nama benda itu?

"Burung Dippy," kata Sam. Dia melihat ke arah jam tangannya.

Apa-apaan ini? Mungkinkah pamannya bisa membaca pikirannya sekarang?

"Siapa yang tidak bisa membaca pikirannya?" Hadz berkata sambil tersenyum.

Sam berdiri dan dengan mata berkaca-kaca dan gerakan seperti robot, ia pergi ke wastafel, membilas gelasnya dan memasukkannya ke dalam mesin pencuci piring. Selanjutnya, dia mengambil kunci mobilnya dan pergi tanpa mengucapkan sepatah kata pun.

Mulut E-Z ternganga saat dia memproses informasi tersebut dan kemudian menuntut, "Oke, kalian berdua. Apa yang kalian lakukan pada Paman Sam saya? Kalian tidak punya hak untuk... untuk... melakukan apa pun yang kalian lakukan." Dia sangat marah, wajahnya memerah dan tinjunya mengepal.

POP.

POP.

Dia benci itu. Setiap kali mereka melakukan sesuatu yang salah, mereka menghilang, dan dia harus meminta maaf kepada mereka untuk membuat mereka kembali ketika dia tidak melakukan kesalahan apa pun.

"Maaf," katanya. "Tolong kembalilah."

POP

POP.

"Yang sudah terjadi biarlah terjadi," katanya dengan tenang. "Apakah dia benar-benar membaca pikiranku?"

Reiki berkata, "Ya, tapi itu adalah insiden yang terisolasi."

"Itu bagus. Saya tidak akan pernah bisa lolos dari apa pun."

"Kami adalah cadangan Anda, selama uji coba. Terserah pada kami untuk melindungimu dan teman-temanmu, termasuk Paman Sam."

"Apa yang kau lakukan padanya?" tanyanya lagi, saat bel pintu berbunyi. Dia tidak bergerak, dia menunggu mereka menjawab pertanyaannya. Bel kembali berbunyi. "Tunggu sebentar," katanya. "Katakan padaku apa yang telah kau lakukan padanya. SEKARANG!"

"Saya menghapus pikirannya," bisik Reiki.

"Kau melakukan apa!"

"Kami harus melakukannya, untuk melindungimu dan misimu," tambah Hadz.

PJ dan Arden masuk ke dapur. "Pintunya tidak dikunci," kata Arden.

"Ya, kami sudah bilang pada Sam kemarin bahwa kami akan menjemputmu pagi ini."

"Selamat pagi juga untukmu." Dia mendorong dirinya keluar dari meja.

"Kita harus bicara, sobat. Tapi kita sedang terburu-buru."

Dia mengambil tas ransel dan makan siangnya. Mereka pergi ke pintu depan. Di puncak tangga, kursi itu terangkat ke depan - seperti ingin terbang ke bawah. Dia meminta teman-temannya untuk membantunya menuruni tangga. Arden dan PJ membantunya masuk ke kursi belakang mobil. Arden menyimpan kursi roda itu di bagasi.

"Halo, Ny. Lester," kata E-Z, ketika ketiga anak laki-laki itu masuk ke kursi belakang mobil.

"Selamat pagi," katanya, lalu ia menyalakan radio. Penyiar radio itu sedang membicarakan sebuah resep baru.

"Begitu mereka dalam perjalanan," bisik PJ, "Apa yang kamu lakukan semalam?"

"Tidak banyak. Makan. Tidur. Seperti biasa."

"Tunjukkan padanya."

PJ memberikan ponselnya dan menekan tombol play.

Itu adalah video YouTube. Tentang dia, dengan kursi rodanya terbang melintasi langit, membawa orang-orang yang terluka. Kursinya berwarna merah darah, bergerak begitu cepat seperti kabur terbakar. Sayapnya yang putih terlihat. Dan kontras garis hitam pada rambut pirangnya menonjolkan penampilannya.

"Mengejutkan," kata E-Z, sambil menggaruk-garuk kepalanya tanpa bisa menjelaskannya. Dia menunggu para malaikat datang dan menghapus pikiran teman-temannya - tapi mereka tidak datang. Dia menunggu dunia untuk berhenti - ternyata tidak. Dia bertanya-tanya apakah dia akan bertemu dengan orangtuanya lagi? Apakah ini sebuah ujian? Dia menutup telepon dan mengembalikannya.

"Bung," kata Arden, saat ibunya mundur ke tempat parkir.

"Cepatlah atau kamu akan terlambat," katanya sambil membuka bagasi mobilnya.

"Sampai jumpa," kata Arden saat ibunya pergi.

Ketiga sahabat itu berjalan ke sekolah tanpa berbicara. Bel tanda pulang sekolah akan segera berbunyi.

E-Z berjalan di sepanjang koridor, tersenyum pada dirinya sendiri sementara pada saat yang sama mengkhawatirkan siapa lagi yang akan melihat video tersebut. Meskipun sungguh menakjubkan melihat dirinya sendiri beraksi. Seperti Superman yang lebih keren. Seorang pahlawan sejati. Dia telah menyelamatkan banyak orang. Menyelamatkan nyawa. Dia dan kursi rodanya tak terkalahkan. Mereka adalah duo yang dinamis. Dia bertanya-tanya apakah mereka bahkan membutuhkan bantuan dari dua malaikat yang ingin menjadi malaikat. Rasanya menyenangkan. Setiap saat. Penyelamatan. Penyelamatan. Berhasil menyelesaikan satu percobaan lagi. Luar biasa. Kalau saja dia bisa membiarkan sahabat-sahabatnya mengetahui rahasianya.

"E-Z Dickens!" Bu Klaus, gurunya, memanggil.

"Ya, Bu," kata E-Z sambil membalik halaman buku pelajarannya. Ia bertanya-tanya mengapa ia membuang-buang waktu di sekolah. Dia tidak membutuhkannya lagi.

✳✳✳

Ia berusaha untuk tidak mengangguk selama pelajaran. Bu Klaus memperhatikannya, lebih dari biasanya. Setiap kali dia tertidur; dia meninggikan suaranya seolah-olah dia menyadarinya.

Setelah bel berbunyi dan kelas berakhir, para siswa berpisah untuk membiarkannya menjadi yang pertama keluar dari pintu. Dia melirik beberapa teman sekelasnya, untuk mengucapkan terima kasih. Hanya sedikit yang melakukan kontak mata. Sebagian besar memalingkan muka. Mereka belum terbiasa dengan status barunya - belum.

Di koridor, kerumunan rekan-rekan mahasiswa dan pengagumnya telah menunggu. Lampu kilat menyala, saat foto-foto diambil oleh kamera dan ponsel. Ia berharap koran sekolah ada di sana. Mereka bahkan akan mengetik sebuah artikel tentang dirinya. Tunggu sebentar. Dia tidak akan pernah bertemu dengan orangtuanya lagi - tidak jika semua orang tahu! Bagaimana ini bisa terjadi!? Dia terus maju. Mereka terus bertepuk tangan, semakin lama semakin keras. Beberapa orang berteriak, "Pidato!"

PJ menghampiri dan bertanya, "Apakah kamu sudah melihat Facebook akhir-akhir ini?"

E-Z mengangkat bahu.

"Coba lihat yang terbaru," kata PJ sambil menunjukkan berita utama kepada temannya.

"Pahlawan Lokal dengan Kursi Roda." Dia berhenti bergerak dan mengklik klip tersebut. Di situ tertulis bahwa pahlawan lokal tersebut bersekolah di Lincoln High di Hartford Connecticut. E-Z segera menyadari bahwa para siswa mengira dia adalah pahlawan - memang benar - tapi mereka tidak tahu itu. Mereka tidak dimaksudkan untuk mengetahui semua itu. Mereka seharusnya menghapus pikiran mereka, seperti yang mereka lakukan pada Paman Sam. Tapi itu tidak masalah - dia tidak tinggal di Hartford Connecticut. Mereka salah. Lalu mengapa teman-teman sekelasnya bertepuk tangan?

Dia menerobos masuk, mereka menyingkir. Dia langsung keluar ke tengah hujan lebat. E-Z bertanya-tanya apakah dia bisa menggunakan kekuatan yang baru ditemukan dari kursinya untuk keuntungan pribadinya. Meskipun tidak ada krisis atau cobaan, bisakah dia menyihir, atau melakukan ritual di rumah? Dia memikirkan hal ini sambil terus berguling di sepanjang trotoar. Kursinya pernah membantunya menyelamatkan seorang gadis kecil, bahkan sebelum kursi itu memiliki kekuatan khusus.

Dia memikirkan kata-kata ajaib seperti bibbidi-bobbidi-boo dan expelliarmus. Dia mencoba keduanya di kursi rodanya, tapi tidak ada yang berhasil. Ia melirik ke belakang dan mendengar suara langkah kaki di belakangnya. Dia mengira salah satu temannya - ternyata seorang siswa yang lebih muda, yang bertanya, "Di mana sayapmu?"

E-Z tertawa, "Saya tidak punya sayap." Tanpa aba-aba, sayapnya keluar dan membawanya terbang ke angkasa. Awalnya, dia berpikir oh tidak, tapi dia memutuskan untuk melakukannya dan melambaikan tangan ke arah anak itu, kembali ke trotoar. Anak itu sangat gembira, dia bahkan tidak berpikir untuk mengeluarkan ponselnya untuk mengabadikan momen tersebut. "Pulang!" perintahnya. Kilatan cahaya merah membawanya melintasi langit, tepat di dekat rumahnya karena kursi itu ada di tempat lain.

Mereka terus terbang hingga berada tepat di atas sebuah pusat perbelanjaan. Dia dapat merasakan udara bergetar sekarang, menariknya lebih dekat ke tempat di mana dia dibutuhkan. Kursi itu mengarah ke bawah, menjatuhkannya ke sebuah bank, lalu berhenti di udara. Para pelanggan di bawah terus berseliweran - dia berada di luar jangkauan pandangan mereka. Dia masih tidak tahu mengapa dia ada di sini.

Apakah ini cobaan lain? tanyanya. Dia menunggu tetapi tidak ada jawaban. Jika ini adalah cobaan yang lain, maka waktu di antara mereka semakin berkurang. Dimana kedua malaikat itu - bukankah mereka seharusnya berada di belakangnya? Dia memikirkan tentang cobaan-cobaan lainnya. Sebagian besar terjadi di malam hari. Dalam kegelapan. Bagaimana jika para malaikat yang ingin menjadi manusia tidak dapat keluar ke dalam cahaya, seperti vampir? Dia tertawa pada hubungan aneh itu dan berharap itu benar. Entah bagaimana, dia tidak keberatan bahwa saat ini hanya ada dia dan kursinya. E-Z kembali teringat saat itu. Para pengunjung berteriak-teriak di dalam mal. Dia terbang ke depan, keluar dari bank dan masuk ke dalam department store terdekat. Tempat itu kosong.

Saat mendarat, roda-roda itu berputar dengan sendirinya dan membawanya. E-Z mencoba mengambil alih kendali. Tapi kursi rodanya juga ingin memegang kendali. Kursi roda itu melaju, semakin cepat dan semakin cepat. Pada akhirnya, dia membiarkannya mendominasi, takut jari-jarinya hancur.

Kursi roda itu berhenti sepenuhnya ketika direntangkan di tanah sekitar 4 kaki di depan mereka adalah para pelanggan. Sebagian besar dari mereka berbaring telungkup di lantai. Beberapa meletakkan tangan mereka di belakang kepala, beberapa meletakkan tangan mereka di belakang punggung.

Dalam berbagai posisi, dia melihat kamera keamanan hanya menampilkan gambar statis. Bukan pertanda baik.

Kursi roda itu tersentak ke depan lagi ke arah seorang wanita muda. Dia mengenakan pakaian kamuflase dengan topi yang ditarik ke bawah menutupi matanya. Dia berparas cantik, mungkin berambut pirang alami, dan bermata biru, tipe model. Dia mengacungkan senapan di satu tangan dan pisau berburu di tangan lainnya. Ketenangannya memegang senjata itu mengganggunya. Itu dan penggunaan lipstik merah apel yang berlebihan. Lipstik itu dioleskan, mengubah senyum menyeramkan menjadi seringai yang mengancam.

E-Z memperhatikan mereka yang berada dalam bahaya di lantai. Sudah berapa lama mereka berada di sana? Apa yang dia tunggu? Apakah dia meminta uang? Siapa di luar toko yang tahu adegan penyanderaan ini sedang berlangsung karena kamera tidak berfungsi?

Salah satu orang di lantai menarik perhatiannya. E-Z meletakkan jarinya ke bibirnya. Pria itu menoleh ke arah lain, saat itulah dia melihat sebuah ponsel di lantai dengan lampu merah yang berdenyut. Ponsel itu sedang merekam suara. Ia berharap gadis itu tidak menyadarinya - ia terlihat seperti akan kehilangan ponselnya kapan saja.

Kursi E-Z meluncur, seperti ledakan meriam dan segera menghampiri gadis itu. Pistolnya terbang ke satu arah dan pisaunya ke arah lain. Penutup logam kursi itu jatuh ke bawah.

"Hubungi 911," teriak E-Z. Dan kepada para pelanggan yang ada di lantai, "Pergi dari sini!" Mereka berlari tanpa menoleh ke belakang. Sekarang dia hanya berdua dengan gadis gila itu. "Mengapa kamu melakukannya?" tanyanya.

Gadis itu menyenandungkan lirik lagu yang pernah ia dengar sebelumnya, "Aku tidak suka hari Senin," lalu menyeringai, memutar bola matanya, dan berkata, "Lagipula, ini hanya permainan." Dia kembali menyenandungkan lagu tersebut selama beberapa detik, dengan mata terpejam. Kemudian dia membukanya, dan dengan mata liar dan tawa berkata, "Oh, dan jika Anda membutuhkan seorang profesional untuk mewarnai rambut Anda dengan benar, saya tahu seseorang."

"Eh, terima kasih," katanya, sambil mengusap-usap rambutnya.

Dia teringat sebuah lagu yang dinyanyikan ibunya. Sebuah kisah nyata, tentang sebuah penembakan. Band itu dinamai tikus, atau tikus.

Dia menggelengkan kepalanya. Gadis di depannya, mirip dengan karakter dari sebuah game yang pernah ia mainkan beberapa kali. Bahkan sampai ke lipstik yang dioleskan. Ia tidak ingat yang mana, tapi ia yakin gadis itu menirukan salah satu pemainnya. "Bermain game adalah satu hal - tidak ada yang terluka. Ini adalah kehidupan nyata. Jika Anda tidak menyukai sesuatu - berhentilah melakukannya! Jangan menyakiti orang lain."

"Pergilah," jawabnya, "seolah-olah saya tidak punya pilihan lain."

Polisi datang, dan dia harus pergi.

Mereka menemukan gadis itu diamankan dengan senjata yang diikat di lorong keamanan di sebuah konsol game.

Dia pulang ke rumah, menunggu rasa terbakar yang ditakuti dari sayapnya menghantamnya. Dia berhasil sampai di sana, sejauh ini baik-baik saja. Tapi dia sangat lapar, dia tidak sabar untuk makan apa pun yang bisa dia dapatkan.

Di dalam lemari es, ada setengah ekor ayam yang dia makan sambil menunggu keju meleleh di wajan. Dia melahap habis keju panggang itu. Kemudian membuat yang lain, sambil mengunyah apel. Setelah menghabiskan apelnya, ia menyendok es krim dari bak mandi. Rasa sakitnya tak kunjung datang, tapi ia akan mengalami masalah berat badan yang serius jika terus makan seperti ini.

"Paman Sam?" dia memanggil, memeriksa apakah dia ada di rumah - ternyata tidak. Dia masuk ke kantornya dan mengerjakan beberapa pekerjaan rumah, lalu bermain beberapa game. Masih tidak ada tanda-tanda dari Sam. Tidak ada SMS. Tidak ada telepon atau pesan suara. Sam selalu memberitahunya jika dia akan pulang terlambat. Aneh. Dimana dia?

BAB 17

Saatitu sudah lewat tengah malam dan masih belum ada tanda-tanda Paman Sam. Ini adalah pertama kalinya dia melewatkan makan malam, apalagi tidak memberi tahu E-Z di mana dia berada. Dia tahu betapa cemasnya keponakannya itu ketika keadaan di luar kendalinya. Pada saat-saat seperti itu, kulit remaja itu terasa gatal, seperti darahnya mendidih di bawah permukaan.

Duduk di kursi rodanya, dia melakukan hal yang sama dengan mondar-mandir. Menggulingkan kursinya di koridor dan kembali turun lagi. Bagian yang sulit adalah berbalik arah yang ia lakukan di kantornya. Dalam perjalanan kembali ke dapur, dia menyalakan televisi untuk membuat suara bising. Dia berhenti untuk menonton sebelum kembali ke lorong dan sebuah pengalaman di luar tubuh membawanya.

Dia berada di ruang tamu dengan kursi rodanya, menonton dirinya sendiri di televisi di kursi rodanya. E-Z menggelengkan kepalanya, mencoba memahami hal itu. Mengapa Hadz dan Reiki tidak menghapus ingatan mereka? Kemudian hal itu terjadi - reporter itu menyebutkan namanya dan alamatnya yang sebenarnya, termasuk pinggiran kota. Kali ini dia mendapatkan semuanya dengan benar - dan dia tidak berhenti di situ.

"E-Z Dickens yang berusia tiga belas tahun, ingin menjadi pemain bisbol profesional. Dan dia memiliki kemampuannya. Kemudian sebuah kecelakaan merenggut kedua orang tuanya - dan juga kedua kakinya. Anak yatim piatu yang menjadi pahlawan super ini sekarang tinggal bersama satu-satunya kerabatnya, Samuel Dickens."

Dia ingin menendang layar televisi. Mereka mengatakannya, begitu saja. Seolah-olah semua pahlawan super harus yatim piatu. Seolah-olah itu adalah sebuah prasyarat. Ketika teleponnya berdering, ia berharap itu adalah Sam - ternyata Arden.

"Apakah kamu menontonnya?" tanyanya. "Mereka memberi tahu SEMUA orang di mana kamu tinggal!"

"Saya tahu," kata E-Z. "Yang lebih buruk lagi, Paman Sam tidak ada di rumah. Dia selalu menelepon saya, apa pun yang terjadi."

Arden berbicara dengan ayahnya. "Tinggallah di sana, Ayah dan saya akan segera ke sana. Kamu bisa tinggal bersama kami, sampai kamu dan Sam tahu apa yang harus dilakukan. Tinggalkan pesan untuknya."

"Terima kasih, tapi aku akan baik-baik saja di sini."

"Ayah bilang, tidak ada seandainya, dan atau tapi. Dia bilang para wartawan akan mengerumunimu seperti nasi di atas beras - apa pun artinya."

"Saya tidak berpikir bahwa para wartawan akan datang ke sini. Oke, saya akan bersiap-siap."

Dia pergi ke kamarnya, mengemas tas semalam, lalu ke dapur untuk menulis sebuah catatan dan menaruhnya di lemari es. Sebuah kendaraan berhenti mendadak di luar, membunyikan bannya. Sebuah pintu dibanting, lalu terdengar suara tembakan dan pecahan kaca pecah di jendela. Pintu depan terlepas dari engselnya, sementara kursinya meluncur ke arah penembak yang melepaskan tembakan saat mereka mendekat.

"Dia hanya seorang anak kecil," kata E-Z, memanfaatkan keraguannya. Dia meraih pistol itu, mengikatnya menjadi simpul dan melemparkannya ke seberang halaman.

Anak laki-laki itu, yang lebih muda dari E-Z menggunakan detik-detik saat dia melemparkan pistol, untuk menjegal dia ke tanah.

"Tidak keren," kata E-Z, saat kursinya mendorongnya dan menjatuhkan sangkar besi itu ke anak itu yang terisak-isak dan meminta ibunya. "Mundur," kata E-Z kepada kursi itu.

Anak itu digulung dalam posisi janin, gemetar dan menangis. Kursi itu menarik kembali kerangkengnya: anak itu tidak bergerak.

E-Z yang kini kembali duduk di kursi rodanya bertanya, "Siapa yang membawamu ke sini? Dan mengapa ada penembakan?"

"Ini bukan masalah pribadi," anak itu menjelaskan. "Saya harus melakukannya. Sebuah suara di kepala saya mengatakan bahwa saya harus melakukannya. Atau mereka akan membunuh saya dan keluarga saya. Itulah mengapa saya mencuri kunci mobil ayah saya dan belajar mengemudi - dengan cepat."

"Anda belum pernah mengemudi sebelumnya?"

"Hanya dalam permainan."

Permainan lagi. "Siapa yang kamu maksud? Siapa nama mereka?"

"Saya tidak tahu. Saya memainkan beberapa game online. Seorang perempuan masuk ke dalam permainan, mengatakan bahwa dia akan membunuh adik saya. Saya beralih ke game lain; perempuan lain mengatakan dia akan membunuh orang tua saya. Dalam permainan yang saya mainkan hari ini, seorang wanita ketiga mengatakan kepada saya bahwa jika saya tidak membunuh seorang anak yang tinggal di alamat ini, akan ada konsekuensi yang mengerikan." Anak itu berlari ke arah E-Z tapi tidak sampai jauh. Kursi itu mendorongnya dan menurunkan dentumannya.

"Keluarkan saya dari sini!" anak itu menuntut.

E-Z tertawa; anak itu punya nyali. "Turunlah," katanya pada kursinya dan membantu anak itu berdiri. Anak itu berterima kasih dengan meludahi wajahnya. Dia mengepalkan tinjunya dan mempertimbangkan untuk merobek kepala anak itu, tapi dia tidak melakukannya. Ia malah memeluknya. Anak itu mulai menangis lagi, air matanya jatuh ke pundak dan sayap E-Z.

"Terima kasih, Bung," kata anak itu. Dia melangkah mundur, meletakkan tangannya di atas jantungnya dan menghilang.

Ketika polisi akhirnya tiba, E-Z sedang duduk di kursinya di tepi jalan. Kemudian dia tidak ada di sana. Dia berada di dalam silo lagi dengan perasaan sesak dalam kegelapan total.

✳✳✳

P sebelumnya ketika dia berada di dalam wadah logam, dia bisa bergerak. Sekarang dia berada di kursi rodanya dan hampir tidak bisa bergerak. Dia mencoba menggoyangkan jari-jari kakinya di dalam sepatunya - dia tidak bisa merasakannya. Jika kakinya tidak berfungsi di sini, maka dia senang berada di kursi rodanya. Mereka adalah sebuah tim: seperti Batman dan Batmobile. Menanggapi pikirannya, kursi rodanya meluncur ke depan seperti seekor anjing mastiff yang sedang dituntun.

"Keluarkan kami dari sini," perintah E-Z.

Dia merasakan ada gerakan di atasnya. Pergeseran cahaya seperti awan yang bergerak melintasi langit. Seandainya saja dia bisa terbang dan melarikan diri melalui atap, tapi sayapnya tidak memiliki ruang untuk berkembang.

Kulitnya mulai menggelembung, dan ia mulai merasa gatal. Di mana semprotan lavender yang menenangkan itu sekarang?

PFFT.

"Eh, terima kasih," katanya. Bahkan benda ini bisa membaca pikirannya sekarang.

Bahunya mengendur, saat ia merumuskan daftar permintaannya:

Nomor satu. Dia ingin menceritakan semuanya kepada Paman Sam. Dan dia bersungguh-sungguh. Tidak ada yang tertinggal.

Nomor dua. Dia ingin PJ dan Arden tahu. Tidak semuanya, seperti Paman Sam. Tapi cukup agar mereka mengerti tekanan yang dialaminya. Cukup agar mereka bisa mendukung dan menyemangatinya. Dia benci berbohong kepada mereka. Ia ingin mereka tahu tentang cobaan yang dialaminya. Mengapa dia melakukannya. Seolah-olah dia tidak punya pilihan lain.

Nomor tiga. Dia ingin mereka meminta izinnya, sebelum menculiknya. Dengan begitu dia tahu apa yang akan terjadi selanjutnya. Dia benci dijatuhkan ke dalam hal ini.

Nomor empat. Dia ingin tahu di mana dia berada. Mengapa dia selalu dijatuhkan ke dalam wadah yang sama. Mengapa terkadang kakinya bekerja dan terkadang tidak. Mengapa kadang kursinya ada bersamanya, kadang tidak.

"Waktu tunggu dua belas menit," kata suara seorang wanita. "Apakah Anda ingin minuman?"

"Air," katanya, ketika logam di sebelah kanannya mengeluarkan sebuah rak dengan segelas air di atasnya. "Terima kasih." Dia melemparkannya kembali. Gelas itu terisi penuh lagi. Dia meletakkannya untuk nanti.

Dengan lebih santai, sebuah lagu muncul di kepalanya. Ayahnya dulu sangat menyukainya. Kursi rodanya bergoyang maju mundur, saat ia menyanyikan liriknya. Kursi roda itu membangun momentum - seperti mencoba untuk membebaskan diri.

Beberapa detik kemudian dia kembali ke rumah, di kamar tidurnya dengan pecahan kaca di mana-mana. Lampu-lampu biru dan merah berdenyut di dinding. Sekarang di jendela yang pecah, dia melihat keluar.

"Dia di atas sana!" teriak seorang wartawan.

✳✳✳

"**J**angan lagi!" teriaknya, sekarang kembali ke dalam wadah logam. "Keluarkan aku dari sini!" Dia menendang kakinya ke dinding silo. "Aduh!" teriaknya. Kemudian dia tersenyum, senang bisa merasakan kakinya lagi dan berdiri. Dia mengangkat tinjunya ke udara, "Kau pikir kau pikir kau bisa membawaku ke sini, sesuka hatimu!"

"Waktu tunggu sekarang enam menit, silakan tetap duduk."

Tali-tali keluar dari dinding di depannya, di belakangnya, dan di kedua sisinya. Dia diikat pada tempatnya. Dia berjuang untuk membebaskan diri, tetapi tali-tali kulit itu semakin kencang. Tak lama kemudian, yang bisa dia gerakkan hanyalah kepala dan lehernya.

PFFT.

"Ah, lavender," katanya. Di bawahnya, kursi rodanya mulai bergetar dan bergetar. "Ini akan baik-baik saja." "Apa kalian pengecut yang terlalu takut untuk datang ke sini dan menghadapi saya?"

PFFT.

PFFT.

Dia mati.

✳✳✳

Dia tidur dengan nyenyak sampai atap silo terbuka seperti Houston Astrodome. Dan sesuatu menelan cahaya itu. Dia bisa merasakannya, sebelum dia bisa melihatnya. Mengambil cahaya dari dunianya. Di bawahnya, kursi rodanya bergetar, saat benda di atas terjun bebas.

Benda itu berhenti, seperti laba-laba di ujung tali pengikatnya.

Lucifer?

Setan?

Dia menunggu, terlalu takut untuk berbicara.

"Halo - o - o - o," makhluk bersayap itu meraung, suaranya memantul di dinding.

Dia sangat berharap dapat menutup telinganya.

Makhluk itu menyeringai, memperlihatkan gigi-gigi seperti pisau cukur sambil mengeluarkan bau busuk yang sangat menyengat.

Dia tersedak, terbatuk-batuk, dan berharap bisa menutup hidungnya juga.

Binatang itu tertawa dalam raungan, yang bergemuruh di dalam penjara logamnya seperti meletuskan popcorn.

Dia mencondongkan tubuhnya lebih dekat ke wajah remaja itu, dan berkata, "Apakah saya tidak berbicara dengan bahasa Anda, Tuan?"

E-Z tidak menjawab. Dia tidak bisa. Dia merasa sangat tidak heroik. Fakta bahwa kursi rodanya bergetar di bawahnya tidak meningkatkan kepercayaan dirinya.

"APAKAH KAMU TIDAK MENGERTI AKU?" makhluk itu berteriak, mengguncang penjara logam itu hingga ke dasarnya. Makhluk itu bergerak lebih dekat lagi, "LAKUKAN. KAMU. TIDAK. DENGAR. AKU?"

Benda itu seperti awan yang bisa berbicara dengan kepala di tengahnya, bersiap untuk menghujaninya dengan guntur dan kilat. Sambil menancapkan kukunya di sandaran lengan kursi, ia menemukan keberanian untuk berkata, "Ya." Dia membaca daftar permintaannya di dalam kepalanya.

Binatang itu meraung dan api keluar dari mulutnya. Untungnya bagi E-Z, panasnya meningkat. Tiba-tiba dia merasa sangat lapar, ingin makan daging.

"Saya suka daging asap," makhluk itu mengaku.

E-Z bertanya-tanya apakah dia mengatakan hal tentang daging asap dengan keras. Bahkan dengan tingkat ketakutannya yang semakin meningkat, dia tahu dia tidak mengatakannya. Itu berarti satu hal, semua orang bisa membaca pikirannya! Dia menegakkan tubuhnya dan berusaha melindungi dirinya sendiri dengan menutup pikirannya. Pikirannya melayang pada makanan, pancake di Ann's Café, minuman kocok cokelat kental, sirup mentega. Apapun untuk menjauhkan rasa takut dan kecemasannya. Ini adalah penyiksaan, makhluk itu dapat membaca pikirannya dan memenjarakannya selamanya. Apakah ada Serikat Pahlawan Super yang bisa dia ikuti?

"Bah, ha, ha!" makhluk itu meraung-raung dengan tawa.

E-Z sangat berharap dia bisa menjangkau telinganya, tapi karena dia tidak bisa, dia merasa lega karena setidaknya makhluk itu memiliki selera humor. "Kenapa aku ada di sini?"

Makhluk itu tidak segera menjawab, jadi dia mencoba membujuknya dengan tatapan mata. Sangat sulit untuk menahan pengunci mata karena kursi itu terus berusaha melemparnya keluar. Dia mengepalkan tinjunya ke atas, mengeluarkan darah.

Makhluk itu bergerak dengan lincah seperti ular, lidahnya yang berbusa menjulur ke depan dan ke belakang saat ia menjilati kepalan tangan E-Z.

"Ewww!" teriaknya. "Itu sangat menjijikkan!"

"Tolong tambah lagi!" makhluk itu meminta, saat darah di lidahnya berkilauan seperti tetesan air hujan.

E-Z sudah pernah merasa takut sebelumnya, sekarang dia jauh lebih takut. Lebih seperti membatu - tapi dia adalah seorang pahlawan super. Dia harus mengumpulkan kekuatan dari suatu tempat - bahkan jika kursi itu tidak berguna.

"Nah, nah, nah, nah, nah," makhluk itu bernyanyi, sambil menukik mendekat, lalu melesat menjauh, lalu mendekat lagi. Makhluk itu memantul-mantul di dinding.

Setelah beberapa saat, makhluk itu menetap. Dia menyilangkan kakinya di udara. Kemudian dia meletakkan jarinya yang panjang dan bertulang di pipinya. Sepertinya dia berharap bisa berbincang-bincang.

"Hadz dan Reiki telah dikeluarkan dari kasusmu," makhluk itu berbisik. "Mereka berdua adalah orang dungu. Kurang dari tidak berguna. Aku adalah mentor barumu."

Makhluk gelap itu melepaskan dirinya. Dia melayang di atas, melakukan setengah membungkuk dengan gemulai dan naik lebih tinggi di dalam wadah.

E-Z berpikir selama beberapa detik sebelum menjawab. Kedua makhluk itu telah setia kepadanya. Mereka telah membantunya dan menjaganya - dan yang paling penting, mereka tidak meminum darah manusia.

"B-bisakah kita mendiskusikan hal ini?" E-Z bertanya. Dia mencoba untuk tersenyum. Dia tidak tahu bagaimana pandangan makhluk itu di sisi lain.

"TIDAK!" makhluk itu berkata, mendorong dirinya lebih dekat ke pintu keluar.

E-Z melihat makhluk itu melayang ke atas. Tak berdaya. Tanpa harapan.

"Tunggu!" teriaknya, makhluk itu setengah masuk dan setengah keluar dari kontainer. "Saya perintahkan Anda untuk menunggu!" E-Z berkata, saat atap mulai menutup, lalu makhluk itu berada di wajahnya dalam sekejap.

"Y-E-S?" makhluk itu bertanya.

"Aku ingin berbicara dengan atasanmu, tentang mendapatkan Reiki dan Hadz kembali. Mereka lebih cocok untukku, untuk uji cobaku. Untuk keberhasilan uji coba."

"Kau tidak menyukaiku?" makhluk itu melengking dengan suara seperti kuku-kuku di papan tulis.

"Hentikan! Tolong!"

"Membawa kembali kedua idiot itu tidak mungkin," makhluk itu berputar seperti hamster di atas roda.

"Hentikan! Kau membuatku pusing! Keluarkan aku dari sini!"

"Baiklah," katanya, menyilangkan tangannya dan berkedip seperti wanita dalam acara televisi I Dream of Jeannie.

Silo itu menghilang, sementara E-Z dan kursinya dibiarkan jatuh ke tanah.

"Ahhhh!" teriaknya.

Kemudian kursi rodanya menghilang.

Dan saat dia terus jatuh, dia mengepalkan tinjunya ke arah makhluk di atasnya. Dia menguatkan dirinya untuk jatuh.

"Ngomong-ngomong, namaku Eriel."

"Arrgggghhhh!" serunya.

Dia kembali ke kursi rodanya lagi dan berpegangan erat-erat. Mereka masih terjatuh.

BAB 18

TABRAKAN!

Tepat menembus atap rumahnya. Kursi rodanya miring ke depan dan menjatuhkannya ke tempat tidur. Lalu terguling ke lantai. Mereka berdua baik-baik saja. Tidak ada yang lebih buruk dari itu.

Di atasnya, lubang yang mereka buat telah diperbaiki dengan sendirinya.

"Oh, itu dia!" Sam berkata. "Eh, selamat datang di rumah."

E-Z bahkan tidak menyadarinya. Dia tertidur pulas di kursi di pojok ruangan.

Sam meregangkan tubuh dan menguap. Kemudian dia berjalan terhuyung-huyung ke seberang ruangan di mana sebuah kendi berisi air telah menunggu. Dia meneguk segelas penuh, lalu menawarkan cangkir itu kepada keponakannya.

"Bagaimana dengan makhluk jahat itu, Eriel!" Sam berkata.

E-Z hampir memuntahkan airnya.

"Siapa? APA?"

Sam melanjutkan. "Eriel itu, adalah makhluk terbang yang paling busuk dan menjijikkan yang tidak pernah saya harapkan untuk bertemu!" Dia mengepalkan tinjunya. "Kuharap kau bisa mendengarku, dimanapun kau berada! Aku tidak takut padamu!"

Rahang E-Z hampir jatuh ke lantai.

Sam melanjutkan. "Makhluk itu memasukkanku ke dalam sebuah wadah logam. Sekarang saya tahu mengapa Anda mengalami mimpi buruk. Tempat itu benar-benar seperti sebuah silo. Dia mengatakan padaku bahwa aku harus menyerahkan hak perwalianmu padanya, jika tidak, kau akan ditembak."

"Oh, itu," kata E-Z. "Saya harap Anda melihat semua pecahan kaca. Itu adalah seorang anak kecil, dia mencoba membunuhku."

"Aku tahu semua tentang itu. Saya melihat semuanya dari dalam silo. Tahukah Anda bahwa ada TV layar lebar di sana? Dan sistem suara yang bagus juga."

"Apa? Aku baru saja dari sana, dan Eriel tidak mengatakan apapun padaku tentangmu atau mengambil alih perwalian." Dia menyeberangi ruangan, menatap langit-langit, "Apa ini ujian, Eriel? Jika aku mengatakan sesuatu, apakah kau akan membatalkan tawaran itu? Beri aku sebuah tanda."

"Kamu bicara dengan siapa? Eriel tidak ada di sini. Jika dia ada, kita bisa mencium bau busuknya dari jarak satu mil. Tidak, kita hanya berdua - meskipun aku mengangkat kepalan tanganku padanya. Saya tidak menyangka dia akan mendengar saya."

"Dia mungkin memiliki mata dan telinga di mana-mana."

"Mereka mengatakan bahwa Tuhan memiliki mata dan telinga di mana-mana. Jika dia memang ada."

"Apa lagi yang dia katakan padamu, tentang aku?"

"Dia bilang kamu ditakdirkan untuk mati bersama orang tuamu. Dia dan rekan-rekannya menyelamatkanmu - dan sekarang, kamu harus menyelesaikan serangkaian ujian."

"Itu benar. Saya disumpah untuk merahasiakannya, jadi saya bertanya-tanya mengapa dia mengungkapkan informasi ini kepada Anda."

"Awalnya, dia mencoba menggertakku, tapi kamu berhasil keluar dari masalah dengan anak itu. Dia menurunkan saya kembali ke rumah ini dan saya tidak bisa menemukan Anda di mana pun."

"Ya, karena mereka memasukkanku ke dalam kontainer."

"Dia mengeluarkan saya beberapa kali, tapi saya menolak untuk menyerahkan perwalian Anda. Setelah yang kedua atau ketiga kalinya, dia bilang kau meminta aku menceritakan semuanya dan..."

"Saya memang membuat rencana untuk menanyakan hal itu. Saya tidak memberitahunya apa itu - tetapi dia, seperti kebanyakan orang lain akhir-akhir ini bisa membaca pikiran saya."

"Apa maksudmu, orang lain?"

"Eh, sebelum Eriel, ada dua malaikat yang ingin menjadi malaikat bernama Hadz dan Reiki."

"Oh, dia menyebutkan dua orang dungu. Katanya mereka diturunkan pangkatnya untuk bekerja di tambang berlian."

"Surga memiliki tambang?"

"Saya ragu benda itu berasal dari surga - jika memang ada."

"Bolehkah kita pergi ke dapur untuk makan camilan?" E-Z bertanya. Mereka berjalan di sepanjang koridor,

Sam menyalakan pemanggang dan menyiapkan roti dengan keju dan mentega. "Saat kamu tidur, aku melakukan riset tentang Eriel. Butuh sedikit penggalian untuk menemukannya, tapi begitu saya mempersempit pencarian, saya menemukan emas." Dia membalikkan sandwich ke piring dan membawanya ke meja.

"Terima kasih, saya tidak sabar untuk mendengar semuanya. Keberatan kalau saya langsung masuk?"

"Tidak, silakan saja." Sam memperhatikan keponakannya memakan empat gigitan lalu sandwich itu habis. Dia memberikan sandwichnya sendiri, karena tidak merasa lapar. "Aku memulai pencarian dengan mengetik Eriel. Tidak ada yang muncul. Jadi, saya mengetikkan Archangels dan nama Uriel ada di bagian atas halaman."

"Menurutmu mereka sama?" Dia mengambil satu gigitan lagi.

"Itulah yang saya pikirkan pada awalnya. Kemudian saya menemukan daftar Malaikat Agung dan nama Radueriel dalam Mitologi Yahudi. Ketika saya membaca deskripsinya, dikatakan bahwa ia dapat menciptakan malaikat yang lebih rendah hanya dengan sebuah ucapan."

"Maksudmu seperti Hadz dan Reiki? Tunggu dulu, jika dia menciptakan mereka, mungkin itu sebabnya dia bisa mengirim mereka ke tambang."

"Pikiranku persis seperti itu. Jadi, kurasa berdasarkan informasi itu kita sekarang tahu bahwa Eriel, alias Radueriel adalah seorang malaikat agung."

E-Z mengangguk.

"Jadi, aku terus menggali dan menemukan ini. "Seorang pangeran yang menatap ke tempat-tempat rahasia dan misteri-misteri rahasia. Juga, seorang malaikat yang agung dan suci dengan cahaya dan kemuliaan."

"Wow, dia benar-benar hebat!

"Dia juga bisa menciptakan sesuatu dari ketiadaan, mewujudkannya dari udara."

"Jadi, saya menyimpulkan bahwa dia bisa mengubah penampilannya sendiri, ditambah penampilan orang lain."

"Itu benar. Dan saya menuliskan beberapa kata." Dia mendorong selembar kertas ke seberang meja. "Tapi jangan ucapkan dengan keras. Jika kamu melakukannya, kamu akan memanggilnya." Kata-kata yang tertulis di kertas itu adalah:

Rosh-Ah-Or.A.Ra-Du, EE, El.

"Hafalkan kata-kata di kertas ini, kalau-kalau kamu perlu memanggilnya."

"Bagaimana kita tahu bahwa itu akan berhasil?"

"Gunakan saja jika perlu. Tidak ada gunanya memanggilnya ke sini - kecuali jika itu adalah pilihan terakhir."

"Setuju." Saat dia mengulang-ulang kata-katanya di dalam pikirannya, dia merasa nyaman karena mengetahui bahwa sang malaikat tidak terus menerus membaca pikirannya.

"Eriel bilang aku harus membantumu menghadapi cobaan. Saya kira menyelamatkan gadis kecil itu, adalah yang pertama yang harus kamu lakukan?"

"Sejauh ini, saya telah melakukan beberapa. Yang pertama, ya, gadis kecil itu. Yang kedua, saya menyelamatkan sebuah pesawat dari kecelakaan."

"Wow! Saya ingin tahu lebih banyak tentang bagaimana Anda melakukannya. Aku heran kamu tidak masuk berita."

"Benar, tapi Anda tidak akan tahu kalau itu saya. Yang ketiga, saya menghentikan seorang penembak di atap sebuah gedung di pusat kota. Keempat, penembak lain di sebuah mal dengan sandera dan kelima, anak kecil di luar yang mencoba membunuhku."

Sam mengambil piring-piring itu dan membawanya ke tempat pencucian piring. "Saya tidak bisa mengatakan betapa bangganya saya terhadapmu. Semua ini terjadi dan saya sama sekali tidak tahu."

"Saya disumpah untuk merahasiakannya. Jika saya memberi tahu siapa pun, mereka akan..."

"Pastikan Anda tidak pernah bertemu orang tua Anda lagi - ya, dia mengatakan kepada saya. Kedengarannya agak mencurigakan bagiku. Eriel bukan tipe orang yang sentimental; dia seperti bola besar kemarahan yang menunggu sasaran."

"Saya menyakiti perasaannya, ketika dia mengira saya tidak menyukainya."

Sam mencemooh. "Bayangkan hal itu, memiliki perasaan." Dia berdiri. "Apakah kamu mau kopi?"

"Aku lebih suka coklat." Dia menguap. "Ini hari yang sangat panjang."

"Kita bisa membicarakan hal ini lebih lanjut di pagi hari, tapi bagaimana perasaanmu tentang tenggat waktu? Kamu sudah menyelesaikan lima percobaan, dalam berapa hari?"

"Mereka sudah acak. Saya tidak tahu apa-apa tentang tenggat waktu yang pasti."

"Eriel mengatakan kepada saya bahwa Anda harus menyelesaikan dua belas percobaan dalam tiga puluh hari. Jika Anda sudah masuk dua minggu, maka mereka harus meningkatkannya - banyak."

"Pertama kali saya pernah mendengar itu."

"Dia mengatakan jika Anda tidak menyelesaikannya tepat waktu - Anda akan mati."

"Apa?"

"Juga, bahwa semua orang yang telah Anda selamatkan akan binasa. Sam terdiam, membayangkan kehilangannya sekarang ketika mereka baru saja mulai. Hidupnya akan kosong lagi, hanya kerja, rumah, kerja, rumah. E-Z menatapnya, menunggu. "Maaf, saya baru saja memikirkan betapa berartinya kamu bagi saya, nak. Tapi ada hal lain yang dia katakan padaku; dia bilang kamu akan mati bersama orang tuamu. Itu berarti semua yang telah kita lakukan, semua waktu yang kita habiskan bersama akan hilang. Dan saya tidak mengatakan bahwa saya bisa atau akan menggantikan posisi orang tuamu, tapi kamu tahu apa yang saya katakan, kan? Aku menyayangimu nak!"

"Kembali padamu," kata E-Z. Dia ingin memeluk Sam dan Sam ingin memeluknya, dia tahu itu, namun mereka terharu. Dia menarik napas dalam-dalam, "Itu kasar. Kedengarannya lebih seperti Eriel."

"Satu hal lagi, dia bilang setiap kali kau menyelesaikan sebuah cobaan, jiwamu akan bertambah. Pada saat kau mencapai dua belas, itu akan menjadi nilai optimal. Mata uang jiwa yang bisa kamu gunakan, untuk bertemu dan berbicara dengan orang tuamu lagi."

Kursi E-Z mundur dari meja saat pintu depan terlepas dari engselnya dan dia meluncur ke langit.

"Arrgghhhhh!" Sam berteriak dari belakangnya. Dia berpegangan pada kursi dan sayap keponakannya seperti layang-layang yang tidak bisa terbang.

"Bertahanlah!" E-Z berkata. "Saya rasa Eriel memanggil."

Dan mereka pun terbang.

BAB 19

"Ayo, kita akan mendarat." Kursi rodanya mengarah ke bawah.

"Seandainya aku juga punya sabuk pengaman!" Sam berseru, melingkarkan tangannya di leher keponakannya.

"Jangan khawatir, ini akan menjadi pendaratan yang aman."

"Jika aku tidak melepaskannya sebelum itu! Arrgghhh!"

Saat mereka turun, E-Z melihat lingkaran patung-patung. Karena tidak ada hal lain yang bisa dilakukan, dia menghitungnya - ada seratus dengan sesuatu di tengahnya. Aneh, dia sudah sering ke pusat kota tapi tidak ingat dengan kelompok balok beton ini. Roda kursi roda itu mendarat, tapi Sam masih bertahan.

"Tidak apa-apa sekarang," kata E-Z. "Kamu bisa membuka matamu."

Dia melakukannya. "Akan kubunuh Eriel saat aku melihatnya lagi!"

"Ssst. Mungkin lebih cepat dari yang kau pikirkan." Hal yang dilihatnya di tengah-tengah patung-patung itu adalah Eriel dalam bentuk manusia, dengan ciri-ciri fisik tapi tidak dengan ukurannya. Terlebih lagi, dia duduk di kursi roda yang melayang seperti singgasana ajaib.

Rambutnya hitam legam, tergerai di atas bahu dan sampai ke pinggang. Matanya seperti arang, dan kulitnya seperti pualam. Dagunya dipenuhi janggut, seperti bayangan arah jam enam meskipun saat itu sudah mendekati tengah hari. Bibirnya sangat merah, seperti baru saja memoleskan lipstik. Sementara hidungnya terlihat seperti hidung pemain sepak bola yang sudah patah lebih dari sekali. Untuk pakaian, ia mengenakan kaos putih, celana jeans hitam, dan di kakinya ada sepasang sandal Jesus.

E-Z berbalik, melihat seratus sepuluh orang itu lagi. Mereka semua mengenakan pakaian modern. Sebagian besar mengenakan kacamata dan jas. Kemudian ia mengetahui kebenarannya: Eriel telah mengubah seratus sepuluh orang yang hidup dan bernafas menjadi patung-patung.

Dan bukan itu saja. Dia menyadari, meskipun mereka berada di kawasan pusat bisnis, tidak ada suara-suara yang biasa terdengar. Pada hari biasa, mobil-mobil yang terjebak macet akan membunyikan klakson dan knalpot memenuhi udara.

Keheningan itu mengganggu, tetapi udara bersih yang segar membuatnya bernapas lebih dalam. Hal itu membuatnya tenang. Dia tahu ini adalah ketenangan sebelum badai.

Dia mendongak ke langit. Sebuah pesawat penumpang berhenti di udara. Di sampingnya ada burung-burung yang berhenti terbang. Sebagai latar belakang, awan. Tidak bergerak. Tidak bergerak.

Kemudian semua yang ada di atasnya berubah dari biru menjadi hitam.

Dan keheningan yang tadinya menakutkan itu pun lenyap.

Apa yang menggantikannya, adalah erangan. Erangan. Seperti akar pohon yang tercabut dari bumi. Dan udara menebal dan melilit tenggorokan mereka. Mencuri napas mereka.

Dan di bawah kaki mereka, tanah mulai bergetar. Itu pecah terbuka lebar. Gempa bumi. Merobek. Merobek.

Dan matahari, bulan dan bintang-bintang bersinar bersama-sama, tapi hanya sesaat. Kemudian mereka pecah dan hancur menjadi jutaan keping.

"Mengapa kau mengubah manusia menjadi patung? Dan mengapa Anda mencoba untuk menghancurkan dunia?" E-Z bertanya. "Dan mengapa kau melayang di atas sana di atas kursi roda?"

"Oh tidak," teriak Sam sambil mengacungkan tinjunya ke udara.

Eriel tertawa, "Sudah waktunya kau sampai di sini, anak didikku. Beraninya kau berbicara padaku, mengajukan pertanyaan padaku. Aku memang hebat dan berkuasa, tapi aku nyata, tidak palsu seperti Wizard of OZ. Anda ada hanya karena saya memilih untuk menyelamatkan Anda."

"Saat Ophaniel berbicara padaku di Perpustakaan Malaikat, dia bahkan tidak menyebut namamu."

Eriel tertawa dan mengacungkan jari bertulang yang menjulur ke bawah dan menyentuh hidung E-Z. "Kasusmu diberikan padaku, setelah dua orang bodoh Hadz dan Reiki gagal dalam tugas mereka."

"Jangan sentuh aku!" Jari itu ditarik kembali. "Saya tanya lagi, apa yang Anda lakukan di sini di wilayah saya - dan mengapa Anda berada di kursi roda?"

"Semua akan dijelaskan," kata Eriel. Dia mengangkat kakinya dan tersenyum pada mereka. "Saya suka sepatu ini, sangat nyaman."

"Itu bukan sepatu, itu sandal," kata Sam sambil melangkah mendekati kursi roda.

"Tunggu, Paman Sam, ke belakangku."

Eriel menengadahkan kepalanya ke belakang dan tertawa. "'Truth's a dog must kennel' - itu kutipan dari Shakespeare yang berarti, pamanmu harus dijinakkan."

"Kenapa kamu!" Sam berteriak, mengangkat tinjunya ke udara.

" Sulit untuk mengalahkan orang yang tidak pernah menyerah' - itu adalah kutipan dari Babe Ruth, salah satu pemain bisbol paling terkenal yang pernah ada." Kursi E-Z terangkat dari tanah dan terbang mendekati Eriel.

"'Bisbol adalah permainan keseimbangan,'" kata Eriel. "Itu adalah kutipan dari penulis Stephen King." Dia ragu-ragu, lalu menyeringai begitu lebar hingga pipinya bisa runtuh saat kursi E-Z jatuh seperti terbuat dari timah. "Ups," kata Eriel sambil tertawa terbahak-bahak.

Tidak butuh waktu lama bagi E-Z untuk mengendalikan kursinya dan kursi itu terangkat seperti lift. Dia mencoba untuk mengendalikan situasi. Tapi tidak ada waktu karena dia telah berubah menjadi gasing dan berputar-putar.

"Arrgghhhhh!" teriaknya, menancapkan kukunya ke sandaran lengan kursi. Putarannya berhenti, kursi itu jatuh lagi seperti balon timah, lalu berhenti.

Sekali lagi, dia mencoba menggerakkan sayapnya. Mereka tidak mau bekerja sama dan hal berikutnya yang dia tahu dia berputar lagi. Tapi kali ini berlawanan arah jarum jam.

"Hhhhgggggrrraaa!" teriaknya.

Eriel tertawa begitu keras hingga mengguncang bumi.

Di bawah, Sam mengambil batu-batu dari trotoar, dan melemparkannya ke arah Eriel yang mengelak dan menghindar. Satu batu besar berhasil mengenai hidung makhluk itu. "Pilihlah orang yang lebih muda dari usiamu!" Sam berteriak.

Saat darah mengalir di wajahnya, Eriel menempatkan paman E-Z di tempatnya.

"Tidaaakkk!" E-Z berteriak sambil terus berputar. Ketika dia berhenti, apa yang dilihatnya di bawah tidak salah lagi. Paman Sam kini menjadi salah satu dari patung-patung yang melingkar: di sana berdiri seratus sebelas orang. Dia sangat pusing, namun sebuah kutipan datang kepadanya dan karena hanya itu yang dia miliki, dia meneriakkannya sekeras mungkin, "'Ini belum berakhir sampai semuanya berakhir!

POP.

POP.

Hadz duduk di salah satu pundak remaja tersebut, Reiki di pundak lainnya.

"Itu adalah kutipan dari Yogi Berra dan ini, dari saya dan Paman Sam!"

Di tangannya, ia kini memegang tongkat pemukul terbesar di dunia, sebuah replika pemukul Babe Ruth seberat 54 ons yang berkilauan dengan debu berlian. Dia tidak tahu betapa beratnya pemukul ini saat dia mengayunkan pemukulnya ke arah Eriel di atas singgasana kursi rodanya dan membuatnya terpelanting. Dia bernyanyi, "Sampaikan salamku pada pria di bulan saat kau bertemu dengannya!"

Di kejauhan, suara Eriel yang menggema berkata, "Uji coba selesai!"

Hadz dan Reiki bertepuk tangan. Begitu juga dengan seratus sebelas orang yang telah kembali ke bentuk manusia termasuk Paman Sam.

"Tentu saja, kamu tahu dia akan kembali," kata Hadz. "Dan dia akan sangat marah!"

"Terima kasih atas bantuanmu!" Kata E-Z, saat dia dan Sam terbang pulang.

Reiki dan Hadz menghapus pikiran seratus sepuluh orang itu, lalu melanjutkan pekerjaan mereka di tambang dan berharap tidak ada yang menyadari bahwa mereka telah menemukan cara untuk melarikan diri.

Eriel terus berputar di luar kendali sementara dia merumuskan rencana balas dendam.

EPILOG

Setelahbeberapa hari yang sibuk, E-Z akhirnya bisa tidur nyenyak. Dia bermimpi tentang bermain bisbol dan keesokan harinya Arden dan PJ datang untuk mengajaknya bermain. "Saya tidak ikut bermain hari ini, tetapi saya akan ikut untuk memberi semangat," katanya.

"Tentu saja," jawab teman-temannya.

Begitu mereka membawa E-Z ke lapangan, mereka bersikeras agar ia ikut bermain. Mereka membutuhkannya untuk menangkap bola, dan dia setuju. Saat pertama kali menjadi pemukul, dia ingin memukul sendiri. Ia mengambil pemukul favoritnya dan meluncur ke plate. Lemparan pertama cukup tinggi, dan dia meleset. Zona lemparannya sangat padat sejak ia duduk.

"Strike satu," seru wasit.

E-Z memutar badannya menjauh dari plate. Ia melakukan beberapa kali latihan pukulan, lalu kembali lagi. Lemparan berikutnya ia berhasil, dan bola keluar.

"Strike dua," kata wasit.

"Tidak ada pemukul, tidak ada pemukul," orang-orang di lapangan berceloteh.

Pelempar bola melempar bola melengkung dan E-Z mencondongkan badannya ke dalam lapangan dan menyambung. Bola itu terbang, keluar dari lapangan. Melewati pagar. Keluar dari taman.

"Ambil base-nya," kata wasit. "Kau pantas mendapatkannya, nak."

E-Z mengayuh kursinya mengelilingi base, menahan kursinya agar tidak terbang. Ketika kursinya bersentuhan dengan home plate, rekan-rekan setimnya berkumpul di sekelilingnya sambil bersorak. Dia menikmatinya selama itu berlangsung.

Sampai dia mendarat kembali ke dalam wadah logam itu lagi - hanya saja kali ini dia tergulung dalam bola - dan dia tidak memiliki kursi. Seperti bayi yang baru lahir, ia menarik napas dalam-dalam karena hanya itu yang bisa ia lakukan. Tunggu, bayi bisa membalikkan badannya. Yang harus dia lakukan adalah berkonsentrasi, fokus.

Ya, dia melakukannya. Satu-satunya masalah adalah, dia tidak lebih baik. Dia masih digulung, dalam kegelapan. Terkurung dalam ruang tanpa cahaya atau kesempatan untuk bergerak sama sekali. Bahkan, bentuk wadah logamnya kali ini berbeda. Wadah itu lebih ramping di salah satu ujungnya, berbentuk seperti peluru.

Mengetahui hal ini tidak membantu, karena rasa sesak dan kecemasannya semakin menjadi-jadi. Dia bertanya-tanya berapa lama dia bisa terus bernapas di ruang terbatas ini. Tidak lama. Dia akan kehabisan udara dalam waktu singkat, dan dia akan mati. Dia menarik napas dalam-dalam, mencoba untuk menurunkan tingkat kecemasannya.

Satu hal yang pasti, tidak mungkin Eriel bisa masuk ke dalam benda ini bersamanya. Kecuali dia meledakkan dinding-dindingnya - yang mungkin bukan ide yang buruk.

E-Z mengetuk dinding dan langit-langit. Dia berteriak. Berteriak. Dia teringat teleponnya. Bisakah dia meraihnya? Itu tidak ada di sana. Dia memasukkannya ke dalam tas olahraga untuk mematuhi peraturan dilarang membawa ponsel ke dalam lapangan.

Di luar kontainer, terdengar suara-suara yang mengganggu. Menggaruk. Tikus? Tidak, bukan tikus. Dia bisa menangani banyak hal, tapi tidak dengan tikus. "Keluarkan aku!" teriaknya.

Sebuah mesin dinyalakan. Sebuah kendaraan tua, seperti truk. Lantai di bawahnya mulai bergetar dan berderak saat peluru meluncur ke depan dan memantul-mantul.

Di luar kontainer, peluru memantul dari dinding. Di dalam, dia berada di ruang yang sempit sehingga tidak banyak bergerak. Itulah salah satu keuntungan karena terjebak dalam peluru.

Kendaraan itu menabrak sesuatu, dan kepala E-Z terhubung dengan bagian atas benda itu. Dia berteriak, tapi suaranya hilang. Wadah logam itu bergerak lagi, ke samping. Benda itu menabrak sesuatu, lalu kembali ke posisi semula. Bahunya terasa sakit akibat benturan itu.

E-Z bertanya-tanya apakah ini adalah tugas Eriel, tapi dia memutuskan bahwa ini bukan tugas Eriel. Dia mulai menyimpulkan bahwa dia telah diculik dan ditawan. Tapi kenapa sekarang?

"Hei!" teriaknya saat benda logam itu menggelinding dan mendarat di dasar yang datar - tempat pantatnya berada. Sekarang beban itu tersebar lebih merata. Dia merasa nyaman. Atau senyaman yang dia bisa dalam situasi tersebut. Jadi, dia tetap diam sampai kendaraan itu berhenti total dan dia meluncur dari ujung ke ujung.

Dia menarik napas dalam-dalam, menenangkan diri, dan mengucapkan kata-kata itu dengan keras,

"Roch-Ah-Or, A, Ra-Du, EE, El."

Sambil menunggu, dia bertanya, "Di mana kau, Eriel? Roch-Ah-Or, A, Ra-Du, EE, El?"

"Kau memanggilku?" Kata Eriel. Suaranya tajam dan jelas, tetapi dia tidak terlihat.

"Ya, Eriel, aku pikir aku telah diculik. Aku berada di dalam sebuah kontainer. Dapatkah Anda membantu saya?"

"Aku selalu tahu di mana kau berada," kata Eriel. "Pertanyaan yang seharusnya kamu tanyakan adalah APAKAH aku bisa membantumu."

"Aku tidak tahu kalau kau mengawasiku selama 24 jam!" E-Z berseru, semakin marah seiring dengan berlalunya waktu. Dia menarik napas dalam-dalam dan menenangkan diri. Dia membutuhkan bantuan Eriel, dan sang malaikat agung tidak akan mempermudahnya. "Saya tidak dapat melihat pengemudi benda ini dan saya tidak dapat merentangkan sayap saya. Dan di mana kursiku? Saya kehabisan udara di sini. Jika Anda ingin saya menyelesaikan uji coba itu untuk Anda, maka sebaiknya Anda mengeluarkan saya dari sini dan secepatnya."

"Pertama kau menghinaku, dengan mempertanyakan apakah aku malaikat atau bukan, lalu kau memohon padaku untuk membantumu. Manusia memang makhluk yang sangat plin-plan."

"Aku tahu. Saya minta maaf. Tolonglah aku."

"Pernahkah kau pertimbangkan," Eriel menyarankan. "Bahwa ini adalah cobaan? Sesuatu yang harus kau atasi sendiri?"

"Apa kau mengatakan padaku, ini pasti sebuah cobaan?"

"Aku tidak mengatakannya begitu. Dan aku tidak bilang ini bukan cobaan," kata Eriel sambil tertawa kecil.

E-Z marah besar. Ia sangat merindukan Hadz dan Reiki.

"Sedih sekali kau masih memikirkan dua orang idiot itu. Sekarang E-Z, jika ini adalah cobaan, bagaimana kamu bisa keluar dari masalah ini?"

"Pertama-tama, mereka datang untukku saat kau hampir menghancurkan bumi. Kedua, ini tidak mungkin cobaan karena tidak ada orang yang bisa membantuku."

Eriel tertawa. "Kau menganggap dirimu bukan siapa-siapa?" Eriel berhenti sejenak. "Hari ini kau menyelamatkan dirimu sendiri dan hanya dirimu sendiri. Gunakan alat yang kau miliki." Dia ragu-ragu lalu tertawa lagi. "Berpikirlah di luar wadah logam itu." Tawanya begitu keras di dalam peluru logam sehingga menyakiti telinga E-Z. Dia menutupinya. Kemudian dia tidak mendengar suara Eriel lagi.

E-Z memejamkan mata dan berkonsentrasi. Dia memutuskan untuk mengepalkan tinjunya dan mencoba mendorong dinding-dinding itu. Tidak peduli seberapa keras dia mencoba, mereka tidak akan bergeming. Rencana B adalah memanggil kursinya dan dia melakukannya. Dia membayangkan kursi itu tidak jauh dari situ. Apakah kursi itu sedang melayang-layang di atas, menunggu E-Z untuk memanggilnya? Dia berkonsentrasi begitu keras untuk memanggil kursinya, sampai-sampai dia tidak menyadari ada orang yang berjalan ke luar.

Langkah kaki di trotoar. Seorang pria, dengan sepatu bot yang menghentak-hentak. Pria itu berjalan mengitari kendaraan, ke bagian belakang. Sebuah kunci masuk. Pintu digulung.

"Dia berguling-guling di sini," kata pria itu.

Sebuah tawa. Bukan tawa Eriel. Tawa orang lain.

Lalu jeritan.

Lalu jeritan lagi.

Lalu berlari. Melarikan diri.

Jeritan lagi.

Kemudian gerakan. Kontainer bergerak. Diangkat ke kursi rodanya.

Kemudian naik ke atas, lebih tinggi, dan lebih tinggi. Pergi ke tempat yang aman.

"Terima kasih," kata E-Z di kursinya. "Sekarang bawa aku pulang ke Paman Sam."

E-Z tahu Paman Sam akan bisa mengeluarkannya dari kontainer. Dia membutuhkan pembuka kaleng raksasa, tapi jika ada, Paman Sam akan menemukannya.

Kursi rodanya melaju ke arah yang berlawanan.

BUKU DUA:

TIGA

BAB 1

Disuatu tempat yang jauh dari tempat tinggal E.Z. Dickens, seorang gadis kecil menari. Pelajaran baletnya dilakukan di sebuah studio kecil di kawasan pusat bisnis Belanda.

Dia adalah seorang anak yang cantik, dengan rambut keemasan, dan garis-garis bintik-bintik yang membentang di hidung dan pipinya. Ciri khasnya yang paling berkesan adalah matanya yang berwarna hijau kecokelatan. Warnanya sama persis dengan warna mata neneknya. Mimpinya adalah suatu hari nanti ia akan menjadi penari balet paling terkenal di Belanda

Tutu merah mudanya terbuat dari tulle. Itu adalah kain ringan seperti jaring yang digunakan oleh para desainer untuk para penari profesional. Tutu yang dikenakannya dirancang dan dijahit oleh pengasuhnya. Kostum itu - sebuah karya seni tersendiri - begitu indah sehingga setiap anak di kelas menginginkannya.

Hannah, pengasuh Lia menerima banyak permintaan dari orang tua lain untuk membuatkan tutu yang sama untuk putri mereka. Dengan tegas ia mengatakan kepada anak-anak, orang tua, guru, dan banyak orang lain, bahwa ia tidak punya waktu untuk melakukan pekerjaan tambahan. Meskipun dia bisa saja menggunakan uangnya.

Semua yang dilakukan Hannah, ia lakukan karena ia mencintai lingkungannya, Lia. Lia, yang ia panggil dengan sebutan kleintje yang jika diterjemahkan berarti si kecil.

Dengan kelas balet yang hampir selesai, Lia mengemasi sepatunya. Ia menggosok-gosok kakinya yang pegal.

Semua balletdanser (diterjemahkan: penari balet) - bahkan anak berusia tujuh tahun seperti Lia harus berlatih minimal dua puluh jam per minggu.

Pekerjaan tambahan ini, di atas kurikulum sekolah yang lengkap membutuhkan dedikasi dan komitmen. Setiap anak yang mampu mengikutinya, akan segera ditunjukkan pintunya. Tidak peduli berapa banyak uang yang ditawarkan orang tua mereka untuk membayar agar mereka tetap mengikuti program ini.

Lia berharap suatu hari nanti dapat bertemu dengan idolanya, Igone de Jongh, penari balet Belanda yang paling terkenal sepanjang masa. Sejak idolanya pensiun, Lia menonton penampilannya di televisi.

Hannah menjaga Lia pada hari kerja. Ibu Lia, Samantha, melakukan perjalanan untuk urusan bisnis selama seminggu.

Di luar studio tari, Hannah dan Lia masuk ke dalam Volkswagen Golf. Mereka akan segera sampai di rumah.

"Apa kamu punya pekerjaan rumah?" Hannah bertanya.

Lia mengangguk.

"Goed," yang berarti bagus. "Pergilah dan mulailah saat aku menyiapkan makan malam," kata Hannah.

"Oke," jawab Lia.

Lia segera pergi ke kamarnya dan menggantung pakaian baletnya, lalu mulai bekerja di mejanya.

Di sekolah mereka belajar tentang legenda Pohon Penyihir. Tugas mereka adalah menggambar pohon itu dan menciptakan sesuatu yang ajaib tentangnya. Dia bermaksud menggambar garis luar dengan kapur. Kemudian menggunakan pembersih pipa untuk akar dan kilau pada daun untuk elemen magis.

Meskipun ia memiliki bakat alami dalam bidang seni, ia tidak senang menciptakannya. Preferensinya adalah menari. Dia tidak mengeluh atau mengabaikan tugas-tugas yang tidak disukainya. Bukan sifatnya untuk tidak patuh atau mengganggu.

Meskipun Lia tinggal di Zumbert, Belanda, ia bersekolah di sekolah internasional. Bahasa Inggrisnya sangat baik. Zumbert sendiri terkenal di seluruh dunia sebagai tempat kelahiran Vincent Van Gogh. Lia tahu semua tentang Van Gogh karena dia dan Van Gogh memiliki darah yang sama yang mengalir di pembuluh darah mereka.

Setelah menyelesaikan pekerjaan rumahnya, dia membuka komputernya. Dia masuk dan memainkan sebuah game. Mencapai level berikutnya hanya membutuhkan waktu beberapa saat. Hannah akan segera memanggilnya untuk makan malam.

Tidak ada yang perlu tahu, suara kecil di belakang pikirannya berkata. Lia mendengarkan suara itu, tapi untuk memastikan tidak ada yang tahu, dia menutup pintu kamarnya.

Saat jemarinya mengetik di atas keyboard, bola lampu di atas mejanya padam dengan bunyi letupan. Ia menutup laptopnya dan membuka pintunya kembali. Ia melihat ke lorong menuju tempat bola lampu halogen cadangan. Pengasuh menyimpan persediaan di lemari linen di bagian atas tangga. Yang perlu Lia lakukan hanyalah keluar, mengambil satu, kembali dan mengganti bola lampunya sendiri. Kemudian dia akan memiliki lebih banyak waktu untuk bermain game.

Kembali ke kamarnya, ia menilai situasinya. Dia harus berdiri di atas kursi mejanya - yang memiliki roda. Dia akan mendorongnya dengan kuat ke tempat tidur, untuk mengamankannya. Ya, itu akan berhasil.

Kursi itu diamankan di bawah lampu dan dia memanjat ke atasnya. Sambil memegang bola lampu yang baru di bawah dagunya, ia melepaskan bola lampu yang lama. Bola lampu yang sudah padam dilemparkannya ke tempat tidur. Sambil mengambil bola lampu lainnya dari bawah dagunya, ia memasang bola lampu itu.

CRACK!

Bola lampu yang baru meledak.

Pecahan-pecahan kaca yang sebagian besar berukuran kecil menyembur keluar. Menimpa wajah dan mata gadis kecil itu.

Lia tidak langsung berteriak, karena cahaya biru memenuhi ruangan dan membuat waktu berhenti. Cahaya itu mengelilinginya saat bergerak naik sejajar dengan wajahnya.

SWISH!

Sesosok makhluk malaikat kecil muncul dan memeriksa mata gadis kecil itu. Kemudian memutuskan bahwa matanya rusak dan tidak dapat diperbaiki lagi, ia berbisik, "Maukah kamu menjadi salah satu dari ketiganya?"

"Ya," jawab Lia, dan waktu pun berhenti.

Malaikat yang bernama Haniel tiba. Ia menyanyikan lagu pengantar tidur yang menenangkan untuk Lia, sementara Lia membuka gelasnya.

Dalam bahasa Inggris, lirik lagunya adalah:

"Seorang gadis kecil yang sedih dan murung duduk

Di tepi sungai.

Gadis itu menangis karena kesedihan

Karena kedua orang tuanya telah meninggal."

Dalam bahasa Belanda, lirik lagunya adalah:

"Asn d'oever van de snelle vliet

Eeen treurig meisje zat.

Het meisje huwelijk huwelijk van verdriet

Omdat zij geen ouders meer had."

Untungnya, si kecil Lia sedang tidur sehingga tidak bisa ditakut-takuti oleh kata-kata lagu pengantar tidur itu.

Ketika Haniel selesai menangani bagian terburuk dari luka Lia, ia meletakkan tangannya di pinggul dan berhenti bernyanyi. Tugasnya hampir selesai, yang harus ia lakukan sekarang adalah meletakkan fondasi untuk mata baru anak didiknya.

Kedua tangan kecil Lia digulung menjadi bola. Kepalan tangan kecil yang erat. Haniel membiarkan sayapnya membelai jari-jari yang tertutup dengan lembut, membujuk mereka untuk membuka.

Ketika telapak tangan Lia terbuka, malaikat Haniel, dengan menggunakan jari telunjuknya, menguraikan bentuk mata di kedua telapak tangan. Pada jari-jari tangan, dia menggambar satu garis tunggal pada masing-masing jari, mulai dari telapak tangan sampai ke ujung jari. Setelah tugasnya selesai, malaikat Haniel, dengan lembut mencium kening Lia, lalu dengan

SWISH!

saat dia menghilang.

Waktu kembali berputar dan Lia si kecil pemberani masih belum berteriak. Syok memang terjadi pada tubuh Anda sebagai mekanisme pertahanan dan dengan menghentikan waktu, rasa sakitnya pun berhenti. Ketika Lia akhirnya berteriak, dia tidak bisa berhenti. Tidak ketika ambulans tiba. Atau ketika ia diangkat dengan tandu ke dalam kendaraan dengan sirene yang bergabung dalam paduan suara jeritannya. Atau ketika ia didorong dengan brankar ke rumah sakit. Tidak saat mereka menyorotkan lampu besar ke wajahnya, yang bisa ia rasakan tapi tidak bisa ia lihat.

Dia berhenti berteriak ketika mereka membiusnya. Kemudian mereka menggunakan teknologi terbaru untuk mengeluarkan sisa kaca yang ada. Namun, setiap bagian dari kaca itu sudah diangkat. Para ahli bedah kemudian membalut matanya dan membawanya ke kamarnya untuk memulihkan diri.

Setelah operasi, ibu Lia, Samantha, tiba. Dia baru saja naik pesawat dari London. Ia bertemu dengan dokter bedah sementara putrinya tidur.

"Saya minta maaf, tapi dia tidak akan pernah melihat lagi," katanya.

Ibu Lia memasukkan tinjunya ke dalam mulutnya sambil menahan keinginan untuk meratap.

Dokter berkata, "Dia bisa belajar huruf braille, dan bersekolah di sekolah tunanetra. Dia berada di usia yang sangat baik untuk belajar dan dia akan menyerap pengetahuan. Dalam waktu singkat, dia akan bisa membaca isyarat."

"Tapi putri saya ingin menjadi penari balet. Pernahkah Anda melihat atau mendengar tentang seorang penari profesional tunanetra?"

"Alicia Alonso mengalami kebutaan sebagian. Dia tidak membiarkan hal itu menghambatnya."

Ibu Lia menepuk tangan putrinya yang sedang tidur. "Terima kasih, saya akan mencari tahu lebih lanjut tentang dia di internet. Tujuh tahun masih terlalu muda untuk dipaksa menyerah pada mimpi."

"Aku setuju. Sekarang kamu istirahatlah juga. Lia akan segera bangun dan dia akan membutuhkanmu untuk menjadi kuat untuknya. Untuk saat kau memberitahunya. Jika Anda ingin saya berada di sini juga, beritahu saya."

"Terima kasih, Dokter, saya akan mencoba menanganinya sendiri dulu."

Saat pintu ditutup, ibu Lia menyentuh bekas luka di wajah putrinya. Kesan yang ditinggalkan tampak seperti tetesan air hujan yang marah. Kemudian ia melihat ke arah pengasuh Lia, Hannah, yang sedang tertidur. Ketika ia melewatinya untuk mengambil air, tanpa sengaja ia menendang sepatu kirinya untuk membangunkannya. "Di luar!" katanya, saat Hannah menguap.

Sekarang di lorong, ibu Lia, Samantha membiarkan emosinya meluap-luap tanpa bisa ditahan. "Bagaimana mungkin kamu membiarkan ini terjadi pada anak saya? Tega sekali kamu!? Satu menit saya sedang berada di sebuah pertemuan bisnis - selanjutnya saya harus mempersingkat perjalanan bisnis saya dan mengejar penerbangan pertama keluar dari London! Apa yang terjadi? Bagaimana itu bisa terjadi?"

"Kami baru saja kembali dari kelas balet. Saya sedang menyiapkan makan malam dan Lia sedang menyelesaikan pekerjaan rumahnya. Bola lampunya pasti sudah padam. Dia mengambil bola lampu lain di lemari aula dan mencoba menggantinya sendiri, tapi malah meledak. Ketika dia berteriak, saya berada di sana dalam hitungan detik dan ziekenwagen (ambulans) tiba dalam waktu singkat. Saya berdoa agar matanya baik-baik saja, agar dia baik-baik saja."

"Kalau begitu, Anda berdoa dalam tidur Anda, bukan?" Samantha bertanya, tanpa menunggu jawaban. "Para artsen (dokter) mengatakan bahwa dia tidak akan pernah bisa melihat lagi," kata Samantha dengan nada yang tidak enak didengar.

Sementara itu, Lia sedang bermimpi, terbang bersama malaikat. Dia melingkarkan lengannya di lehernya, sambil meringkuk di dadanya. Gerakan kursi roda di udara mengayun-ayun dan menghiburnya.

Kemudian pikirannya bergulir dan dia melihat ke bawah pada sebuah wadah logam dari atas. Kontainer itu duduk di atas kursi kursi roda bersayap. Kontainer itu sedang dibawa ke tempat yang tidak ia ketahui.

Dia mengangkat tangan kanannya dan kemudian tangan kirinya, dan dengan tangan itu dia dapat melihat bahwa ada seorang malaikat/anak laki-laki yang terperangkap di dalamnya. Dia memiliki wajah yang ramah, dengan mata yang lebih biru dari langit dengan bintik-bintik emas yang membuatnya berkilau meskipun dia berada dalam kegelapan. Rambutnya, sebagian besar pirang selain beberapa uban di pelipisnya. Tapi yang paling aneh adalah garis hitam di tengahnya. Itu membuat anak itu tampak lebih tua.

Malaikat/anak laki-laki di dalam kontainer yang duduk di kursi kursi roda itu terbang lebih dekat ke arah gadis kecil di dalam mimpinya. Dia menyentuh wadah itu, dan ketika dia melakukannya, dia bisa merasakan dan mendengar detak jantung malaikat/anak laki-laki di dalamnya. Tidak hanya itu, dia juga bisa membaca pikiran dan emosinya.

Lia terbangun dan berteriak, "Ibu! Hannah! Cepatlah kemari!"

"Ibu di sini, sayang," kata ibunya, sambil berjalan kembali ke samping tempat tidur putrinya.

Hannah menyeka air matanya dan masuk kembali ke dalam kamar.

"Tidak ada waktu bagi ibu untuk menyalahkan Hannah. Ini adalah sebuah kecelakaan. Lagipula, bantuan kita sangat dibutuhkan. Tolong carikan saya kertas dan pensil - SEKARANG."

"Dia mengigau!" Samantha berseru. Dia memeriksa suhu tubuh putrinya. Kelihatannya baik-baik saja.

Hannah mengambil barang-barang yang diminta dari tasnya dan meletakkannya di tangan Lia.

Tanpa ragu-ragu, Lia mulai menggambar. Ia menggores-gores kertas, seperti seorang seniman yang terinspirasi. Samantha dan Hannah melihat dengan penuh rasa ingin tahu.

Gambar pertama yang digambar Lia adalah seorang anak laki-laki yang berada di dalam sebuah wadah logam berbentuk peluru. Wadah itu diletakkan di atas kursi kursi roda dan kursi roda itu memiliki sayap. Sayap malaikat. Lia membalik halaman dan menggambar gambar kedua seorang anak laki-laki/malaikat di dalamnya dari semua sudut. Dari semua sisi. Setelah gambar pertama, ia menggambar lebih banyak lagi secara gila-gilaan, lalu ia melemparkannya ke udara.

Gambar-gambar itu, seperti terperangkap dalam hembusan angin - menari-nari di sekeliling ruangan, membumbung ke atas, ke bawah, lalu ke sekelilingnya. Seperti berada di bawah mantra magis. Salah satu gambar mengejar pengasuh anak itu, sehingga ia berlari keluar ruangan sambil berteriak.

Lia mengepalkan tangannya erat-erat, lalu menggumamkan kata-kata yang tak terdengar.

"Haruskah saya panggil dokter?" tanya ibunya yang histeris. "Anakku, oh tidak, anakku yang malang!"

Hannah kembali, gemetar saat ia melihat Lia kembali tertidur.

Kedua wanita itu duduk di samping tempat tidur anak itu. Mereka melihat Lia tertidur pulas hingga akhirnya mereka pun ikut tertidur.

Lia tidak dapat melihat dengan mata berwarna cokelat yang ia miliki sejak lahir. Mata itu telah digantikan dengan mata di telapak tangannya.

Mata barunya yang berada di telapak tangan memiliki semua bagian mata yang normal. Seperti pupil, iris, sklera, kornea, dan saluran air mata. Setiap mata telapak tangan memiliki kelopak mata. Bagian atas dimulai dari ujung jari-jarinya. Bagian bawah berakhir di mana pergelangan tangan dimulai.

Untuk bulu mata, setiap jari memiliki tato garis rambut di atasnya. Dari bagian atas kelopak mata sampai ke tempat kuku dimulai, seperti halnya ibu jari.

Itu adalah hal yang bagus, karena tidak ada gadis muda yang menginginkan jari-jarinya ditumbuhi rambut.

Apalagi seorang gadis kecil seperti Lia yang berharap suatu hari nanti bisa menjadi penari balet yang hebat.

BAB 2

Ketika dia bangun, telapak tangannya terasa sangat gatal. Bahkan, lebih gatal daripada sebelumnya. Hal itu mengingatkannya pada sesuatu yang pernah dikatakan neneknya. Neneknya berkata bahwa ketika tangan kanan Anda gatal, itu berarti Anda akan mendapatkan uang dan banyak uang. Jika tangan kiri Anda gatal, itu berarti Anda akan kehilangan uang. Dia tidak pernah mengatakan apa yang akan terjadi jika kedua telapak tangan gatal pada saat yang bersamaan.

Sekelebat bayangan malaikat/anak laki-laki yang terperangkap di dalam wadah menariknya kembali ke dunia nyata. Dia membuka telapak tangannya, bersiap untuk menggaruk. Namun, dia terkejut melihat dirinya tercermin di telapak tangan tersebut. Dia tersenyum, seperti sedang berpose untuk selfie.

Masih belum seratus persen yakin apakah dia sedang bermimpi, dia memalingkan kedua telapak tangannya. Niatnya adalah untuk mengambil foto panorama ruangan.

Ruangan itu didekorasi seolah-olah dia sedang berenang di dalam akuarium. Ikan badut dan ikan mas sedang sibuk saling mengejar ekor satu sama lain. Dia terus menggerakkan tangannya ke seluruh ruangan sampai dia menemukan Hannah. Kemudian dia menemukan ibunya. Ia menjerit kegirangan.

Ibu Lia, Samantha melompat seperti halnya Hannah.

"Ada apa sayang?"

"Ibu? Aku bisa melihat ibu."

"Tentu saja, kamu bisa sayang."

"Apa ibu percaya padaku?"

"Ya, tentu saja aku percaya padamu. Tapi katakan padaku, sebelumnya, mengapa kamu menggambar kursi roda bersayap? Kursi roda tidak memiliki sayap."

Dia tidak melihat mata baruku, pikir Lia. "Aku mencintaimu, Ibu, tapi beberapa kursi roda memang memiliki sayap dan beberapa malaikat terbang dengan kursi roda bersayap."

"Aku juga sayang kamu sayang," jawabnya. "Anak laki-laki/malaikat apa? Apakah kamu bermimpi?"

"Ada malaikat laki-laki," kata Lia.

"Anak laki-laki/malaikat? Di mana sayang?"

Lia membuka telapak tangannya dan berpikir tentang malaikat laki-laki itu. Dia berpikir keras, dia bisa melihatnya, mendengarnya, merasakan kehadirannya dalam pikirannya. "Malaikat/anak laki-laki itu datang ke sini untuk menemuiku," katanya.

"Di sini sayang?" tanya ibunya, melirik ke arah pengasuh yang mengangkat bahunya.

"Ya, anak malaikat itu membutuhkan bantuanku. Dia datang menemuiku jauh-jauh dari Amerika Utara."

"Ketika kamu menggambar," tanya Hannah, "apakah kamu menggambar dari ingatanmu tentang malaikat/anak laki-laki itu?"

"Atau dari mimpi?" tanya ibunya.

"Awalnya dari mimpi, tapi sekarang aku juga bisa melihatnya saat aku terjaga."

"Jika kamu bisa melihatku sayang, apa yang aku kenakan?"

"Aku bisa melihat ibu, bukan dengan mata lamaku. Tapi dengan mataku yang baru. Ibu memakai gaun merah, dengan mutiara di lehermu."

Seorang pasien lansia yang sedang melewati kamarnya, berhenti sejenak ketika ia melihat seorang anak kecil yang sedang membuka kedua telapak tangannya di depannya. Itudia, pikirnya, dan untuk memastikannya dia tidak perlu menunggu lama. Karena Lia, yang merasakan kehadiran orang lain, membalikkan telapak tangan kirinya ke arah pintu. Orang tua itu melihat telapak tangannya berkedip, lalu melangkah pergi dari pandangannya.

"Dia menebak-nebak," kata Hannah, mengalihkan perhatian Lia dari ambang pintu.

Seorang perawat datang dan Lia, yang belum pernah melihatnya sebelumnya, berkata, "Halo, Suster Vinke."

"Apakah kita pernah bertemu sebelumnya?" Perawat Heidi Vinke bertanya.

Lia terkikik. "Belum, tapi saya bisa membaca tanda pengenal Anda."

"Dia bilang dia bisa melihat, dengan mata barunya," kata ibu Lia.

"Ini, ini," jawab Perawat Vinke, sambil memperhatikan sang ibu, bukan gadis kecil itu. Anak itu tidak keberatan ketika Perawat Vinke mengajak ibunya ke luar untuk berbicara empat mata.

"Wajar jika putri Anda menggunakan imajinasinya dalam situasi seperti ini, dia kehilangan penglihatannya. Dia adalah anak kecil yang bahagia, meskipun hal yang mengerikan telah terjadi padanya."

Samantha mengangguk dan keduanya kembali ke Lia.

"Kamu pasti lelah nak," kata Suster Vinke sambil mengukur denyut nadi gadis kecil itu.

"Saya tidak," kata Lia. "Saya baru saja bangun dan saya tidak mau tidur lagi. Kalau aku tidur sekarang, aku mungkin akan merindukannya."

"Kangen siapa?" Vinke bertanya sambil menyelipkan gadis kecil itu ke dalam kamar.

"Wah, anak laki-laki/malaikat itu," kata Lia. "Dia sudah semakin dekat sekarang. Hampir sampai - dan dia membutuhkan bantuanku. Saya tidak sabar untuk bertemu dengannya. Dia telah melakukan perjalanan yang sangat jauh, hanya untuk bertemu denganku."

"Ini, ini, nak," Vinke berdehem. Ia menusukkan jarum berisi obat penenang ke lengan Lia.

Lia memprotes, tapi kemudian langsung tertidur.

"Malam, malam, sayang," ibunya berbisik.

***

Pria tua itu kembali ke kamarnya dan mengangkat telepon. Kemudian dia meminta sambungan telepon dari luar.

"Dia ada di sini," bisiknya ke dalam telepon. "Saya melihatnya sendiri - di sini, di rumah sakit di ujung lorong kamar saya."

Hening, lalu terdengar bunyi klik di ujung telepon. Pria tua itu naik ke tempat tidur. Dia menyalakan televisi dengan remote.

Program favoritnya: Now or Neverland (juga dikenal sebagai Fear Factor) baru saja dimulai. Dia ingin melihat apa yang akan dilakukan orang-orang bodoh itu dalam episode minggu ini.

BAB 3

S sampai terjepit di dalam peluru perak, E-Z tidak lagi merasa sendirian. Karena di dalam pikirannya, dia sedang berbicara dengan seorang gadis kecil.

Gadis itu muncul di benaknya disertai dengan kilatan cahaya dan teriakan. Gadis itu terluka. Dia melihat malaikat Haniel menolongnya. Dia mendengarkan ketika Haniel menyanyikan sebuah lagu untuk gadis kecil itu sementara dia menyingkirkan gelasnya.

Apa yang terjadi selanjutnya tidak terduga. Malaikat Haniel menggambar garis-garis di telapak tangan dan jari-jari gadis kecil itu. Haniel memberi anak itu sebuah penglihatan yang baru. Dan mata telapak tangan.

Dia langsung tahu bahwa nasib gadis kecil itu terhubung dengan nasibnya.

Pada awalnya, meskipun ia dapat melihat gadis itu di dalam pikirannya, ia tidak dapat berkomunikasi dengannya. Rasanya seperti sedang menonton program televisi dalam pikirannya tanpa suara. Kemudian, ketika anak itu bermimpi, dia mendatanginya dan meletakkan tangannya di atas peluru yang membuatnya terjebak.

Kemudian dia tahu apa yang dia tahu, dan dia tahu apa yang dia tahu, dan mereka terhubung.

Kata-kata pertama yang diucapkannya kepadanya adalah, "Saya tidak suka gelap."

E-Z menjawab, "Jangan takut. Saya di sini. Nama saya E-Z. Dan siapa namamu?"

"Nama saya Cecilia," jawab anak itu. "Tapi teman-teman memanggil saya Lia. Kalian boleh memanggil saya Lia. Umur saya tujuh tahun. Berapa umurmu?"

E-Z mengira anak itu lebih muda. "Saya tiga belas tahun," katanya. "Saya berasal dari Amerika Utara."

"Saya tinggal di Belanda," kata Lia.

Keduanya terdiam saat Lia menggunakan mata telapak tangannya untuk melihat anak itu di dalam peluru baja.

"Apa yang kamu lakukan di dalam sana?" tanya Lia.

E-Z berpikir sebelum menjawab. Dia tidak ingin menakut-nakuti anak itu, dengan cerita yang sebenarnya, bahwa dia telah diculik sebagai cobaan dari malaikat pencabut nyawa. Dia ingin mengatakan yang sebenarnya, tetapi dia tidak yakin anak itu dapat menerima kebenaran karena usianya yang masih sangat muda.

Dia berkata, "Saya tidak begitu yakin mengapa saya ditempatkan di sini, tetapi saya pikir, saya ditempatkan di sini untuk bertemu denganmu." Dia ragu-ragu, menggaruk-garuk kepalanya, dan bertanya, "Apakah kamu kenal Eriel?"

Lia merasa tersanjung, bahwa dia datang menemuinya, tetapi dia khawatir dia dibawa sedemikian rupa untuk kepentingannya. "Saya minta maaf, jika Anda dipaksa untuk melakukan perjalanan seperti ini untuk menemui saya. Oh dan tidak, nama itu tidak saya kenal."

E-Z sangat penasaran dengan Lia. Karena dia mengatakan bahwa dia orang Belanda, dia sangat terkesan dengan kemampuan bahasa Inggrisnya yang sangat baik.

"Saya merasakan Anda, tapi tidak bisa melihat Anda sampai mata saya tumbuh. Sebelumnya, saya bisa membaca pikiran Anda. Bisakah Anda membaca pikiran saya? Oh, dan terima kasih, tentang bahasa Inggris saya."

"Saya melihat apa yang terjadi pada Anda, kecelakaan itu. Saya turut berduka cita karena kamu terluka. Saya tidak dapat membantu Anda, karena hal ini." Dia memukulkan tinjunya ke dinding. Dia menutup telinganya, saat suara hantaman itu bergema. "Saat kau bermimpi, kau bersamaku. Di dalam kepalaku."

Lia menutup kepalan tangan kanannya, membiarkan kepalan tangan kirinya terbuka dan menyentuh dinding luar. Telapak tangannya mengerjap-ngerjap membuka dan menutup, membuka dan menutup. Dia tidak berkata apa-apa selain menatap ke depan seperti orang yang kesurupan.

E-Z memutuskan saat itu untuk menceritakan kisahnya.

"Orang tua saya terbunuh dalam sebuah kecelakaan mobil. Dan saya kehilangan kedua kaki saya."

Dia berhenti di situ. Bertanya-tanya seberapa banyak yang harus dia ceritakan.

Keraguan ini membuat keputusan untuknya.

Dia tertidur lelap.

BAB 4

Di rumah sakit, seorang dokter baru sedang bertugas. Dia melihat grafik Lia sebentar. Melihat Cecelia masih tertidur, ia berbisik kepada ibunya.

"Kami perlu membawa putri Anda ke lantai dua, untuk pemindaian lagi."

"Apakah ini mendesak?" Ibu Lia bertanya. "Dia sedang tidur dengan sangat nyenyak, sayang sekali kalau dibangunkan."

Dokter yang label namanya tertutup kerah jaket medisnya tersenyum. "Tidak perlu membangunkannya. Kita bisa memasukkannya ke dalam mesin saat dia tidur. Beberapa pasien, terutama yang lebih muda lebih suka dengan cara ini."

Samantha melihat jam tangannya. "Baiklah, aku akan turun bersamanya."

"Tidak perlu," kata dokter itu. "Ada asisten yang akan datang sebentar lagi. Manfaatkan waktu untuk membeli roti lapis atau secangkir teh chamomile - istri saya bersumpah akan hal itu. Membantunya rileks dan tidur."

"Terima kasih," kata Samantha, saat dua orang pelayan datang. Dua pria berbadan kekar yang mengenakan pakaian jalanan mengangkat Lia dari tempat tidur dan meletakkannya di brankar beroda. Dokter menarik selimut dari bawah brankar dan memakaikannya ke Lia. "Kami akan menjaganya tetap hangat dan akan segera kembali. Jangan lupa manfaatkan waktu ini untuk memanjakan diri Anda dengan minum teh atau kopi."

Sementara Hannah tertidur, Samantha memperhatikan para perawat dan dokter yang mendorong putrinya di sepanjang koridor. Saat menunggu di lift, ia memperhatikan dengan lebih seksama. Saat pintu lift tertutup, ia berjalan di sepanjang lorong tanpa menghiraukan firasat yang mengganggu pikirannya. Dia menepisnya, mengatakan pada dirinya sendiri bahwa dia lapar dan berjalan menuju kantin. Kantin itu sangat sibuk. Sebagian besar dengan anggota staf yang mengenakan lulur.

Saat ia menyiapkan dan menyeruput tehnya, ia baru sadar bahwa tidak ada anggota staf yang mengenakan pakaian jalanan.

"Permisi," katanya kepada salah satu dokter. "Ada apa di lantai dua? Apakah itu tempat rontgen dan pemindaian tubuh dilakukan?"

Dokter itu menggeleng, "Lantai dua adalah ruang bersalin."

Samantha bangkit dari kursinya, menjatuhkan teh panasnya dan menumpahkannya ke pangkuannya. Para penolong datang dari segala penjuru ketika dia berteriak.

"Putriku!" teriaknya. "Seorang dokter dengan dua asistennya baru saja membawa putri saya, Lia, dengan brankar. Mereka bilang akan membawanya ke lantai dua untuk menjalani beberapa tes. Jika lantai dua untuk bersalin, mengapa mereka membawanya pergi?

Ledakan yang terjadi pada Lia menarik banyak perhatian. Jadi, dokter yang ditemuinya tadi membujuknya keluar.

Mereka kembali ke kamar Lia. Samantha menjelaskan semuanya dengan lebih rinci. Untung saja dia melihat jam tangannya sehingga dia bisa memberi tahu mereka kapan persisnya semua itu terjadi.

"Ini masalah serius," kata Dokter Brown. "Serahkan saja pada saya. Kami memiliki kamera keamanan di seluruh rumah sakit. Mungkin Anda salah dengar tentang lantai dua? Mungkin dia di lantai tujuh sedang menjalani pemindaian saat kita bicara. Serahkan saja padaku. Duduklah di sini dan aku akan kembali padamu secepatnya."

Samantha duduk dan menjelaskan semuanya kepada Hannah. Mereka berbagi roti lapis tuna dan berusaha keras untuk tidak khawatir.

✳✳✳

Sementara Lia tertidur, pria yang sebenarnya bukan dokter dan para dokter magang yang bukan dokter magang meninggalkan gedung. Mereka pergi ke mobil yang sudah menunggu. Meninggalkan brankar di tempat parkir.

Dokter Brown mengadakan pertemuan dengan Administrator. Dengan menggunakan Video Surveillance, mereka menyaksikan penculikan Lia. Mereka memberi tahu polisi, memberikan deskripsi kendaraan tersebut. Sayangnya, kamera tidak menangkap detail plat nomornya.

"Mari kita tunggu sebentar," kata Helen Mitchell, Administrator Rumah Sakit. Dia akan pensiun hanya dalam beberapa hari lagi. "Sebelum kami memberi kabar kepada ibu gadis kecil itu. Kami tidak ingin membuatnya khawatir."

"Saya tidak bisa melakukan itu," kata Dokter Brown.

"Polisi mungkin akan membawa anak itu kembali dalam waktu singkat."

"Saya berharap Anda benar. Namun, tetap saja, itu mengkhawatirkan. Semoga saja mereka tidak pergi terlalu jauh."

Telepon berdering, ternyata polisi. Mereka mengeluarkan buletin tentang gadis kecil itu. Mereka meminta foto terbaru dirinya.

"Mereka menginginkan foto terbaru," kata Helen Mitchell.

"Satu-satunya cara untuk mendapatkannya adalah dengan bertanya kepada ibunya," kata Dokter Brown.

Helen mengangguk, saat Brown berbalik untuk pergi.

"Katakan kepada mereka bahwa kami akan mengirimkannya melalui faks secepatnya."

"Saya akan mengirim seseorang dari tim trauma," kata Helen. Kemudian kepada polisi di telepon, "Dia buta dan baru berusia tujuh tahun. Mengapa ketiga orang ini berusaha keras untuk mengeluarkannya dari rumah sakit seperti ini?"

"Saya tidak bisa mengatakannya," kata petugas di ujung telepon.

BAB 5

E-Z segera mengetahui ada yang tidak beres dengan teman barunya, Lia. Seharusnya Lia tidur di ranjang rumah sakitnya, tapi ranjangnya berpindah-pindah. Ada apa?

Dia mempertimbangkan untuk membangunkannya, tapi apa yang bisa dia lakukan bahkan jika dia melakukannya? Tidak, lebih baik ia tetap tidur - sampai ia bisa menemukan dan menyelamatkannya. Saat itu, dia sibuk memimpikan dirinya sedang menari balet. Dia tidak pernah menaruh perhatian pada balet sebelumnya, tapi tampaknya gadis kecil ini berbakat. Dan dia menari dengan menggunakan mata di tangannya saat dia bergerak melintasi panggung.

E-Z membawa dirinya sendiri dalam pikirannya ke lokasi gadis itu tanpa banyak usaha. Di sanalah dia, tertidur lelap di kursi belakang kendaraan yang sedang melaju. Dia terlihat begitu damai, karena dia sedang melakukan sesuatu yang dia sukai - menari.

Dia melebarkan pandangannya, dan dia melihat tiga kepala. Satu kepala yang sedang mengemudi memiliki ukuran dan perawakan yang normal. Sedangkan dua orang lainnya tampak seperti pemain sepak bola.

"Percepat!" E-Z memerintahkan kursinya, tapi kursi itu sudah terlanjur melaju.

Bagaimana dia bisa menolongnya, sementara dia masih terjebak di dalam peluru perak itu? Dia harus menghancurkannya berkeping-keping - dan lebih cepat daripada nanti. Sejauh ini, segala upaya untuk memecahkannya tidak berhasil.

Dia bertanya-tanya mengapa orang-orang itu membawanya. Apakah mereka mengetahui kekuatannya? Bagaimana mereka bisa tahu? Sebagian besar rumah sakit memiliki CCTV, mungkinkah mereka telah mengawasinya? Itu tidak masuk akal. Dia adalah seorang gadis buta berusia tujuh tahun. Apa yang mereka inginkan darinya?

Saat E-Z melesat dengan cepat melintasi langit, dia tidak bisa tidak bertanya-tanya mengapa mereka menculiknya. Apakah mereka berniat meminta uang tebusan?

Bagaimanapun, jika itu yang mereka cari, itu lebih masuk akal baginya. Lebih baik daripada mereka mengetahui bahwa dia bisa melihat. Dengan kekuatan khusus. Tetap saja, prioritas utamanya adalah keluar dari peluru.

Dia berteriak. Seperti yang sudah sering dia lakukan sebelumnya, "TOLONG!"

POP.

"Halo," kata Hadz, sambil duduk di bahu E-Z. "Apa yang kau lakukan di sini? Tempat ini terlalu kecil untukmu." Hadz memutar bola matanya.

E-Z sangat senang melihat Hadz. Dia meraih makhluk kecil itu dan memeluknya erat-erat ke dadanya.

"Eh, perhatikan sayapnya," kata Hadz.

E-Z melepaskan makhluk itu. "Terima kasih telah datang dan menjawab panggilanku. Aku benar-benar membutuhkanmu untuk membantuku mencari cara untuk keluar dari makhluk ini. Saya tahu Anda telah dikeluarkan dari kasus saya, tapi ada seorang gadis kecil bernama Lia dan dia dalam bahaya dan dia membutuhkan saya. Kau harus menolongnya. Aku yakin Eriel akan mengerti."

"Oh, jadi kamu tidak ingin terlibat dalam hal ini?" Hadz bertanya.

"Tidak, aku tidak ingin berada di sini. Aku ingin keluar, tapi bagaimana caranya?"

"Lakukan saja," kata Hadz.

"Saya sudah mencoba segalanya. Pihak-pihak itu tidak mau mengalah. Saya memanggil Eriel untuk membantu saya, tapi dia bilang saya sendirian dalam hal ini."

"Ah, dia tidak akan seperti itu. Saya tidak seharusnya membantu, tetapi satu hal yang bisa saya katakan kepada Anda adalah: pertimbangkan keadaan sekeliling Anda."

"Itu tidak membantu," kata E-Z, berusaha untuk tidak kehilangan kesabaran. "Saya meminta kursi roda untuk membawa saya ke Paman Sam. Dia pasti akan membebaskan saya dari masalah ini. Tapi kursi itu mengabaikan keinginan saya. Sekarang, seorang gadis kecil dalam masalah, dan dia membutuhkan bantuan saya. Jika saya tidak bisa keluar, maka saya tidak bisa menolong diri saya sendiri dan jika saya tidak bisa menolong diri saya sendiri maka saya tidak bisa menolongnya. Tolonglah. Katakan padaku bagaimana cara keluar dari sini. Keluarkan aku atau semacamnya."

Makhluk itu menggelengkan kepalanya lalu terbang ke atas peluru. Menyentuh ujungnya. "Pikirkan tentang fisika. Jika kau berada di dalam peluru, yang menyerupai benda ini, maka kau harus dikeluarkan. Ditembakkan. Benar?"

E-Z mempertimbangkan pilihannya. Dia bisa memerintahkan kursi itu untuk menjatuhkannya, melontarkannya ke tanah. Tanah akan mematahkan jatuhnya. Apakah itu akan mematahkan peluru terbuka lebar? Dia memutuskan bahwa itu sepadan dengan risikonya. "Oke," kata E-Z, "Saya harus membuat kursi itu menjatuhkan saya, bukan?"

Makhluk itu tertawa. "Kamu lucu, E-Z. Jika kau jatuh dari ketinggian ini, makhluk ini akan tertanam di tanah. Asalkan tidak meledak saat terbentur. Dan dengan kau di dalamnya." Dia tertawa lagi. "Atau kamu tidak mati saat jatuh. Jika kau mati, kau tidak bisa menyelamatkan gadis kecil itu. Hei, gadis kecil apa yang kau bicarakan?"

"Namanya Cecelia, Lia dan dia ada di Belanda, tidak jauh dari tempat kita sekarang."

Hadz merasakan ujung kontainer yang tidak dilihat E-Z, juga tidak bisa dijangkaunya. Makhluk itu mendorongnya. Tabung itu terlepas dan terbuka seperti bunga tulip. Hadz membantu E-Z keluar dari peluru dan tak lama kemudian dia duduk di kursinya, memangku benda itu. Sayap E-Z terbuka. Rasanya menyenangkan bisa meregangkannya.

E-Z terbang melintasi langit, membawa silinder yang ia jatuhkan ke Laut Utara.

Ketiganya, E-Z, kursi, dan Hadz terbang dengan kecepatan tinggi dan terbang menuju Belanda Utara di mana mobil melaju dengan cepat.

"Terima kasih," kata E-Z.

"Sama-sama," jawab Hadz. "Saya akan tetap berada di sini jika Anda membutuhkan saya."

"Luar biasa!"

BAB 6

E-Z mengejar mobil yang kini sudah mendekati Zaandam. Dia memeriksa dan Lia masih tertidur di kursi belakang. Dia tidak lagi bermimpi, jadi dia khawatir Lia akan segera terbangun.

Kursi rodanya berubah arah, melaju kencang dan mengarah ke mobil, lalu melayang di atasnya. Dokter palsu yang sedang menyetir, melihat kursi roda itu di belakang mereka melalui kaca spion.

"Apa itu alat yang bisa bergerak?" tanyanya. (Terjemahan: Alat terbang apa itu?"

Kedua preman itu menoleh.

Yang satu berkata, "Ik weet het niet, maar versnel het!" (Terjemahan: Saya tidak tahu, tapi cepatlah!"

Preman kedua tertawa lalu mengeluarkan pistol dari dashboardkastje. (Diterjemahkan: kotak sarung tangan.) Dia memeriksa pelurunya. Ia menutupnya dan mengunci pistolnya.

Kursi roda E-Z mendarat di atap mobil dengan suara berdebum.

Pengemudi menginjak rem dengan keras, menyebabkan kursi roda meluncur ke depan. Kursi roda itu meluncur ke bawah kaca depan menghadap ke depan lalu melintasi kap mobil.

E-Z terangkat, melayang, dan berbalik menghadap mereka.

"Apa-apaan ini?" teriak sang pengemudi, saat ia kehilangan kendali atas mobilnya, menyebabkan mobilnya tergelincir dan bergerak zig-zag.

E-Z dan kursi rodanya terangkat, mundur, dan mencengkeram bemper mobil hingga mobil itu berhenti total.

Seketika itu juga, penumpang terlempar ke luar dan tembakan dilepaskan.

Di kursi belakang, Lia mendengkur.

Preman yang membawa pistol itu membuka pintu, lalu berlutut dan bersiap melepaskan tembakan ke arah E-Z.

Hadz datang entah dari mana dan merampas pistol dari tangan preman itu. Dia kemudian mengikat tangannya di belakang punggung dan kakinya di belakang punggungnya seperti seekor anak sapi di sebuah rodeo.

Preman kedua langsung menuju ke arah E-Z, yang langsung melemparinya dengan ikat pinggangnya. Preman itu terjatuh, sehingga dia dapat dengan mudah melilitkan sabuk di kakinya.

Pria itu mencoba melompat pergi tetapi tidak bisa pergi jauh. Setelah dia dihentikan, mereka mengejar sang dokter dengan menggunakan mekanisme pengurungan di kursi. Dokter itu tertangkap dan dilumpuhkan.

Lia tertidur selama itu semua, bahkan ketika Hadz mengangkatnya keluar dari kendaraan dan membawanya ke tempat yang aman.

E-Z menempatkan ketiga orang itu berdampingan di kursi belakang mobil.

"Anda bekerja untuk siapa?" tanyanya.

Hadz menjawab, "Mereka tidak mengerti bahasa Inggris." Kepada orang-orang itu dia menerjemahkan pertanyaan E-Z. Setelah dokter palsu itu menjawab, Hadz menerjemahkan. "Dia bilang mereka tidak tahu untuk siapa mereka bekerja."

"Itu konyol. Mereka menculik seorang anak dari rumah sakit. Tanyakan kepada mereka ke mana mereka membawanya? Dan bagaimana mereka tahu tentang dia?"

Hadz menerjemahkan. Dokter gadungan itu kembali menjawab, "Kami diberitahu untuk membawanya ke dermaga, dan seseorang akan menunggunya di sana. Hanya itu yang kami tahu."

E-Z tidak mempercayai mereka, tetapi Hadz memastikan bahwa mereka memang mengatakan yang sebenarnya. "Apa yang ingin Anda lakukan dengan mereka?" tanyanya.

"Bisakah Anda menghapus pikiran mereka? Dan pikiran orang-orang yang terhubung dengan mereka, ketiganya adalah roda penggerak mesin. Kami ingin menghapus pikiran orang yang ada di dermaga. Jadi, mereka semua akan melupakannya - selamanya."

"Selesai," katanya.

"Wow, kamu cepat sekali!"

E-Z dan Hadz yang berada di kursi berjalan kembali ke rumah sakit, tepat ketika Lia mulai sadar. Ia menggerakkan kepalanya, merasakan angin meniup rambutnya dan meringkuk di dada E-Z. Ia membuka telapak tangan kanannya dan melihat temannya, anak laki-laki/malaikat itu. Dia tertawa dan memeluknya dengan erat. Ketika dia melihat makhluk kecil seperti peri di bahu E-Z, dia menggunakan mata telapak tangannya untuk menatapnya.

"Kamu sangat kecil dan imut," katanya.

"Senang sekali," kata Hadz. "Dan terima kasih."

Mereka terbang menuju rumah sakit.

"Kamu aman sekarang," kata E-Z.

"Dan kamu tidak berada di dalam benda itu lagi," kata Lia.

"Hadz membantuku keluar," kata E-Z sambil mengepakkan sayapnya.

"Dari mana kamu mendapatkannya?" Lia bertanya. "Bolehkah aku memilikinya?"

E-Z tersenyum. Ia tidak yakin berapa banyak yang harus ia ceritakan. Ia khawatir apa yang akan dikatakan Eriel jika ia menceritakan terlalu banyak. "Aku mendapatkannya setelah orang tuaku meninggal."

"Tapi kenapa?" tanya Lia kecil.

"Aku mulai menyelamatkan orang," kata E-Z.

"Maksudmu, aku bukan orang pertama yang kau selamatkan?"

"Tidak, kamu bukan."

Hadz berdeham, yang merupakan isyarat bagi E-Z untuk berhenti berbicara.

Mereka terbang dalam diam. Gadis kecil itu memeluk dada E-Z. Kursi rodanya tahu ke mana ia harus pergi. Hadz merasa dibutuhkan sekali lagi.

E-Z terhanyut dalam pikirannya. Ia bertanya-tanya apakah menyelamatkan Lia adalah cobaan utama. Atau apakah keluar dari peluru telah menyelesaikan tugas. Mungkin itu adalah dua untuk satu! Berapa banyak yang akan terjadi? Dia harus mencatatnya untuk melacak. Itulah yang dia lakukan dalam jurnalnya, tetapi akhir-akhir ini dia tidak punya banyak waktu untuk mencatatnya.

"Aku bisa mendengarmu berpikir," kata Lia. Dia membuka kedua telapak tangannya. Dia mengamati E-Z di luar sambil mendengarkan apa yang dipikirkannya di dalam. "Saya ingin tahu lebih banyak tentang cobaan ini. Dan aku ingin tahu mengapa aku bisa melihat dengan tanganku, bukan dengan mataku. Apakah menurutmu Eriel ini akan tahu?"

POP

Hadz tidak menunggu jawaban.

"Rumah sakitnya ada di bawah," kata E-Z.

Kursi itu turun perlahan, dan mereka masuk ke dalam rumah sakit. E-Z dan sayap kursi itu menghilang. Dia mendorong sepanjang koridor dan menemukan kamar Lia. Ibunya sedang menunggu di sana.

"Tangkap anak ini," teriak ibu Lia.

E-Z terperangah. Mengapa dia ingin dia ditangkap? Dia baru saja menyelamatkan putrinya.

"Tapi Ibu," Lia mulai.

Polisi masuk. Mereka meraih ke belakang E-Z dan memborgol tangannya.

Sebelum mereka menutupnya, Lia berteriak. Kemudian dia membuka telapak tangannya dan mengulurkannya ke depan. Dari telapak tangannya keluar cahaya putih yang menyilaukan, membuat semua orang di ruangan itu kecuali dia dan E-Z berhenti di tengah jalan. Lia kecil menghentikan waktu.

"Keren! Bagaimana kamu melakukan itu?" E-Z berseru saat borgolnya jatuh ke lantai dengan suara berdebum.

"Aku, aku tidak tahu. Aku ingin melindungimu. Untuk menyelamatkanmu." Dia berhenti, mendengarkan. "Seseorang akan datang, kau harus keluar dari sini. Aku bisa merasakan ada orang lain yang datang, dan kau harus pergi."

"Seseorang?" E-Z bertanya. "Kau tahu siapa?"

"Aku tidak tahu. Yang saya tahu, seseorang akan datang, dan Anda harus pergi - segera."

"Maukah kamu, oke? Apakah mereka akan menyakitimu?"

"Aku akan baik-baik saja - mereka akan datang untukmu - bukan aku. Pergi dari sini, sekarang."

"Kapan aku bisa bertemu denganmu lagi?" E-Z bertanya, sambil memecahkan jendela rumah sakit dan terbang keluar dan menunggunya menjawab.

"Kamu akan selalu bertemu denganku, E-Z. Kita saling terkait. Kita adalah teman. Kamu keluar dari sini dan aku akan mengurus sisanya." Dia meniupkan sebuah ciuman padanya.

Lia naik ke tempat tidur, menarik selimut sampai ke lehernya dan berpura-pura tertidur pulas sebelum dia membuat dunia kembali bergerak.

"Apa yang terjadi?" tanya ibunya.

Semuanya kembali baik-baik saja. Lia berada di tempat tidur tanpa cedera.

Dunia terus berjalan seperti sebelumnya, sementara E-Z mengepakkan sayapnya untuk kembali ke rumah.

"Terima kasih, Hadz sudah membantu," kata E-Z meski ia sudah pergi. Entah bagaimana, dia tahu bahwa di mana pun dia berada, Lia bisa mendengarnya.

BAB 7

SaatE-Z terbang melintasi langit, ia menyadari bahwa ia kelaparan. Di bawahnya ada Big Ben. Dia memutuskan untuk mendarat dan membeli beberapa Ikan dan Keripik Inggris.

Saat turun, dia melihat sebuah mobil van putih melaju dengan cepat di jalan. Itu sejajar dengan sebuah sekolah. Dia melihat para orang tua di dalam kendaraan dan berjalan kaki menunggu untuk menjemput anak-anak mereka.

Saat mobil itu berbelok di tikungan, mobil itu menambah kecepatannya.

Kursi rodanya meluncur ke depan, jatuh di belakang kendaraan. Pengemudinya semakin ugal-ugalan, saat mendekati sekolah. Anak-anak mulai keluar.

E-Z meraih bagian belakang mobil van itu. Dengan menggunakan seluruh kekuatannya, dia menariknya hingga berhenti dengan jeritan.

Sopir menginjak gas, mencoba menjauh. Dia tidak berhasil. Mereka tidak bisa melihat apa atau siapa yang menahan mereka.

E-Z membuka kunci bagasi, merogoh ke dalam dan menarik kabel jumper. Kursi itu meluncur ke depan dan mendarat di atap kendaraan. E-Z menggunakan kabel jumper untuk mengikat pintu kabin. Pengemudi tidak bisa keluar.

Suara sirene memenuhi udara.

E-Z terbang, dan melihat beberapa orang mengambil fotonya di ponsel mereka terbang semakin tinggi.

Perutnya keroncongan dan ia teringat akan fish and chips. Karena tidak memiliki mata uang Inggris, ia tidak bisa membayarnya, jadi ia pun berjalan pulang.

Memikirkan Pamannya yang bertanya-tanya di mana dia berada, dia berpikir untuk meninggalkan pesan dan mulai melakukannya, "Saya dalam perjalanan pulang."

Klik.

"Di mana kamu?" Paman Sam bertanya.

E-Z senang karena ternyata itu bukan pesan!

"Saya baru saja terbang di atas Inggris. Ini hari yang menyenangkan untuk terbang, bukan begitu?"

"Apa? Bagaimana?"

"Ceritanya panjang, saya akan menjelaskannya ketika saya kembali."

"Apa kamu sedang di dalam pesawat?"

"Tidak, ini hanya aku dan kursiku."

Di bawah, E-Z bisa melihat orang-orang mengambil foto dirinya. Ketika dia melihat sebuah pesawat 747 lokal datang ke arahnya, dia menyadari bahwa dia dalam masalah. Sebelum ia sempat terbang lebih tinggi, kamera-kamera telah mengambil foto dan mengunggahnya ke media sosial.

"Maaf Eriel," katanya, sambil mengangkat dirinya lebih tinggi. "Anda tahu pepatah yang mengatakan bahwa setiap publisitas adalah publisitas yang baik? Nah..." E-Z tertawa. Jika Eriel bisa menemuinya setiap hari dan setiap jam, mengapa dia harus memanggilnya untuk meminta bantuan? Ada sesuatu yang tidak masuk akal. Bukan aku, sang malaikat agung, yang ingin dia menyelesaikan ujian ini.

Rasa dingin menyelimutinya ketika langit berubah dan awan hitam berputar-putar di sekelilingnya. Dia terbang terus, mencoba untuk menambah kecepatan, tetapi kemudian petir mulai menyambar, dan dia harus menghindarinya. Kemudian dia teringat akan pesawatnya. Dia dapat melihat bahwa pesawat itu berhasil mendarat dengan baik, dan orang-orang di dalamnya tidak terluka. Dia melanjutkan perjalanan menuju rumah.

Setelah badai, bintang-bintang bermunculan. Kursinya terus mengepakkan sayapnya sementara E-Z tidur siang.

"E-Z?" Lia berkata di dalam kepalanya. "Apa kau di sana?"

Dia tersentak bangun, lupa bahwa dia sedang berada di kursi dan terjatuh. Dia mulai terjatuh, tapi sayapnya menendang dan segera dia kembali ke kursi lagi.

"Apakah semuanya baik-baik saja, si kecil?" tanyanya.

"Ya, mereka pikir itu semua hanya mimpi, aku berbicara denganmu. Menggambar dirimu. Ibu tahu yang sebenarnya, tapi dia tidak mau mengakuinya."

"Oh, apakah itu membuatmu khawatir?"

"Tidak. Kekuatanku meningkat. Aku bisa merasakannya, dan aku tahu ada sesuatu yang akan terjadi. Sesuatu yang akan membutuhkan bantuanku. Aku akan segera pulang. Aku akan bertanya pada Ibu apakah kami bisa mengunjungimu. Segera."

"Apa? Ibumu harus menelepon Paman Sam dan mereka bisa mengobrol?"

"Ya, itu ide yang bagus. Ibu sudah melihat foto-foto itu, dan dia sudah bertemu denganmu, tapi dia tidak ingat. Pikirannya seperti sudah dibersihkan atau ingatannya tentang Anda sedang tidur."

"Apakah kamu yakin ini adalah hal yang benar untuk dilakukan?"

"Aku yakin. Saya harus berada di tempat Anda berada. Aku harus membantumu."

Pikiran E-Z menjadi kosong. Lia telah pergi.

Remaja itu berpikir tentang Lia, yang datang ke Amerika Utara. Dia adalah seorang gadis kecil, bisa melihat dengan tangannya, ya, tapi bagaimana dia bisa menolongnya? Dia telah membantunya melarikan diri, tapi dia bingung tentang keterlibatannya. Dia tidak ingin menempatkannya dalam bahaya. Dia memanggil Eriel lagi. Dia mengeluarkan mantra, tetapi tidak ada yang terjadi.

Dia menikmati pemandangan, mengalihkan pikirannya dari gadis kecil itu sejenak. Dia hampir sampai di rumah sekarang. Syukurlah kursinya sudah dimodifikasi dan dia bisa melakukan perjalanan F-A-S-T!

BAB 8

Di depan, E-Z melihat pantai. Dia menghela napas lega sampai dia melihat seekor burung besar menuju ke arahnya. Saat burung itu mendekat, dia menyadari bahwa itu adalah seekor angsa. Tapi bukan angsa yang berukuran normal. Angsa itu sangat besar dan begitu pula dengan lebar sayapnya yang ia perkirakan mencapai lebih dari seratus lima puluh inci. Angsa itu adalah angsa yang sama yang pernah berbicara dengannya sebelumnya. Dan tidak hanya itu, ia juga melihat cahaya merah terang yang berkedip-kedip di bahu angsa tersebut.

Angsa itu berbelok dan kemudian mendarat dengan keras di pundaknya. Angsa itu telah mendapatkan tumpangan.

"Nah, halo," kata E-Z, menatap makhluk cantik itu saat ia mendarat.

"Hoo-hoo," kata angsa itu. Kemudian ia menggelengkan kepalanya, membuka paruhnya, dan berkata, "Halo E-Z."

"Saya yakin saya berhutang budi padamu," katanya.

"Oh, kamu dipersilakan. Dan saya harap Anda tidak keberatan saya menumpang," kata angsa itu sambil mengacak-acak bulunya.

"Eh, tidak masalah," jawab E-Z.

"Ini adalah mentorku, Ariel," kata angsa.

WHOOPEE

Seorang malaikat menggantikan lampu merah.

"Halo," katanya sambil duduk di atas lutut E-Z.

"Eh, senang bertemu denganmu," katanya.

"Ada yang bisa saya bantu?" tanyanya.

"Saya berharap Anda dan teman saya, angsa di sini, bisa menjalin kerja sama."

"Bagaimana bisa?" tanyanya.

"Anak didik saya telah melalui banyak hal. Dia dapat memberi tahu Anda tentang detailnya ketika dia merasa siap, tetapi untuk saat ini saya ingin Anda membantunya dengan mengizinkannya untuk membantu Anda dalam ujian. Anda bisa menggunakan bantuannya, ya?"

"Dari pemahaman saya," katanya ditujukan kepada Ariel. Kemudian kepada angsa, "tidak ada yang menentangmu, kawan." Sekarang kepada Ariel, "tidak ada yang bisa membantuku dalam cobaan ini. Itu datang langsung dari Eriel dan Ophaniel."

"Aku sudah menyelesaikannya dengan mereka. Jadi, jika itu satu-satunya keberatanmu," dia berhenti sejenak lalu

WHOOPEE

dan dia pun pergi.

Setelah itu E-Z dan angsa itu melanjutkan perjalanan menyeberangi Samudra Atlantik dan terus ke Amerika Utara. Karena dia selalu ingin melihat Grand Canyon. Dia harus melihatnya di lain waktu. Angsa itu mendengkur dan meringkuk di leher E-Z.

E-Z merogoh sakunya dan mengeluarkan ponselnya. Dia mengambil foto selfie dengan angsa itu. Ia memegang ponselnya, berencana untuk merekam angsa itu saat angsa itu berbicara lagi. Dia butuh bukti bahwa dia tidak kehilangan akal sehatnya.

Beberapa waktu kemudian, E-Z memusatkan perhatian pada rumahnya. Hari itu adalah hari sekolah, tapi dia terlalu lelah untuk pergi. Saat kursi roda mulai turun, angsa itu terbangun. "Apakah kita sudah sampai?"

"Ya, kita sudah sampai di rumahku," kata E-Z sambil menekan tombol rekam di ponselnya. "Di mana pun Anda ingin saya mengantar Anda?"

"Tidak, terima kasih. Aku akan tinggal bersamamu," kata angsa, sambil memanjangkan lehernya untuk melihat-lihat rumah yang akan ditempatinya. "Kamu dan aku, kita perlu bicara."

E-Z menekan tombol play namun tidak ada suara. Angsa itu tidak bisa direkam. Aneh.

Mereka mendarat di pintu depan. E-Z memasukkan kuncinya ke dalam kunci, tapi sebelum ia sempat membukanya, Paman Sam sudah berada di sana. Dia memeluk keponakannya dengan erat dan berkata, "Selamat datang di rumah." Dia menggaruk-garuk dagunya dan terlihat sedikit khawatir saat melihat teman E-Z, angsa yang sangat besar.

"Senang bisa kembali," kata E-Z sambil berjalan masuk ke dalam.

Angsa itu mengikuti dengan kaki berselaput di belakangnya.

"Dan siapa temanmu yang berbulu itu?" Paman Sam bertanya.

E-Z menyadari bahwa ia bahkan tidak tahu nama angsa itu.

Angsa itu menjawab, "Alfred, namaku Alfred."

E-Z pun berkenalan secara formal.

Angsa itu kemudian berjalan menyusuri lorong, masuk ke kamar E-Z dan terbang ke tempat tidurnya untuk tidur siang.

E-Z pergi ke dapur dengan Paman Sam di atas rodanya.

"Apa yang dilakukan angsa itu di sini?" Ia berhenti sejenak, mengambil susu dari lemari es. Ia menuangkan segelas penuh untuk keponakannya. "Angsa itu tidak bisa tinggal di sini. Kita harus menaruhnya di bak mandi. Itu kalau muat. Dia angsa terbesar yang pernah kulihat. Di mana kamu menemukannya dan mengapa kamu membawanya ke sini?"

E-Z meneguk kembali susunya. Dia menyeka kumis susunya. "Saya tidak menemukannya, angsa itu yang menemukan saya. Dan dia bisa bicara. Dia ada di sana saat aku menyelamatkan gadis kecil itu dan saat aku menyelamatkan pesawat itu. Dia bilang kita perlu bicara."

Paman Sam tanpa menjawab berjalan menyusuri lorong. E-Z mengikuti di belakangnya tanpa berbicara.

"Bicaralah!" Paman Sam menuntut.

Alfred si angsa membuka matanya, menguap, lalu kembali tidur tanpa mengeluarkan suara.

"Kubilang, bicaralah," kata Paman Sam, mencoba lagi.

Alfred si angsa membuka paruhnya dan mendengus.

"Tidak apa-apa, Alfred," kata E-Z. "Ini adalah Paman Sam-ku."

"Dia tidak bisa memahamiku. Dan saya rasa dia tidak akan pernah bisa. Aku di sini untukmu dan hanya untukmu," kata Alfred si angsa. Ia mendengus, lalu meringkuk ke dalam selimut dan tertidur lagi.

Paman Sam memperhatikan, sementara angsa itu tetap bersemangat dan menatap E-Z dengan penuh perhatian.

Dia dan Paman Sam menutup pintu saat keluar dan kembali ke dapur untuk berbicara.

E-Z sangat lelah, dia hampir tidak bisa membuka matanya.

"Tidak bisakah ini menunggu sampai pagi," tanyanya.

Sam menggelengkan kepalanya.

"Oke, ini dia. Pertama, aku memukul bola bisbol di taman. Dan saya berlari atau berputar mengelilingi base. Kemudian, saya terjebak di dalam sebuah wadah berbentuk peluru tanpa jalan keluar. Kemudian saya bisa berbicara dengan seorang gadis kecil di Belanda. Saya pergi ke sana untuk menyelamatkannya. Namanya Lia, dan ibunya akan menelepon Anda. Saya menghentikan sebuah kendaraan yang melukai anak-anak di London, Inggris. Lalu aku bertemu dengan Alfred si angsa terompet. Dan sekarang kamu sudah siap - bolehkah aku pergi tidur?"

"Apa yang harus saya katakan ketika dia menelepon?" Sam bertanya. "Kita bahkan tidak mengenal orang-orang ini, tapi kita harus membiarkan mereka tinggal di rumah ini bersama kita. Kita dan Alfred si angsa?"

"Ya, silakan saja. Ada sebuah rencana yang sedang berjalan di sini dan saya belum tahu semua detailnya. Lia memiliki kekuatan, mata di telapak tangannya dan dia bisa membaca pikiranku dan menghentikan waktu. Alfred si angsa juga memiliki kekuatan, dia bisa membaca pikiran saya dan dia bisa berbicara. Saya pikir kami bertiga saling terhubung, mungkin karena cobaan. Entahlah. Apa pun bisa terjadi dengan Eriel yang memata-matai saya 24-7," kata E-Z.

Di sepanjang koridor, mereka mendengar hentakan kaki angsa saat ia melenggang. "Aku terlalu lapar untuk tidur," kata Alfred si angsa.

"Makanan apa yang kamu makan?"

"Jagung enak, atau kamu bisa membiarkanku ke belakang dan aku akan mencari rumput."

"Apakah kita punya jagung?" E-Z bertanya.

"Hanya yang beku," kata Paman Sam. "Tapi aku bisa mencairkan biji-bijian itu dengan air hangat, dan mereka akan siap dalam sekejap."

"Katakan padanya terima kasih," kata Alfred si angsa. "Dia baik sekali."

Paman Sam menaruh jagung itu di atas piring dan Alfred memakannya. Namun, ia masih merasa lapar dan ingin buang air besar, jadi ia meminta untuk pergi ke luar. Saat dia keluar, dia akan menikmati halaman rumput.

E-Z dan Paman Sam memperhatikan angsa itu selama beberapa detik.

"Saya harap anjing chihuahua tetangga tidak mampir untuk berkunjung," kata Paman Sam. "Angsa itu sangat besar, bisa membuatnya takut."

E-Z tertawa. "Bayangkan apa yang akan dilakukannya, jika anjing itu bisa memahaminya seperti aku?"

Alfred si angsa merasa betah. Ia merasa yakin ia akan bahagia di sini.

BAB 9

Kemudian, Alfred si angsa meminta untuk berbicara dengan E-Z secara pribadi.

"Kamu bisa mengatakan apa pun di sini," kata E-Z. "Paman Sam tidak memahamimu, ingat?"

"Ya, saya tahu. Tapi ini masalah sopan santun. Seseorang tidak boleh berbicara dengan orang lain ketika ada orang lain, terutama ketika menjadi tamu di rumah orang lain. Itu akan menjadi, yah, agak tidak sopan. Bahkan, sangat tidak sopan."

E-Z baru menyadari bahwa Alfred si angsa berbicara dengan aksen Inggris.

"Bolehkah saya permisi?" E-Z bertanya.

Paman Sam mengangguk dan E-Z masuk ke kamarnya dengan Alfred si angsa mengikutinya.

"Baiklah," kata E-Z. "Ceritakan mengapa Ariel mengirimmu ke sini dan apa yang ingin kamu lakukan untuk membantuku?"

Setelah E-Z berada di tempat tidurnya, angsa itu bergoyang-goyang sambil meringkuk di atas selimut, mencoba untuk merasa nyaman.

"Kamu bisa tidur di bagian bawah tempat tidur," kata E-Z sambil melemparkan bantal ke sana.

"Terima kasih," kata Alfred si angsa. Ia bergoyang-goyang di atas bantal dan menepuk-nepuknya dengan kakinya yang berselaput hingga terasa nyaman. Lalu berjongkok.

"Sekarang, ayo mulai," kata Alfred.

E-Z, yang kini mengenakan piyama, mendengarkan Alfred menceritakan kisahnya.

"Aku pernah menjadi seorang pria."

E-Z terkesiap.

"Sebaiknya jangan menyela sampai aku selesai," angsa itu memarahi. "Kalau tidak, ceritaku akan terus berlanjut dan tak satu pun dari kita bisa tidur."

"Maaf," kata E-Z.

Angsa itu melanjutkan. "Saya tinggal bersama istri dan dua anak saya. Kami sangat bahagia, sampai badai menerjang dan merobohkan rumah kami dan menewaskan mereka semua. Saya selamat, tetapi tanpa mereka, saya tidak mau. Kemudian seorang malaikat datang kepada saya, Ariel yang Anda temui, dan dia mengatakan kepada saya bahwa saya dapat melihat mereka semua sekali lagi, jika saya setuju untuk membantu orang lain. Saya senang membantu orang lain dan hal itu akan memberi saya tujuan. Selain itu, saya tidak punya pilihan lain sehingga saya setuju."

"Anda mengalami cobaan?" E-Z bertanya. Dia salah mengira bahwa kisah Alfred telah selesai.

"Kisahku belum berakhir," kata Alfred si angsa, agak ketus. Ia kemudian melanjutkan. "Itulah inti dari ceritaku. Aku tidak mengalami cobaan, karena aku bukan malaikat yang sedang berlatih. Sayapku tidak seperti sayapmu.

Aku adalah angsa, meskipun angsa yang lebih besar dari biasanya. Nama jenisku adalah Cygnus Falconeri, yang juga dikenal sebagai angsa raksasa. Spesiesku sudah lama punah. Tujuanku tidak jelas. Aku terjebak di antara keduanya, melayang melintasi waktu karena aku membuat kesalahan. Tapi aku tidak ingin membicarakannya sekarang. Ketika saya melihat Anda menyelamatkan gadis kecil itu, saya menelepon Ariel dan bertanya apakah saya bisa membantu Anda. Dia memarahi saya karena melarikan diri dan saya dikirim kembali ke dunia lain. Saya melarikan diri dari sana lagi dan membantu Anda dengan pesawat dan Ariel meminta Ophaniel untuk memberi saya kesempatan lagi. Sekarang saya memiliki tujuan - untuk membantu Anda."

"Dan Ophaniel, setuju? Tapi bagaimana dengan Eriel?"

"Awalnya mereka tidak setuju. Itu karena Hadz dan Reiki melaporkanku karena telah membantumu dengan memanggil teman-teman burungku. Ketika saya mendengar bahwa mereka dikirim ke tambang, dan melarikan diri lagi, Ariel mengajukan kasus saya dan Ophaniel setuju. Saya tidak tahu tentang Eriel. Apakah dia mentormu?"

"Ya, dia menggantikan Hadz dan Reiki. Mereka datang dan pergi, sedangkan dia mengatakan bahwa dia selalu bisa mengetahui di mana saya berada dan apa yang saya lakukan."

"Kedengarannya seperti berlebihan. Namun, saya ingin bertemu dengannya suatu hari nanti. Untuk saat ini, kami adalah sebuah tim. Saya bisa membantu Anda, sehingga suatu hari nanti, saya juga akan bersama keluarga saya lagi. Jadi, kemana kamu pergi E-Z, pergilah aku."

E-Z menyandarkan kepalanya di atas bantal dan memejamkan mata. Ia merasa bersyukur atas segala pertolongannya. Bagaimanapun angsa itu telah menolongnya di masa lalu dengan pesawatnya.

"Aku tidak akan menghalangimu," kata Alfred si angsa. "Aku tahu, kalian berpikir kita adalah pasangan yang tidak logis dan saat Lia tiba, kita akan menjadi trio yang lebih tidak logis lagi, tapi..."

"Tunggu," kata E-Z. "Kau tahu tentang Lia? Bagaimana?"

"Oh ya, aku tahu semua tentang kamu dan aku tahu semua tentang dia dan aku juga tahu lebih banyak lagi. Bahwa kita bertiga saling terkait. Ditakdirkan untuk bekerja sama." Dia meregangkan rahangnya, yang terlihat seperti hendak menguap. "Aku terlalu lelah untuk berbicara lagi malam ini." Tak lama kemudian Alfred, si angsa mendengkur.

E-Z mengingat-ingat semua yang ia ketahui tentang angsa. Yang tidak banyak. Di pagi hari, dia akan melakukan penelitian tentang spesies Alfred.

Ia bertanya-tanya bagaimana perasaan PJ dan Arden terhadap Alfred. Apakah ia perlu memperkenalkan mereka atau Alfred bisa dirahasiakan saja?

Dia menepuk-nepuk bantal dengan kepalan tangannya dan bersiap untuk tidur.

Hal itu membangunkan Alfred, dan dia rewel karenanya.

"Apakah kamu harus melakukan itu?" Alfred bertanya.

"Maaf," kata E-Z.

BAB 10

Keesokanpaginya, E-Z terbangun karena mendengar suara Paman Sam menggedor-gedor pintu rumahnya. "Bangun E-Z! PJ dan Arden sudah dalam perjalanan untuk mengantarmu ke sekolah."

E-Z menguap dan meregangkan badannya. Dia berpakaian lalu beranjak ke kursinya. Karena Alfred masih tertidur, dia akan menyelinap keluar dan menemuinya sepulang sekolah.

"Kamu tidak bisa pergi ke mana-mana tanpa aku!" Kata Alfred. Dia mengibaskan seluruh bulunya dan kemudian melompat ke lantai.

"Kamu tidak boleh ikut aku ke sekolah. Hewan peliharaan tidak diperbolehkan."

"E-Z, ayo nak!" Paman Sam berteriak dari dapur. "Kalau tidak, kamu akan melewatkan sarapan."

Perut E-Z menggeram saat aroma roti panggang tercium ke arahnya. "Aku datang!"

Tanpa ada waktu untuk membantah, E-Z membuka pintu. Dia berjalan ke dapur tepat saat Arden dan PJ tiba. Suara klakson di luar memberitahunya bahwa mereka sudah sampai.

"Baiklah, baiklah!" E-Z berseru sambil mengambil sepotong roti panggang. Dia berjalan di sepanjang koridor dengan rekan barunya yang berkaki jaring berada di belakangnya.

PJ keluar dari mobil untuk membantu E-Z masuk dan mengamankan kursi rodanya di bagasi. Saat dia menutupnya, dia melihat Alfred mencoba masuk ke dalam kendaraan.

"Eh, makhluk itu tidak bisa masuk ke dalam mobil," teriak PJ.

Arden menurunkan kaca jendela.

"Apa-apaan itu? Apa aku melewatkan memo yang mengatakan bahwa kita akan mengadakan acara Show and Tell hari ini?" Dia mendengus.

"Apa itu angsa?" Ibu menangani ibu PJ bertanya.

"Atau benda ini adalah Presiden klub penggemarmu?" PJ bertanya sambil menyeringai.

Begitu masuk ke dalam mobil, E-Z menjawab. "Kami sudah terlalu tua untuk show and tell," dia tertawa. "Angsa itu adalah proyek saya. Sebuah eksperimen, seperti anjing penuntun bagi orang buta. Dia adalah teman saya di kursi roda." Dia memasang sabuk pengaman pada Alfred.

PJ duduk di kursi depan di samping ibunya.

Alfred si angsa berkata, "Apakah kamu tidak mau mengenalkanku?"

Nyonya Handle mengeluarkan mobil dan mereka pergi ke sekolah.

"Alfred," E-Z melirik teman-temannya, "kenalkan ini Nyonya Handle. Dan dua sahabatku, PJ dan Arden. Semuanya, ini Alfred, si angsa peniup terompet." E-Z menyilangkan tangannya.

Alfred berkata, "Hoo-hoo." Kepada E-Z ia berkata, "Saya sangat senang bertemu dengan Anda. Kamu bisa menerjemahkannya untukku."

"Bagaimana Anda tahu namanya?" PJ bertanya.

"Anda tidak berubah menjadi, siapa namanya, orang yang bisa berbicara dengan binatang sekarang, apakah Anda E-Z? Tolong beritahu saya kalau kamu bukan. Meskipun, itu bisa menjadi sapi perah yang nyata. Kami bisa memasarkan bakat Anda. Ajukan pertanyaan, dan kirimkan jawabannya di saluran YouTube kami. Kita bisa menyebutnya E-Z Dickens si Pembisik Angsa."

"Ide yang bagus!" PJ berkata saat ibunya berhenti di sebuah penyeberangan. "Beberapa tahun yang lalu, kita mungkin bisa menghasilkan jutaan dolar secara online. Saat ini menghasilkan uang secara online sangat sulit. Mereka benar-benar menekan."

"Jangan kasar," kata Ny. Handle, sambil terus melaju.

"Orang yang dia maksud adalah Dokter Dolittle," Alfred menawarkan. "Itu adalah dua belas buku seri novel yang ditulis oleh Hugh Lofting. Buku pertama diterbitkan pada tahun 1920, dan buku-buku berikutnya menyusul, hingga tahun 1952. Hugh Lofting meninggal pada tahun 1947. Dia juga orang Inggris. Seorang pria Berkshire yang lahir dan dibesarkan."

"Saya tahu siapa yang mereka maksud," kata E-Z kepada Alfred. "Dan tidak, saya tidak."

Arden berkata, "Kuharap teman angsa kalian tidak mencuri semua gadis dari kita hari ini. Kau tahu bagaimana para gadis menyukai benda-benda berbulu."

Nyonya Handle berdeham.

"Aku adalah pembunuh wanita yang hebat, pada masaku," kata Alfred, diikuti dengan teriakan, 'Hoo-hoo!' yang ia tujukan kepada PJ dan Arden.

PJ berkata, "Angsa pendampingmu benar-benar membuatku tertawa."

Arden bertanya, "Film burung apa yang memenangkan Oscar?"

PJ menjawab, "Lord of the Wings."

Arden bertanya, "Di mana burung menginvestasikan uangnya?"

PJ menjawab, "Di pasar burung bangau!"

"Teman-temanmu mudah terhibur," kata Alfred. "Mereka adalah dua burung plonco, dipotong dari kain yang sama. Aku bisa mengerti mengapa kamu menyukai mereka. Saya suka Nyonya Handle. Dia pendiam dan pengemudi yang baik."

E-Z tertawa.

"Senang Anda menikmati humor pagi ini," kata PJ.

"Tidak juga," kata Alfred. "Selain itu kalian berdua memang benar-benar orang bodoh."

Arden dan PJ melakukan pengambilan gambar ulang.

E-Z juga melakukan pengambilan gambar ulang pada pengambilan gambar mereka. "Apa?"

"Kalian tidak dengar itu?" kata keduanya serempak. "Angsa itu bisa bicara - dan dengan aksen Inggris. Ya ampun, para gadis pasti akan menyukainya."

Nyonya Handle menggelengkan kepalanya. "Jangan berlagak seperti pengemis konyol, kalian berdua!"

E-Z menatap Alfred si angsa yang tampak bingung.

Alfred mencoba membuat lelucon sendiri untuk melihat apakah mereka benar-benar bisa memahaminya. "Mengapa burung kolibri bersenandung?" tanyanya.

Ketiga anak laki-laki itu melihat, jelas sekali Arden dan PJ sekarang bisa memahaminya.

Alfred mengatakan leluconnya, "Karena mereka tidak tahu kata-katanya, tentu saja."

PJ dan Arden tertawa, semacam tertawa, tapi mereka lebih banyak ketakutan.

"Kenapa mereka bisa memahamimu juga sekarang?" E-Z bertanya. "Dulu mereka tidak bisa, sekarang mereka bisa. Kukira kau bilang hanya aku saja. Dan kenapa Paman Sam tidak bisa memahamimu?"

Sekarang mereka bisa memahaminya, Alfred merasa sadar diri. Dia berbisik kepada E-Z, "Sejujurnya saya tidak tahu. Kecuali, tujuanku kemari ada hubungannya dengan mereka juga."

"Dan tidak termasuk Paman Sam? Atau Nyonya Handle?"

"Mungkin tidak," jawab Alfred.

"Dan di mana, kau menemukan angsa yang bisa bicara ini?" Arden bertanya.

"Dan mengapa kamu membawanya ke sekolah?" PJ bertanya.

Nyonya Handle gusar. "Kalian semua sangat konyol. E-Z bilang dia angsa pendamping. Dia tidak bisa bicara."

"Pertama-tama, dia bukan angsa biasa, dia adalah Cygnus Falconeri. Juga dikenal sebagai angsa raksasa dan spesies yang telah punah selama berabad-abad."

"Saya belum pernah melihat angsa dalam kehidupan nyata," kata Arden. "Yang pernah saya lihat di saluran alam tidak terlihat sebesar dia. Kakinya sangat besar! Dan apa yang terjadi jika dia harus, Anda tahu, pergi ke toilet?"

"Angsa raksasa rata-rata memiliki panjang paruh hingga ekor antara 190-210 sentimeter," kata Alfred. "Dan jika saya melakukannya, saya akan menggunakan rumput - lapangan olahraga harus memberi saya ruang yang cukup untuk memberi makan dan melakukan bisnis saya jika dan ketika diperlukan."

"Maksud Anda, Anda makan rumput dan kemudian Anda pergi ke rumput?" Kata PJ.

"Eww!" Kata Arden.

Mereka sudah sangat dekat dengan sekolah sekarang, jadi E-Z menjelaskan. "Aku tidak bisa memberi tahu kalian secara detail karena aku tidak begitu mengenal mereka. Yang aku tahu pasti adalah Alfred ada di sini untuk membantuku, dan kalian akan sering bertemu dengannya."

"Saya rasa mereka tidak akan mengizinkannya masuk ke sekolah," kata Arden.

"Itu tidak akan menjadi masalah, karena aku adalah temanmu," kata Alfred.

PJ, Arden, dan Alfred tertawa saat mobil berhenti di luar sekolah.

"Hubungi saya jika kalian ingin saya jemput sepulang sekolah," kata Bu Pegangan.

"Terima kasih," jawabnya.

Setelah kursi E-Z dikeluarkan dari bagasi, Bu Handle menepi dari trotoar.

Teman-temannya membantunya masuk ke dalam mobil, sedangkan Alfred terbang dan duduk di bahunya. Mereka berjalan menuju bagian depan sekolah di mana Kepala Sekolah Pearson sedang mengantar para siswa masuk.

"Selamat pagi anak-anak," katanya dengan senyum lebar di wajahnya. Sampai dia melihat Alfred si angsa. "Makhluk apa itu?" tanyanya.

"Dia adalah angsa pendamping," kata E-Z.

"Seekor Cygnus Falconerie, tepatnya," kata Arden.

"Dia bersama kita," kata PJ.

Kepala Sekolah Pearson menyilangkan tangannya. "Makhluk itu, Cygnus whatchamacallit tidak akan datang ke sini!"

Alfred berkata, "Tidak apa-apa E-Z. Jangan membuat keributan. Aku akan berada di sini saat kelas kalian selesai. Sampai jumpa nanti." Alfred terbang dan mendarat di atap gedung. Dia menikmati pemandangan sebelum terbang turun ke lapangan sepak bola. Ada banyak rumput yang bisa dikunyah. Jika sudah kenyang, dia akan mencari tempat teduh di bawah pohon dan tidur siang.

Kepala Sekolah Pearson menggelengkan kepalanya, lalu membukakan pintu untuk E-Z dan teman-temannya. Di dalam, bel tanda masuk berbunyi selama lima menit.

Hari sekolah kali ini berjalan lancar bagi E-Z dan teman-temannya.

Masih belum ada kabar dari Eriel mengenai percobaan baru.

BAB 11

Alfred mulai menyesuaikan diri dengan rutinitas barunya. Anak-anak di sekolah mengenalnya - meskipun hanya E-Z dan teman-temannya yang tahu bahwa ia bisa berbicara.

Pada hari itu, di luar sekolah Alfred menunggu E-Z dan dia bertanya, "Bisakah kita bicara?"

E-Z melihat sekelilingnya; ia masih tidak ingin murid-murid lain mendengarnya berbicara dengan angsa. Ia berbisik, "Eh, bisakah ini ditunda sampai kita pulang?"

"Oh, begitu," kata Alfred. "Kamu masih merasa malu saat kita mengobrol. Itu bisa dimengerti, tapi anak-anak menyukai saya di sini. Mereka mengantre untuk mengelus-elus saya, memberi makan saya. Lagipula, bukankah Paman Sam akan pulang? Saya perlu berbicara dengan Anda sendirian."

"Karena dia masih belum bisa memahamimu, kamu berbicara denganku sendirian bahkan saat kita di rumah."

"Tapi ini adalah masalah yang cukup mengkhawatirkan dan agak sensitif terhadap waktu," kata Alfred.

PJ berhenti di tepi jalan di samping mereka. Arden bertanya apakah mereka ingin tumpangan pulang.

"Eh, teman-teman. Maaf, aku akan berjalan pulang bersama Alfred hari ini. Dia punya informasi penting yang harus disampaikan padaku."

PJ dan Arden menggelengkan kepala. Arden berkata, "Kami berharap akan dilempar ke atas suatu hari nanti untuk seorang gadis - bukan burung." Dia tertawa kecil.

"Dan bagaimana dengan permainannya?" Arden bertanya.

"Hari ini hari ini dan pertandingannya baru besok. Maaf teman-teman." E-Z menambah kecepatan. Mobil itu merangkak di sampingnya, lalu melesat dengan derit ban.

"Plonco," kata Alfred.

"Mereka bermaksud baik. Sekarang apa yang begitu penting?"

"Apa kau mendengar kabar dari Lia akhir-akhir ini? Aku mengkhawatirkannya." Alfred berjalan di samping E-Z, menggigit kepala bunga dandelion sambil berjalan.

"Kenapa kamu khawatir? Tidak ada kabar adalah kabar baik, bukan?"

"Sebenarnya, aku sudah mendengar kabar darinya dan ada perkembangan baru yang membingungkan."

E-Z berhenti. "Ceritakan lebih banyak lagi."

"Teruslah berjalan," kata Alfred, sekarang sambil menggigit kepala bunga aster. "Lia dan ibunya sudah dalam perjalanan ke sini. Mereka akan tiba besok."

"Kenapa terburu-buru? Maksudku, ya, itu kejutan. Kami tahu mereka akan segera datang. Apa yang membingungkan tentang hal itu?"

"Bukan itu yang membingungkan."

"Berhentilah mengulur-ulur waktu dan katakan saja!"

"Lia tidak lagi berusia tujuh tahun - dia sekarang berusia sepuluh tahun."

"Apa? Itu tidak mungkin."

"Apa menurutmu dia akan berbohong?"

"Tidak, saya rasa dia tidak akan berbohong, tapi - itu sama sekali tidak masuk akal. Orang tidak tumbuh dari tujuh menjadi sepuluh tahun dalam hitungan minggu."

"Dia bilang dia pergi tidur. Keesokan paginya, dia masuk ke dapur untuk sarapan dan pengasuhnya mulai berteriak. Begitulah cara dia mengetahui bahwa dia telah bertambah umur tiga tahun dalam semalam."

"Whoa!" E-Z berseru.

"Dan masih ada lagi."

"Lebih. Saya tidak bisa membayangkan yang lainnya."

"Dia mampu meyakinkan ibunya bahwa dia tidak perlu tinggal di sini selama kunjungan. Dia adalah seorang pengusaha yang sibuk. Butuh banyak usaha untuk membujuknya. Lia berkata bahwa ia akan lebih baik mengingat pengalaman Sam dengan Anda dan cobaan yang dialaminya. Ibunya setuju, dengan beberapa syarat."

"Seperti?"

"Bahwa dia menyukai Paman Sam."

"Semua orang menyukai Paman Sam."

"Juga, Anda harus menjelaskan kepadanya bagaimana putrinya bisa menua seperti itu dalam semalam."

"Dan bagaimana tepatnya saya harus melakukan itu?"

"Sejujurnya," kata Alfred, "saya tidak tahu. Itu sebabnya saya ingin berbicara dengan Anda berdua. Maksudku, Paman Sam tahu kalau Lia akan datang, kan?"

E-Z mengangguk, "Kurasa begitu jika mereka sedang dalam perjalanan."

"Tapi dia mengharapkan seorang gadis kecil berusia tujuh tahun, ketika seorang anak berusia sepuluh tahun akan muncul di depan pintunya."

E-Z berhenti lagi. Paman Sam. Dia bahkan tidak pernah berpikir bahwa Paman Sam harus berurusan dengan seorang gadis berusia sepuluh tahun. "Aku tidak yakin aku pernah menyebutkan usia Lia padanya!"

Alfred mengomel. "Aku pernah mendengar tentang manusia yang menua dengan cepat. Ada penyakit yang disebut Progeria. Itu adalah kondisi genetik, cukup langka dan cukup mematikan. Kebanyakan anak tidak bisa hidup lebih dari usia tiga belas tahun dan Lia sudah berusia sepuluh tahun, jadi kita harus mencari tahu."

"Bagaimana dengan yang kamu katakan tadi,"

"Progeria."

"Ya, Progeria, bagaimana cara penularannya?" E-Z bertanya.

"Menurut pemahaman saya, hal itu terjadi selama beberapa tahun pertama. Dan anak-anak biasanya cacat."

"Lia cacat, karena kaca, bukan karena penyakit. Apakah ada obatnya?"

"Tidak ada obatnya. Tapi E-Z, ada sesuatu yang lain. Ada hubungannya dengan mata di tangannya. Mata itu masih baru dan penyakitnya juga baru. Terlalu banyak kebetulan, bukankah begitu?"

E-Z mempertimbangkan hal ini dan memutuskan bahwa Alfred benar. Itu terlalu kebetulan. Tapi apa yang harus dia lakukan? Haruskah ia menelepon Eriel? "Apa kau kenal Eriel?"

Alfred memperlambat langkahnya dan begitu juga E-Z. Mereka sudah hampir sampai di rumah dan harus membicarakan hal ini sebelum bertemu dengan Paman Sam. "Ya, saya pernah mendengar tentang dia. Tapi seperti yang kamu tahu Eriel bukanlah malaikatku. Kamu sudah bertemu dengan mentorku Ariel, dan dia adalah malaikat alam, karena itu aku berada dalam kondisi angsa yang langka. Dia mungkin bisa membantu, tapi kita harus menunggu kemunculannya yang berikutnya untuk melakukannya."

"Maksudmu, kau tidak bisa memanggilnya?"

Alfred mengangguk. "Apa kau bisa memanggil Eriel sesuka hati?"

E-Z tertawa. "Tidak sepenuhnya sesuka hati, tapi dia bisa dihubungi. Meskipun, dia sangat menyebalkan dan tidak suka dipanggil atau disuruh." E-Z berpikir dengan tenang dan begitu juga Alfred. Rumah mereka sudah terlihat dan Paman Sam sudah pulang dengan mobilnya yang terparkir di jalan masuk. "Saya pikir kita harus menunggu dan melihat apa yang terjadi dengan Lia."

"Setuju," kata Alfred, sambil melangkah keluar dari jalan setapak dan mencabut rumput dari tanah dan mengunyahnya. E-Z memperhatikan. "Aku lebih suka tidak makan terlalu banyak rumput; maksudku rumput rumput. Itulah yang saya makan sepanjang hari saat di sekolah - selain beberapa bunga yang bisa saya temukan. Saat ini, saya merasa ingin makan sesuatu yang basah, yang tumbuh di bawah air. Rasanya lebih segar dan lebih enak."

"Saya sangat mengerti," kata E-Z. "Saya suka makan salad yang segar dan renyah. Saya tidak terlalu suka jika salad itu dikemas dalam kantong dan satu-satunya cara untuk melahapnya adalah dengan mencelupkannya ke dalam saus salad."

"Saya merindukan makanan manusia."

"Apa yang paling kamu rindukan?"

"Burger keju dan kentang goreng, tanpa diragukan lagi. Oh, dan saus tomat. Betapa saya dulu sangat menyukai saus kental berwarna merah yang lengket di atas semua makanan."

"Mungkin tidak akan terlalu buruk, di atas rumput?" E-Z tertawa, tapi Alfred memikirkannya.

"Aku bersedia mencobanya."

"Masukkan saja ke dalam daftar keinginanmu," kata E-Z.

"Apa itu daftar keinginan?" Alfred bertanya.

BAB 12

E-Z merenungkan pertanyaan Alfred. Alfred tidak tahu apa itu bucket list... dan frasa itu diciptakan pada tahun 2007. Dalam film Nicholson/Freeman dengan judul yang sama. Dia menjelaskan tanpa menjelaskan lebih lanjut.

"Itu ide yang sangat menarik," kata Alfred, sambil menepuk-nepuk bulunya. "Tapi apa gunanya membuat daftar keinginan? Tentunya, kamu akan mengingat apa saja yang benar-benar ingin kamu lakukan?"

"Kau tahu Alfred, aku tidak begitu yakin. Saya kira mungkin ada hubungannya dengan usia. Menjadi tua dan kehilangan ingatan."

"Masuk akal."

Mereka melanjutkan perjalanan dan tiba di rumah. Ketika E-Z mengemudikan mobilnya menaiki tanjakan, Alfred melompat. Angsa itu mengepakkan sayapnya untuk membantu momentum naik. Di atas, saat E-Z membuka pintu, mereka mendengar suara yang tidak mereka kenal.

"Oh tidak, mereka sudah ada di sini!" Alfred berkata.

"Kamu seharusnya memperingatkan saya!" E-Z menjawab, sambil menyimpan tasnya di sebuah pengait di jalan menuju ruang tamu.

"Tentu saja, aku akan melakukannya, jika aku tahu!"

Lia berdiri.

Bagi E-Z, Lia yang berusia sepuluh tahun terlihat sangat berbeda, sampai dia mengangkat telapak tangannya yang terbuka.

Lia menjerit dan berlari ke arah E-Z dan memeluknya erat-erat. Kemudian ia memeluk Alfred dan berkata bahwa ia sangat senang akhirnya bisa bertemu dengannya.

Ibu Lia, Samantha, juga berdiri menyaksikan putrinya memeluk anak laki-laki yang telah menyelamatkan nyawanya. Malaikat/anak laki-laki di kursi roda. Putrinya sempat menyebut nama Alfred, tapi bukan angsa raksasa.

Paman Sam berdiri dan berkata, "Oh, E-Z! Syukurlah kamu sudah pulang!" Dia mendekat ke arah keponakannya. Kemudian dengan canggung menyarankan mereka pergi ke dapur untuk mengambil minuman.

"Kami baik-baik saja," kata Samantha.

Sam bersikeras agar mereka tetap pergi ke dapur.

"Eh," E-Z tergagap. "Saya ingin minum."

Sam menghela napas.

"Jangan merepotkan kami," kata Samantha.

"Sama sekali tidak merepotkan," kata Sam sambil mendorong kursi E-Z ke arah pintu keluar ruang tamu.

"Lia, kamu sangat cantik," kata Alfred, menundukkan kepalanya agar Lia bisa menepuk-nepuknya.

"Terima kasih," kata Lia sambil tersipu malu. Dia melirik ke arah E-Z saat mereka meninggalkan ruangan, tapi

E-Z tidak menyadarinya karena matanya tertuju pada pamannya.

Setelah mereka berada di dapur, Sam memarkir keponakannya. Dia membuka lemari es dan menutupnya kembali. Dia pergi ke lemari, membuka pintunya, dan menutupnya lagi.

"Ada apa?" E-Z bertanya.

"Aku, aku tidak menyangka mereka datang secepat ini dan apa yang dimakan dan diminum oleh orang-orang dari Belanda? Saya rasa saya tidak punya sesuatu yang cocok di rumah. Haruskah saya keluar dan membeli sesuatu yang istimewa?"

"Mereka adalah orang-orang seperti kita, saya yakin mereka akan mencoba apa pun yang Anda miliki. Jangan terlalu dipikirkan."

"Bantu saya di sini, Nak. Makanan apa yang harus kita sajikan? Keju dan biskuit? Sesuatu yang panas, roti isi keju panggang? Kita punya air putih, jus dan minuman ringan."

"Oke, mari kita buat keju dan biskuit untuk saat ini. Kita lihat saja nanti. Dan nampan berisi berbagai macam minuman."

Sam menghela napas dan meletakkan semuanya di atas nampan. "Oh, serbet!" katanya sambil mengeluarkan setumpuk serbet dari laci.

"Sudah siap?" E-Z bertanya.

"Terima kasih, nak," kata Sam sambil mengambil nampan yang penuh dengan makanan dan minuman. Dia berjalan ke ruang tamu dengan keponakannya mengikuti di belakangnya. Sam meletakkan semuanya di atas meja lalu melompat dan berkata, "Piring-piring kecil!"

dan meninggalkan ruangan, dan kembali lagi tak lama kemudian dengan membawa barang-barang tersebut.

E-Z melirik ke arah Lia saat ia meneguk minumannya. Ia masih bisa melihat Lia sebagai seorang gadis kecil, meskipun ia sudah bukan gadis kecil lagi. Rambutnya lebih panjang.

Ibu Lia terlihat lebih tidak nyaman daripada Paman Sam. Ia memainkan biskuit tapi tidak menggigitnya. Ia menggeser-geser gelas minuman ke depan dan ke belakang, tetapi tidak meminumnya. Ia sesekali melirik ke arah Paman Sam, tapi tidak lama. Kemudian menghela napas panjang dan kembali mengutak-atik makanannya.

"Bagaimana penerbangan Anda?" E-Z bertanya.

"Sangat mudah dibandingkan dengan terbang bersamamu," kata Lia. Ia tertawa dan minuman ringannya hampir keluar dari hidungnya. Tak lama kemudian, mereka semua tertawa dan merasa lebih nyaman.

Alfred mengobrol dengan bebas, karena ia tahu bahwa hanya Lia dan E-Z yang bisa memahaminya. "Sekarang kita bersama, The Three. Seperti yang sudah ditakdirkan."

Lia dan E-Z saling bertukar pandang.

Alfred melanjutkan. "Aku terus bertanya-tanya mengapa kita dipertemukan. E-Z kamu bisa menyelamatkan orang dan kamu sangat kuat, ditambah lagi kamu bisa terbang dan begitu juga dengan kursimu. Lia, kekuatanmu ada di depan matamu. Kau bisa membaca pikiran. Dari apa yang E-Z katakan padaku, kamu memiliki kekuatan cahaya dan bisa menghentikan waktu.

"Aku, aku bisa melakukan perjalanan, terbang di angkasa dan terkadang aku bisa mengetahui kapan sesuatu akan terjadi sebelum hal itu terjadi. Saya juga bisa membaca pikiran, tapi tidak setiap saat. Juga, kebanyakan orang menyukai angsa. Ada yang mengatakan kami adalah malaikat. Bahkan ada juga yang percaya bahwa angsa memiliki kekuatan untuk mengubah orang menjadi malaikat. Saya tidak tahu apakah itu benar. Saya sendiri dapat membantu semua makhluk hidup dan bernapas untuk menyembuhkan diri mereka sendiri."

Bagian terakhir adalah hal yang baru bagi E-Z. Dia ingin tahu lebih banyak.

Alfred menawarkan diri, "Menyerah adalah langkah pertama."

E-Z dan Lia termenung mendengar pengakuan Alfred.

"Apa yang harus kita lakukan sekarang?" Lia bertanya.

"Setiap tim membutuhkan seorang pemimpin, seorang kapten. Saya mencalonkan E-Z," kata Alfred.

"Saya setuju," kata Lia.

Lia dan Alfred mengangkat gelas mereka ke arah E-Z. Paman Sam dan ibu Lia, Samantha, ikut bersulang. Meskipun mereka tidak tahu untuk apa mereka bersulang.

E-Z berterima kasih kepada mereka semua. Namun di dalam hati ia bertanya-tanya bagaimana semua ini akan berjalan. Bagaimana dia akan memimpin seorang gadis kecil dan angsa peniup terompet? Bagaimana dia akan menjaga mereka tetap aman dan terhindar dari bahaya?

Paman Sam dan Samantha menawarkan diri untuk membersihkan diri, sementara ketiganya kembali ke ruang tamu.

"Ini akan menjadi kesempatan yang baik bagi mereka untuk mengenal satu sama lain," kata Alfred.

"Ya, ibu tidak pernah segugup ini sebelumnya. Dengan pekerjaannya, dia bertemu banyak orang dan dia berbicara dengan mereka, bahkan dengan orang yang tidak dikenalnya, seolah-olah dia selalu mengenal mereka. Saya pikir itu adalah salah satu rahasia kesuksesannya. Namun dengan Sam, dia sangat pendiam dan gelisah."

"Mungkin karena jetlag," E-Z menyarankan.

Alfred tertawa. "Tidak, mereka tertarik satu sama lain. Kalian berdua masih terlalu muda untuk menyadarinya, tapi ada getaran di udara."

"Benarkah, ibuku naksir Sam?"

"Paman Sam juga canggung- tapi dia tidak bertemu banyak gadis akhir-akhir ini karena dia bekerja dari rumah dan menghabiskan sebagian besar waktunya untuk membantuku. Saya pilih, kita ganti topik pembicaraan."

"Aku juga," kata Lia.

"Kalian berdua tidak menyenangkan."

"Kurasa mungkin sudah saatnya kita memanggil Eriel," kata E-Z. "Dia pasti orang yang mempertemukan kita semua. Kita harus dilibatkan dalam rencananya. Untuk mengetahui apa yang akan diharapkan dari kita dan kapan."

"Siapa Eriel?" Lia bertanya. "Aku ingat kau pernah bertanya padaku apakah aku mengenalnya."

"Dia adalah seorang Malaikat Agung dan dia telah mendampingi ujian-ujianku. Setidaknya, beberapa yang terakhir."

"Malaikatku, yang telah memberiku karunia untuk melihat dengan tangan, bernama Haniel. Dia adalah seorang malaikat agung juga. Dia adalah pemelihara bumi."

Hal ini mengejutkan E-Z. Jika mereka semua bekerja untuk malaikat mereka sendiri, lalu mengapa mereka dipertemukan? Apakah salah satu malaikat lebih berkuasa dari yang lain? Siapakah malaikat yang menjadi pemimpin? Siapa yang menjawab kepada siapa?

"Aku ingin tahu apa yang sedang terjadi," kata Alfred.

"Yang saya tahu," kata Lia, "setelah kecelakaan itu saya ditanya apakah saya akan menjadi salah satu dari ketiganya. Dan sekarang, voila, di sinilah kita."

Paman Sam dan Samantha masuk ke dalam ruangan. Mereka mengobrol beberapa saat sampai Samantha yang lelah karena penerbangan pergi ke kamarnya. Paman Sam juga masuk ke kamarnya.

"Ayo ke kamarku dan kita ngobrol," kata E-Z.

Lia dan Alfred pun mengikutinya. Setelah beberapa jam berdiskusi, ketiganya menyadari bahwa mereka memiliki banyak pertanyaan namun hanya sedikit jawaban. Lia pergi ke kamarnya yang ia tempati bersama ibunya. Alfred tidur di tepi tempat tidur E-Z. E-Z mendengkur. Besok adalah hari yang lain - mereka akan mencari tahu semuanya nanti.

BAB 13

Keesokan paginya Lia membawa mangkuk-mangkuk sereal ke kebun belakang. Matahari terbit di langit, hari itu tidak berawan dan mendekati pukul 10.00. Alfred mengunyah rumput di dekat jalan setapak.

Lia memberikan mangkuknya kepada E-Z, lalu duduk di bawah payung di teras dan mengambil sesendok Cornflakes.

"Cornflake Amerika Utara rasanya berbeda dengan yang kita makan di Belanda."

"Apa bedanya?" E-Z bertanya.

"Semua yang ada di sini rasanya lebih manis."

"Saya dengar mereka menggunakan resep yang berbeda di berbagai negara. Apakah Anda ingin yang lain?" Dia menolak dengan menggelengkan kepala. "Aku tidak bisa tidur semalam," kata E-Z sambil mengambil sesendok Captain Crunch.

"Maaf, apa aku terlalu banyak mendengkur?" Alfred bertanya sambil mendorong wajahnya ke rumput yang berembun.

"Tidak, kamu baik-baik saja. Aku sedang banyak pikiran. Maksudku, kita semua di sini. Ketiganya - dan aku belum pernah melakukan percobaan selama ini... Sejak Hadz dan Reiki diturunkan, saya tidak tahu apa yang terjadi. Setelah pertarungan terakhir dengan Eriel - yang saya menangkan - saya belum mendengar kabar dari Eriel. Hal itu membuat saya gugup. Bertanya-tanya apa yang dia impikan untuk membuat hidupku sengsara."

Alfred berjalan lebih jauh di taman, saat seekor unicorn mendarat di rumput.

"Siap melayanimu," kata Dorrit Kecil.

Unicorn itu mendekat ke arah Lia, sementara ia berdiri dan mencium keningnya.

Di atas mereka, sebuah garis biru dari tulisan di langit dimulai. Tulisan itu mengeja kata-kata:

FOLLOW ME.

Kursi E-Z terangkat, "Ayo!" teriaknya.

Dorrit kecil membungkuk, mengizinkan Lia untuk menaikinya.

Alfred mengepakkan sayapnya dan bergabung dengan yang lain.

"Ada yang tahu kemana tujuan kita?" Alfred bertanya.

"Yang aku tahu kita harus bergegas! Getarannya semakin meningkat jadi kita harus segera sampai."

"Lihatlah ke depan," teriak Lia. "Sepertinya kita dibutuhkan di taman hiburan."

Dengan segera, jelas bagi E-Z bagaimana mereka dibutuhkan. Roller coaster telah tergelincir. Gerbong-gerbongnya bergelantungan setengah di atas dan setengah di luar rel. Dan para penumpang dari segala usia berteriak-teriak. Seorang anak bergelantungan dengan kaki di sisi kereta sehingga jelas ia akan jatuh lebih dulu.

"Kita ambil anak itu," kata Lia sambil beranjak pergi. Dia dan Dorrit kecil langsung menuju anak itu. Dia melepaskan diri, menjatuhkan diri, dan mendarat dengan selamat di depan Lia di atas unicorn.

"Terima kasih," kata anak itu. "Apakah ini benar-benar unicorn, atau aku sedang bermimpi?"

"Benar-benar nyata," kata Lia. "Namanya Dorrit Kecil."

"Ibuku punya buku dengan nama itu. Aku rasa itu karya Charles Dickens."

"Benar," kata Lia.

"Apakah ada unicorn di Little Dorrit? Jika ya, aku harus membacanya!"

"Aku tidak tahu pasti," kata Lia. "Tapi kalau kamu sudah tahu, beritahu aku."

E-Z meraih mobil-mobil yang menggantung itu satu per satu. Butuh beberapa usaha untuk menyeimbangkannya, awalnya agak mirip seperti slinky yang miring ke satu arah. Namun pengalamannya dengan pesawat terbang membantu dan menginspirasinya saat dia mengangkat gerbong-gerbong tersebut kembali ke rel. Dia menahan gerbong-gerbong itu dengan stabil sampai semua penumpang berada di dalam dengan aman.

Berkat bantuan Alfred, proses ini berjalan lancar. Alfred, dengan menggunakan sayap, paruh, dan ukuran tubuhnya yang besar, mampu mengangkat mereka ke tempat yang aman.

"Apa semuanya baik-baik saja?" E-Z berseru yang disambut tepuk tangan meriah dari semua penumpang.

Tugasnya selesai dengan sukses, Alfred terbang ke tempat Lia dan yang lainnya berada. Itu adalah lokasi yang sangat baik untuk mengamati.

"Apakah kita boleh menurunkan anak itu sekarang?" Lia bertanya.

E-Z mengacungkan jempolnya.

Di bawah, sebuah derek telah didatangkan untuk diangkat ke atas untuk melakukan penyelamatan. Saat itu masih belum siap. Dia melihat para pekerja bergegas dengan helm kuning mereka.

E-Z bersiul kepada orang yang mengoperasikan roller-coaster untuk menyalakannya.

Operator roller-coaster menyalakan kembali mesinnya. Awalnya gerbong-gerbong melaju sedikit ke depan, lalu berhenti. Para penumpang berteriak, takut akan tergelincir lagi. Beberapa memegangi leher mereka, yang telah terguncang pada kejadian sebelumnya.

E-Z memposisikan kursi rodanya di bagian depan gerbong-gerbong tersebut untuk mengamati posisi mereka yang tidak berubah. Dia melihat angin semakin kencang, karena rambut para penumpang tersapu di dalam mobil. Seorang pria tua kehilangan topi baseball LA Dodgers miliknya. Semua orang menyaksikan topi itu jatuh ke tanah.

"Coba lagi," teriak E-Z, berharap yang terbaik tapi memikirkan Rencana B untuk berjaga-jaga.

Operator memutar kembali mesinnya. Sekali lagi, roller-coaster bergerak maju. Kali ini sedikit lebih jauh, tapi kembali berhenti.

E-Z meneriakkan perintah kepada Little Dorrit, "Tolong letakkan Lia di tanah. Lalu ambil rantai dengan pengait di kedua ujungnya, dan bawa ke arahku."

Unicorn itu mengangguk, diikuti dengan suara "ooh" dan "ahh" dari kerumunan orang yang berkumpul di bawah.

Seorang pria mencoba meraihnya dan menumpang, dia mendorong pria itu dengan hidungnya dan polisi bergerak untuk menutup area tersebut.

"Ini!" kata seorang pekerja konstruksi. Dia telah mendengar apa yang diminta oleh E-Z. Dia memasukkan sebagian rantai ke dalam mulut Dorrit kecil dan melingkarkan sisanya di lehernya.

"Tidak terlalu berat?" tanyanya, saat Dorrit Kecil lepas landas tanpa masalah dan terbang ke tempat Alfred menunggu di sisi E-Z.

Alfred menggunakan paruhnya, memasang pengait ke bagian depan mobil roller-coaster. Dia mengencangkannya pada tempatnya dan memasangkannya ke kursi roda E-Z.

"Tolong tetap duduk," pinta E-Z. "Saya akan menurunkan Anda, perlahan tapi pasti. Cobalah untuk tidak bergeser terlalu banyak, saya ingin beban ditempatkan secara konsisten. Pada hitungan ketiga, ayo kita mulai," katanya. "Satu, dua, tiga." Dia menarik gas, mengerahkan seluruh kemampuannya, dan mobil pun meluncur bersamanya. Turun itu mudah, saat naik, dia harus memastikan kereta tidak menambah kecepatan terlalu banyak dan terlepas lagi. Dorrit kecil dan Alfred terbang di samping mobil, siap untuk bertindak jika ada yang tidak beres.

Lia sangat takut, gugup, dan bersemangat.

"Kamu pasti bisa, E-Z!" teriaknya, lupa bahwa dia bisa mengucapkan kata-kata di kepalanya, dan Dorrit bisa mendengarnya.

"Terima kasih," katanya, sambil menjaga kecepatannya tetap pelan dan stabil. Meskipun E-Z lelah, dia harus menyelesaikan tugas yang ada. Saat mobil berbelok di tikungan dan berhenti, ia kembali masuk ke dalam terowongan. Kembali ke tempat di mana perjalanannya pertama kali dimulai.

"Terima kasih!" operator memanggil.

Petugas pemadam kebakaran, paramedis, dan perawat bersiap-siap untuk menghadapi serbuan penumpang. Turun pada saat yang bersamaan.

"E-Z! E-Z! E-Z!" teriak para penumpang, dengan telepon genggam terangkat untuk merekam seluruh kejadian.

"Apakah kita punya waktu untuk membeli permen?" Lia bertanya.

"Dan jagung karamel?" Alfred berkata. "Saya tidak yakin apakah saya akan menyukainya, tapi saya bersedia mencobanya!"

"Tentu," kata E-Z, "Aku akan membelikan keduanya untuk kalian. Bahkan mungkin aku juga akan membeli Candy Apple."

Ketika dia pergi untuk melakukan pembelian, dia menyadari bahwa para wartawan telah tiba. Mereka berkumpul di sekitar seseorang yang sangat tinggi dengan rambut hitam legam. Pria itu memegang sebuah topi di depannya dan mirip dengan Abraham Lincoln. Setelah melihat lebih dekat, dia menyadari bahwa itu adalah Eriel yang sedang menyamar. Dia mendekat untuk mendengarkan.

"Ya, saya adalah orang yang menyatukan trio yang dinamis ini. Pemimpinnya adalah E-Z Dickens dan dia berusia tiga belas tahun dan seorang superstar. Selain menjadi anggota yang paling berpengalaman dari The Three, dia adalah pemimpinnya. Seperti yang pasti Anda ketahui, dia bisa mengatur hampir semua hal. Dia anak yang hebat!"

E-Z bisa merasakan pipinya memanas.

"Bagaimana dengan gadis dan unicorn itu?" seorang reporter berseru.

"Namanya Lia, dan ini adalah pengalaman pertamanya di dunia superhero. Unicorn-nya bernama Little Dorrit, dan mereka berdua adalah tim yang luar biasa. Dia menyelamatkan anak itu," dia meraih anak itu. Dia menempatkannya di depan dan di tengah-tengah kamera.

Ketika semua mata tertuju padanya, dia menyelesaikan kalimatnya. "Dengan mudah. Lia dan Dorrit kecil adalah tambahan yang luar biasa untuk tim, dan mereka akan sangat membantu E-Z dalam semua usahanya di masa depan."

"Bagaimana rasanya?" tanya seorang reporter kepada anak itu.

"Lia sangat baik," kata anak laki-laki itu.

Sosok gelap itu mendorong anak laki-laki itu pergi. Dia membersihkan dirinya sendiri.

"Angsa peniup terompet itu bernama Alfred. Ini adalah kesempatan pertamanya untuk membantu E-Z. Dia dengan berani menempatkan dirinya dalam risiko. Alfred adalah anggota luar biasa lainnya dari tim superhero The Three. Anda akan melihat banyak dari mereka di masa depan." Dia ragu-ragu, "Oh, dan nama saya Eriel, kalau-kalau Anda ingin mengutip saya dalam artikel Anda."

Sekarang E-Z berharap dia tidak setuju untuk mengumpulkan hadiah karnaval. Dia meringkuk, menyingkir ke samping, berharap tidak ketahuan.

"Itu dia!" teriak seseorang.

Orang-orang lain yang berada di antrean di belakangnya, mendorongnya ke depan antrean.

"Ada di rumah," kata penjualnya, sambil menyerahkan satu dari semuanya.

"Terima kasih," katanya, sambil beranjak pergi.

"Itu dia! Anak laki-laki di kursi roda! Pahlawan kita!" teriak seseorang dari bawahnya.

"Itu dia, ambil fotonya."

"Ayo kembali untuk selfie!"

E-Z melirik ke arah tempat Eriel berada, tapi sekarang dia sudah terlihat, tidak ada yang tertarik padanya. Hal berikutnya yang dia tahu, Eriel sudah pergi.

"Ayo kita pergi dari sini!" E-Z berseru, bertanya-tanya ke mana mereka harus pergi. Jika mereka pergi ke rumahnya, kemungkinan besar para wartawan dan penggemar akan mengikuti. Di satu sisi, dia merindukan hari-hari ketika Hadz dan Reiki menghapus pikiran semua orang yang terlibat - tentu saja hal yang tidak rumit.

Dalam perjalanan pulang, E-Z tidak dapat menahan diri untuk tidak bertanya-tanya apa yang sedang dilakukan Eriel. Lagipula, tidak ada seorang pun yang seharusnya tahu tentang cobaan yang dialaminya. Hal itu sangat aneh - tetapi dia terlalu lelah untuk membicarakannya dengan teman-temannya. Sebaliknya, dia bertanya-tanya mengapa tidak lagi penting untuk menyembunyikan cobaannya - dan bagaimana hal itu akan mengubah keadaan. Untunglah sayapnya tidak terbakar lagi, dan kursinya sepertinya tidak tertarik untuk meminum darah.

"Nah, itu cukup mudah," kata Alfred.

Lia tertawa, "Dan itu cukup menyenangkan, melihatmu beraksi E-Z."

"Hei, bagaimana denganku, aku juga ikut membantu!"

"Tentu saja," kata E-Z. "Dan Dorrit kecil, terima kasih! Aku tidak akan bisa melakukannya tanpamu!"

Dorrit kecil tertawa. "Senang bisa membantu."

"Kamu luar biasa!" Kata Lia sambil mengelus-elus lehernya.

Tapi ada sesuatu yang mengganggu mereka. Jelas sekali, E-Z bisa melakukan semuanya sendiri. Dia tidak membutuhkan bantuan.

Alfred terutama merasa, sebagai angsa peniup terompet, dia melakukan semua yang dia bisa. Tapi dia tidak banyak membantu dalam penyelamatan semacam ini. Tidak seperti seseorang yang memiliki tangan yang bisa membantu. Dia telah mengerahkan upaya terbaiknya, tetapi apakah itu cukup? Apakah dia pilihan terbaik untuk menjadi anggota The Three?

Lia berpikir bahwa Dorrit Kecil bisa saja mendarat di bawah bocah itu dan menyelamatkannya tanpa dia berada di punggungnya. Unicorn itu pintar dan bisa saja mengikuti petunjuk dan instruksi E-Z. Dia merasa sudah jauh-jauh datang ke sini, dan untuk apa? Itu tidak masuk akal.

Mereka pun kembali ke rumah lagi. Meskipun mereka telah mencapai sesuatu yang luar biasa bersama, semangat mereka tetap rendah.

Dorrit kecil pergi dan pergi ke tempat tinggalnya ketika dia tidak dibutuhkan.

E-Z segera pergi ke kantornya dan mengerjakan sedikit pekerjaan pada bukunya. Dia ingin memperbarui daftar uji coba untuk mengetahui di mana dia berada. Dia memutuskan untuk mengetikkan semuanya lagi dari awal:

1/ menyelamatkan gadis kecil itu

2/ menyelamatkan pesawat agar tidak jatuh

3/ menghentikan penembak di atap

4/ menghentikan gadis itu di dalam toko

5/ menghentikan penembak di luar rumahnya

6/ berduel dengan Eriel

7. keluar dari peluru itu

8/ menyelamatkan Lia

9/ mengembalikan roller coaster ke jalurnya.

Dia tidak yakin apakah menyelamatkan Paman Sam adalah sebuah cobaan atau bukan. Hadz dan Reiki telah menghapus pikirannya. Firasat E-Z mengatakan bahwa menyelamatkan Paman Sam bukanlah sebuah cobaan.

Dia duduk kembali di kursinya. Memikirkan tenggat waktunya yang semakin dekat. Dia harus menyelesaikan tiga uji coba lagi dalam waktu yang terbatas. Di satu sisi, dia ingin menyelesaikannya, segera. Di sisi lain, menyelesaikan komitmennya membuatnya takut.

Sementara itu, Alfred memutuskan untuk berenang di danau.

Sementara itu, Lia dan ibunya pergi berjalan-jalan.

$$* * *$$

"O, seperti apa rasanya?" Samantha bertanya.

"Sangat menyenangkan sekaligus menakutkan. E-Z sangat luar biasa. Tak kenal takut," Lia menjelaskan.

"Dan apa kontribusimu?"

Mereka berbelok di tikungan dan duduk bersama di bangku taman. Anak-anak bermain, berlari-lari dan berteriak-teriak. Ibu dan anak itu ingat bagaimana Lia biasa bermain seperti ini, tanpa beban, ketika ia berusia tujuh tahun. Sekarang setelah ia berusia sepuluh tahun, minatnya untuk bermain sudah sangat menurun.

"Apakah kamu, merindukannya?" Samantha bertanya.

Lia tersenyum. "Kamu selalu tahu apa yang aku pikirkan. Sebenarnya tidak, tapi suatu hari nanti, aku ingin mencoba menari lagi. Untuk melihat bagaimana dan apakah saya bisa menyesuaikan diri."

Mereka duduk bersama sambil menonton, tanpa mengatakan apa pun.

"Mengenai kontribusiku, seorang anak laki-laki bergelantungan di mobil dan tanpa bantuan Dorrit kecil, mungkin dia akan jatuh."

"Mungkin?"

"Ya, saya pikir E-Z akan menyelamatkannya, lalu mengatur sisanya, jika kami tidak ada di sana. Dia sudah terbiasa melakukan uji coba sendiri."

"Menurutmu, kamu atau Alfred tidak dibutuhkan?"

"Keberadaan kami di sana untuk memberikan dukungan moral sangat membantu, entahlah. Para malaikat agung telah bersusah payah mengumpulkan kami. Menerbangkan kami jauh-jauh dari Belanda, rumah kami. Padahal, berdasarkan persidangan ini, saya rasa kami tidak perlu datang."

Samantha menggenggam tangan putrinya dan mereka bangkit dari bangku cadangan dan kembali ke rumah.

"Saya pikir memiliki tim, cadangan, adalah hal yang baik dan saya yakin E-Z tahu dan menghargainya. Dia bukan tipe anak yang suka menyendiri. Dia bermain bisbol, masih bermain bisbol dari apa yang dikatakan Sam kepada saya. Ia tahu bahwa tim harus bekerja sama dengan baik, membangun kekuatan masing-masing pemain. Mengenai dirimu, saya tidak khawatir bahwa kamu bukanlah faktor yang paling penting dalam uji coba ini. Dan jangan pernah meremehkan kemampuanmu."

"Terima kasih, Bu," kata Lia, saat mereka berbelok di tikungan menuju jalan. "Sekarang, mari kita bicarakan tentang Sam. Kamu benar-benar menyukainya, kan?"

Samantha tersenyum tetapi tidak menjawab.

✳✳✳

Padasaat yang sama, Sam sedang mengecek E-Z. "Apakah semuanya baik-baik saja?" tanyanya sambil menengok ke ruang kerja keponakannya.

"Saya tidak yakin. Bisakah kita bicara?"

"Tentu saja, nak."

"Tolong tutup pintunya."

"Ada apa? Bukankah uji coba tim utama berjalan dengan baik?"

"Pertama, aku ingin bertanya padamu, apa yang terjadi denganmu dan Ibu Lia?"

Sam mengacak-acak kakinya dan membersihkan kacamatanya. "Jangan jadikan ini tentang aku dan Samantha. Itu urusan kami berdua."

"Oh, jadi, ada AS, ya?" dia menyeringai.

"Ganti topik pembicaraan," kata Sam.

"Baiklah kalau begitu, terserah apa katamu. Mengenai persidangannya berjalan dengan baik, dan jangan berpikiran buruk tentang saya. Aku mengatakan ini bukan karena aku besar kepala, tapi aku bisa menyelesaikannya tanpa yang lain."

"Ceritakan apa yang sebenarnya terjadi. Apa tugasmu? Dan harus saya katakan, ini mengejutkan saya, karena Anda selalu menjadi pemain tim."

"Aku tahu. Itu juga yang mengiganggguku. Itu terjadi di taman hiburan. Sebuah roller-coaster keluar dari jalurnya. Bagian depannya menggantung di tepi dan para penumpang tumpah ruah. Hanya satu yang berada dalam bahaya - seorang anak yang berhasil ditangkap Lia dengan bantuan Dorrit si unicorn."

"Sepertinya penyelamatan itu sangat membantu."

"Ya, karena anak itu sedang dalam bahaya, tapi saya ada di sana dan bisa menyelamatkannya. Kemudian mengembalikan kereta ke jalurnya dan membantu yang lain di dalamnya. Rasanya seperti waktu berhenti bagi saya - jadi, saya dengan mudah bisa menyelesaikan situasi ini tanpa bantuan siapa pun."

"Sepertinya Alfred, tidak banyak berguna bagimu. Apakah Anda menyimpulkan, Anda bisa melakukannya tanpa dia?"

E-Z mengusap-usapkan jari-jarinya ke bagian tengah rambutnya yang gelap. Perasaan yang menggebu-gebu entah bagaimana membuatnya menghilangkan stres.

"Alfred membantu. Tapi aku mencari cara agar dia bisa membantu. Dia berusaha sangat keras. Kami sangat ingin membantu, tetapi sejujurnya, dia cukup pintar untuk mengetahui bahwa saya bekerja untuknya. Jadi, dia bisa membantu, dan saya tidak merasa senang dengan hal itu."

"Itulah yang dilakukan oleh para pemain tim. Mereka saling menjaga satu sama lain. Saling membantu satu sama lain."

"Saya tahu, tetapi ketika ada nyawa yang dipertaruhkan, terserah saya untuk memastikan tidak ada yang mati. Jika saya mencari tugas untuk yang lain agar mereka merasa dibutuhkan, itu akan menjadi sebuah hambatan, bukan bantuan." Dia menghela napas panjang, mengetuk-ngetukkan jari-jarinya di atas keyboard. Karena malu, ia menghindari kontak mata dengan pamannya.

Setelah beberapa menit terdiam, E-Z kembali mengerjakan bukunya dan membiarkan pamannya memikirkannya. Dia membaca detail kejadian hari itu.

Sambil dia menanyai diri sendiri. Memecah segalanya. Membongkar dan menyusunnya kembali, dia mendapatkan sebuah wahyu. Ini adalah sesuatu yang belum pernah dia lakukan sebelumnya. Dia bisa mendiskusikan masalah ini dengan timnya. Mereka dapat memberi tahu dia bagaimana dia melakukannya, memberikan saran agar dia dapat meningkatkannya. Ya, ada banyak keuntungan menjadi salah satu dari ketiganya. Ia merasa santai dan lebih bahagia dengan pengetahuan ini.

"Saya pikir Anda harus memberikan situasi tim ini lebih banyak waktu sebelum Anda memutuskan sesuatu. Pasti bermanfaat bagi Anda untuk mengetahui bahwa mereka masing-masing memiliki kekuatan khusus, untuk membantu Anda. Dalam situasi ini, kemampuan Anda berada di garis depan. Bukan berarti akan selalu seperti ini. Banyak hal bisa berubah untuk tugas berikutnya. Segala sesuatu terjadi karena suatu alasan."

"Anda berpikir dengan cara yang sama seperti saya sekarang. Segalanya akan selalu lebih baik jika Anda tidak harus menghadapinya sendirian. Kamu telah mengajari saya hal itu."

"Ada orang lain di rumah ini yang kelaparan?" Alfred memanggil sambil berjalan di sepanjang koridor.

E-Z mendorong kursinya ke belakang dan menjawab, "Aku!"

Sam berkata, "Kamu apa?"

"Oh, Alfred bertanya apakah ada yang lapar."

"Aku juga!" Sam memanggil.

"Aku juga," kata Lia. "Mau makan malam apa?"

Samantha menyarankan mereka memesan pizza. Semua orang bersorak, kecuali Alfred. Dia bukan penggemar keju berserat.

Mereka menghabiskan malam itu bersama, mengisi perut dan menonton serial tentang zombie.

"Ini tidak terlalu menakutkan bagimu, kan, Lia?" E-Z bertanya,

"Terlalu menakutkan bagiku!" Samantha menjawab. Sam merangkulnya, sementara Lia cekikikan dan menggenggam tangan ibunya.

BAB 14

Keesokan paginya, Alfred terbangun dengan teriakan. Jika Anda belum pernah mendengar jeritan angsa, maka Anda beruntung. Suaranya sangat keras, membangunkan semua orang.

E-Z mencoba menenangkan Alfred. Angsa itu hanya mengepakkan sayapnya lebih banyak dan mengeluarkan suara yang mengerikan. Ia seperti sedang disiksa. Entah itu atau dunia akan kiamat!

Paman Sam tiba untuk memeriksa apa yang terjadi.

"Ini Alfred, tapi jangan khawatir. Aku bisa mengatasinya," kata E-Z.

Tak lama kemudian, Lia dan Samantha datang untuk menyelidiki. Lia membujuk Samantha untuk kembali tidur.

Lia tetap tinggal, untuk membantu E-Z menghibur Alfred. Yang segera pergi ke jendela, membukanya dengan paruhnya dan terbang ke malam hari.

Di atas mereka, E-Z dan Lia mendengarkan suara kaki berselaput Alfred yang menginjak atap.

"Apa yang kalian tunggu!" teriaknya. "Kita harus pergi - SEKARANG!"

Lia memanjat keluar jendela dan berdiri menggigil di langkan. Dia menunggu sampai E-Z bisa naik ke kursi rodanya dan mengarahkannya ke posisi melayang.

"Tunggu, saya pikir unicorn itu akhirnya datang," kata Alfred. "Itulah mengapa saya berada di sini. Untuk melihat apakah dia akan datang."

Dorrit kecil mendarat, menaruh hidungnya di bawah Lia dan melemparkannya ke punggungnya.

Mereka pun terbang dengan Alfred yang memimpin.

"Pelan-pelan!" E-Z berteriak. Alfred tidak menghiraukannya. Dia melanjutkan, menambah ketinggian dan kecepatan. Sayap kursi E-Z mulai mengepak seperti halnya sayap malaikatnya. Dia harus bekerja cepat agar Alfred tetap terlihat.

Lia menggigil. "Aku berharap aku membawa sweter."

"Meringkuklah di leherku," kata Dorrit kecil. "Aku akan membuatmu tetap hangat."

E-Z menambah kecepatan, mendekat, lalu menyadari Alfred melambat. Atau begitulah yang dia pikirkan. Namun, dia melihat pemandangan yang tidak akan pernah terhapus dari pikirannya. Alfred membeku di udara, dengan sayap dan kakinya terentang. Seperti dia sedang membuat model sebagai huruf X.

Kemudian seluruh tubuhnya mulai bergetar, yang kemudian berkembang menjadi guncangan. Sepertinya dia seperti tersengat listrik. Dan wajahnya, ekspresi kesakitan yang tak tertahankan, membuat teman-temannya meneteskan air mata.

"Apa yang terjadi padanya?" Lia bertanya. "Aku tidak bisa melihatnya lagi. Aku tidak bisa," isaknya terisak.

"Dia seperti orang yang terkejut. Siapa yang tega melakukan hal seperti itu?" Saat dia mengatakannya, dia tahu. Hanya Eriel yang bisa sekejam ini. Eriel memanggil mereka. Menggunakan teknik penyetruman ini untuk membuat mereka mengikuti teman mereka, Alfred. Hanya saja, bagaimana jika dia tidak selamat dari sengatan listrik? Saat dia mengatakan hal ini, segenggam bulu Alfred terlepas dari tubuhnya dan melayang di udara. Dia berhenti gemetar dan mulai terbang. Di atas bahunya dia berkata, "Ayo, teruskan sebelum dia menabrak saya lagi."

"Apa kamu baik-baik saja?" Lia bertanya.

"Itu adalah yang ketiga, dan setiap kali semakin parah. Kita harus segera sampai di tempat yang mereka inginkan dan cepat. Saya tidak tahu apakah saya bisa melewati yang lain - tidak lebih buruk dari yang terakhir. Itu sangat sulit."

Mereka terbang, mengobrol sambil berjalan.

"Maafkan aku karena membangunkan semua orang," kata Alfred setelah guncangan berhenti.

"Itu bukan salahmu." E-Z berkata. "Aku cukup yakin aku tahu siapa yang salah - dan saat kita bertemu dengannya, aku akan memberinya hukuman."

"Apa maksudmu?" Lia bertanya, meringkuk di leher Dorrit kecil. Saat itu sangat gelap dan dingin; dia tidak bisa berhenti menggigil.

Alfred berkata, "Kita telah dipanggil dengan mengirimkan sengatan listrik ke seluruh tubuhku. Rasanya seperti bulu-bulu saya terbakar dari dalam ke luar. Sangat kasar. Sangat kasar dan selama satu menit, saya pikir saya kembali ke dunia antara dan dunia antara lagi."

Seluruh tubuh angsa bergetar memikirkan hal itu. "Saya akan memberikan hukuman yang setimpal kepada siapa pun yang melakukannya saat saya melihat mereka juga!"

Alfred terus terbang mengikuti yang lain. "Sebelumnya Ariel berbisik di telingaku untuk membangunkanku. Lalu kami membicarakan rencana bersama. Dia bahkan melakukan hal ini saat saya berada di antara keduanya. Dia selalu bersikap lembut dan baik kepada saya. Panggilan ini berbeda."

"Kedengarannya seperti ulah Eriel," E-Z mengakui. "Dia tidak terlalu bijaksana dan dia bisa menjadi sedikit melodramatis dan tidak sensitif. Belum lagi dia memiliki selera humor yang buruk."

"Sedikit melodramatis, bahkan tidak menggores permukaan," kata Alfred.

"Anda harus menceritakan lebih banyak tentang hal ini di sela-sela waktu. Namanya terdengar lucu, tapi saya merasa itu adalah sebuah oksimoron," kata E-Z.

"Saya tidak suka membicarakannya," jawab Alfred.

"Saya sangat menantikan untuk bertemu dengan si Eriel ini. TIDAK." Lia mengaku. "Ini seperti menanti-nanti untuk bertemu Voldemort. Reputasinya sudah mendahului dia."

"Ah, penggemar Harry Potter, kalau begitu?" Alfred berkata.

"Tentu saja," Lia mengakui.

Bintang-bintang di langit di atas memancarkan panas yang luar biasa. Tetap saja, mereka menggigil kedinginan di udara malam.

"Apa kita sudah hampir sampai?" E-Z bertanya.

"Saya tidak tahu pasti," kata Alfred. "Guncangan itu tidak mengatakan ke mana kita dipanggil, dan saya tidak bisa menangkap getaran apa pun di udara. Satu-satunya hal yang menunjukkan bahwa kita tidak melakukan apa yang diharapkan dari kita, adalah guncangan lain. Sayangnya."

"Kami tidak ingin hal itu terjadi. Mari kita tingkatkan kecepatan."

"Sepertinya kita semakin dekat." Alfred berhenti di udara; sayapnya terentang penuh. "Oh tidak!" bisiknya, menunggu guncangan yang baru terjadi. Dia menunggu dan menunggu tapi tidak ada yang terjadi. "Sepertinya kita hampir..."

Tubuh angsa itu tidak hanya bergetar dan gemetar kali ini. Tubuh Alfred berguling-guling berulang kali. Seperti sedang melakukan jungkir balik di langit.

Bulu-bulu rontok beterbangan di sekelilingnya, menari-nari tertiup angin saat angsa itu terjun bebas.

E-Z terbang di bawah angsa terompet dan menangkapnya. "Alfred? Alfred?" Angsa yang malang itu pingsan. "Eriel! Kau! Kau burung nasar berbulu besar!" E-Z berteriak, mengangkat tinjunya ke langit. "Kamu tidak perlu membunuh Alfred. Beritahu kami di mana kau berada, dan kami akan ke sana, tapi hanya jika kau setuju untuk menjatuhkannya dengan muatan listrik. Itu biadab. Dia angsa yang patut dikasihani. Beri dia istirahat."

"Apa yang dia katakan," jawab Lia, dengan telapak tangan terbuka menghadap ke langit.

Untuk beberapa saat, mereka melayang, masih di tempat.

Lalu sebuah guncangan menghantam kursi roda. Lalu menghantam Dorrit, si unicorn. Dan semuanya terjun bebas.

Tawa Eriel memenuhi udara di sekitar mereka. Dunia ini adalah Sensurround-nya, dan dia mengejek The Three seperti tidak ada orang lain yang bisa. Atau yang bisa.

BAB 15

Mereka terus jatuh selama beberapa waktu. Tak satu pun dari mereka yang bisa mengendalikan kekuatan atau atribut khusus mereka.

Mereka setengah berharap tubuh mereka akan berceceran di trotoar di bawah. Trotoar itu naik menyambut mereka.

Tiba-tiba, penurunan itu berakhir. Mereka semua seperti terikat pada seorang dalang yang tak terlihat.

Setelah beberapa detik, gerakan dimulai kembali, tetapi kali ini gerakannya lembut.

Menuntun mereka, hingga mereka dapat dengan aman dijatuhkan di kaki Eriel, Ariel dan Haniel, para malaikat agung.

"Semoga perjalanan kalian menyenangkan?" Eriel bertanya. Dia berteriak sambil tertawa. Teman-temannya memandang tanpa tertawa atau berbicara.

Alfred, yang kini sudah bangun, terbang dan mendarat, diikuti oleh Dorrit si Unicorn Kecil yang menggendong Lia.

Unicorn itu membungkuk kepada para tamu lainnya, lalu mundur ke sisi jauh ruangan.

Eriel, yang paling tinggi di antara ketiga unicorn lainnya, berdiri dengan tangan di pinggulnya, memastikan bahwa tidak ada pertanyaan tentang siapa yang memimpin.

Ariel sebaliknya, seperti peri.

Haniel tampak seperti patung, memancarkan keindahan.

Eriel melangkah maju, terangkat dari tanah sehingga dia berada di atas mereka. Dia berteriak, "Kalian membutuhkan waktu yang cukup lama untuk sampai ke sini! Kelak saat aku memerintahkan kehadiranmu, kamu akan berada di sini dengan tubuh terbelah!"

Haniel terbang lebih dekat ke arah Alfred. Dia menyentuh keningnya. Dia kemudian berbalik ke E-Z dan melakukan hal yang sama. Dia tersenyum. "Senang bertemu kalian berdua." Dia menoleh ke arah Lia. Lia membuka telapak tangannya dan keduanya saling bertukar sentuhan telapak tangan. Lia menjatuhkan dirinya ke dalam pelukan Haniel. Haniel melingkarkan sayapnya di sekeliling Lia, memandangi penampilan gadis yang baru berusia sepuluh tahun itu.

Ariel terbang mendekati E-Z. Dia mengedipkan mata padanya dan tersenyum pada Lia. Dia terbang ke arah Alfred dan membebaskannya dari rasa sakit.

"Cukup ributnya!" Eriel memerintah dengan suara menggelegar sehingga E-Z takut dia akan menaikkan atap.

"Tunggu sebentar," kata Alfred, berjalan dengan suara kakinya yang berselaput mengepak di lantai beton. "Aku hampir tersengat listrik, dan aku ingin minta maaf."

Eriel membuka sayapnya lebar-lebar, lebih lebar, selebar yang mereka bisa. Dia melayang di atas Alfred yang menggigil tapi tetap berdiri tegak. Mata mereka saling bertatapan.

E-Z merasa bahwa Alfred si angsa peniup trompet sangat berani atau sangat bodoh. Yang mana pun itu, dia membutuhkan bantuan.

E-Z berguling ke depan, menempatkan kursinya di antara mereka. "Yang sudah terjadi ya sudah terjadi." Dia berkata pada Alfred, "Mundur." Alfred melakukannya. Kemudian kepada Eriel, "Aku tahu kau adalah pengganggu dan apa yang kau lakukan pada teman kita tidak bisa dimaafkan dan kejam. Ini tengah malam, jadi langsung saja ke intinya - beritahu kami mengapa kita di sini? Apa keadaan darurat yang besar?"

Eriel mendarat dan sayapnya terlipat di belakang tubuhnya. Dia berteriak, "Usahaku untuk menghubungimu secara pribadi, anak didikku, tidak terjawab. Apa pun yang kulakukan, dengkuranmu membuatmu tidak bisa bangun. Saya mengirim Haniel untuk membangunkan Lia, tetapi dia tidak dapat membangunkannya tanpa mengganggu ibunya yang sedang tidur di sebelahnya. Oleh karena itu, kami memanggil Alfred yang juga tidak merespons selama beberapa waktu. Mentornya mencoba mendekatinya, dengan cara yang biasa dilakukannya - tetapi bisikannya tidak cukup kuat untuk membangunkannya."

"Saya mengkhawatirkanmu," kata Ariel.

"Maafkan aku," kata Alfred. "Tempat tidur E-Z sangat nyaman, dan dia mendengkur cukup keras. Sudah lama sekali aku tidak tidur di tempat tidur yang sebenarnya lagi."

"DIAM!" Eriel memekik.

Alfred melangkah mundur, sedangkan E-Z menggeser kursinya lebih dekat ke makhluk itu.

Eriel merendahkan suaranya. "Haniel mengira kau sudah mati, angsa. Dan karena itu aku, menggunakan kesempatan ini untuk menilai teknologi terbaru kita."

"Ini belum pernah dilakukan pada manusia sebelumnya," Haniel mengakui.

"Kami pikir akan lebih baik jika kami mencobanya pada seseorang yang bukan manusia - Alfred, kau cocok dan berhasil. Benar, kalian semua terlambat datang, tapi kalian sampai di sini. Seperti kata pepatah, lebih baik terlambat daripada tidak sama sekali."

"Anda menggunakan saya sebagai kelinci percobaan?" Alfred berkata, mengayunkan lehernya ke depan dan ke belakang dengan paruhnya terbuka lebar dan maju melintasi lantai.

E-Z sekali lagi memposisikan kursi rodanya di antara mereka. "Mundur," katanya kepada Alfred.

Eriel, Haniel dan Ariel membentuk setengah lingkaran mengelilingi ketiganya.

"Kau benar E-Z. Yang sudah terjadi ya sudah terjadi. Lebih baik mereka mencobanya padaku, daripada pada kalian berdua. Sekarang lanjutkan saja," pinta Alfred.

"Ya, Eriel," kata E-Z, "sekali lagi saya bertanya, mengapa kita di sini?"

"Pertama-tama," teriak sang malaikat agung, "rencananya adalah kalian bertiga akan membentuk sebuah trio."

"Kami sudah mengetahuinya sendiri," kata Lia. Dia membuka telapak tangannya sehingga dia dapat melihat ketiga malaikat agung itu secara bersamaan. Dia juga melihat ke sekeliling ruangan dari waktu ke waktu untuk melihat sekeliling mereka. Ruangan itu terlihat familiar, dengan dinding logam seperti ruangan tempat dia pertama kali bertemu E-Z. Hanya saja jauh lebih luas.

E-Z melihat sekeliling dan menatap Lia. Dia juga memikirkan hal yang sama. Semakin dia melihat ke arah dinding-dinding itu, semakin dinding-dinding itu tampak semakin menutup dirinya. Dia merasa kedinginan dan sesak meskipun ruangan itu sangat luas. Dia berharap kursi rodanya memiliki tombol seperti di beberapa mobil yang dapat menghangatkan kursinya.

"Diam!" Eriel berteriak. Karena semua diam, sepertinya tidak pada tempatnya. Tentu saja, mereka tidak mempertimbangkan bahwa ia juga bisa membaca pikiran mereka.

Alfred tertawa.

Eriel menutup jarak di antara mereka, dan Alfred mundur. Eriel menutup jarak lagi. Begitu seterusnya hingga Alfred terpojok ke dinding. Alfred terbang. Eriel mengangkatnya dengan kakinya yang seperti cakar. Mengangkatnya di atas yang lain.

"Eriel, kumohon," kata Ariel. "Alfred adalah jiwa yang baik."

Eriel menurunkannya, lalu mengangkat tinjunya. Baut-baut petir keluar dari mereka dan memantul dari langit-langit logam kontainer. Semua orang kecuali Eriel bermain dodgem dengan muatan listrik yang beterbangan. Eriel memperhatikan. Tertawa. Hingga ia bosan dengan hiburan itu.

Kepercayaan diriKetiganyatelah diuji.

Eriel menangkap petir yang melayang-layang. Dia membuat pertunjukan besar tentang hal itu, sambil memasukkannya ke dalam saku.

"Nah, sekarang," katanya sambil menyeringai licik. "Ujian baru akan menghampirimu. Hari ini. Salah satu dari kalian akan mati."

E-Z melesat di kursinya. Alfred berteriak "Hoo-hoo!" tanpa sadar dan Lia menjerit seperti anak kecil.

Eriel melanjutkan, tanpa menghiraukan reaksi mereka. "Kalian di sini untuk memilih. Siapa di antara kalian yang akan mati hari ini? Setelah kalian memilih, saya akan menjelaskan konsekuensi yang akan kalian hadapi karena kematian tersebut." Eriel terbang beberapa meter jauhnya dan dua malaikat lainnya berada di sampingnya, satu di setiap sisi.

Pertama, Ariel menjelaskan tentang kematian Alfred:

"Saya tidak dapat memberitahukan Anda tentang detail apa pun untuk persidangan ini. Yang bisa saya katakan adalah bahwa Alfred, jika kamu meninggal hari ini, kamu tidak akan memenuhi perjanjian kontrakmu. Oleh karena itu, Anda tidak akan bertemu dengan keluarga Anda lagi, tidak sekarang dan tidak akan pernah. Namun, kematianmu akan indah. Karena seperti dalam kehidupan, kematian angsa selalu indah. Megah. Karena ketika angsa mati, ia akan menjadi malaikat. Transformasi Anda akan menjadi awal yang baru bagi Anda. Tujuan Anda adalah untuk kemajuan manusia dan hewan. Anda akan diberi nama baru dan tujuan baru. Anda akan benar-benar dihargai dalam segala hal. Dan jiwamu akan kembali ke tempat peristirahatannya yang abadi."

Air mata mengalir di pipi angsa terompet Alfred. Ariel menghiburnya dengan melingkarkan sayapnya di sekitar sayap angsa itu.

Kedua, Haniel menceritakan kematian Lia:

"Nak, sebentar lagi kamu akan menjadi seorang wanita, seperti Ariel, aku tidak bisa memberitahumu informasi apa pun tentang tugas yang sedang dihadapi. Yang dapat saya katakan kepadamu, Cecelia, yang juga dikenal sebagai Lia, adalah jika kamu mati hari ini, maka kamu tidak akan ada lagi. Dalam bentuk apapun. Kematianmu hanya akan menjadi kematian. Final. Ini akan menjadi seperti saat bola lampu meledak, kau akan mati. Hidupmu yang malang akan berakhir saat itu. Namun Anda berada di sini sekarang, dan Anda memiliki banyak hal untuk ditawarkan kepada dunia. Anda bahkan belum menggores permukaan kekuatan yang tersedia bagi Anda. Namun, jika Anda mati hari ini, kekuatan-kekuatan itu akan tetap tidak terpakai. Anda akan masuk ke dalam tanah, menjadi debu. Hanya menjadi kenangan bagi mereka yang telah mengenal dan mencintai Anda. Namun jiwamu juga akan kembali ke tempat peristirahatannya yang abadi."

Lia menutup kedua tangannya untuk menahan air mata yang jatuh dari kedua tangannya. Air mata itu juga jatuh dari matanya. Mata tuanya. Tubuhnya bergetar ketika ia terisak. Ia terlalu dikuasai emosi untuk berbicara.

Dorrit kecil menghampiri dan menyenggol bahu gadis kecil itu. Haniel pun mencoba menghiburnya dengan mencium keningnya.

Kemudian Eriel mulai menceritakan kisah E-Z:

"E-Z, kamu telah mencapai banyak hal sejak orang tuamu meninggal. Berbagai cobaan telah diberikan kepadamu. Terkadang, tugas-tugas yang tidak dapat diatasi oleh manusia. Namun, kamu telah berhasil mengatasinya. Kau telah menyelamatkan banyak nyawa. Anda tidak mengecewakan saya. Namun, kami merasakannya." Dia ragu-ragu sambil melirik dari satu sisi ke sisi lain. "Saya terutama merasa bahwa Anda telah menggagalkan kekuatan Anda. Kadang-kadang bahkan menyangkalnya. Anda telah menggunakan waktu yang telah kami berikan untuk membuat dunia menjadi tempat yang lebih baik dan menyia-nyiakannya."

E-Z membuka mulutnya untuk berbicara.

"Diam!" Eriel berteriak. "Jangan mencoba membenarkan diri sendiri. Kami telah melihatmu bermain bisbol dan membuang-buang waktu dengan teman-temanmu seolah-olah kamu memiliki seluruh waktu di dunia untuk menyelesaikan tugas-tugasmu. Waktumu sudah habis. Jika kamu mati hari ini, ujianmu tidak akan selesai."

E-Z tahu apa yang akan terjadi selanjutnya, tetapi dia harus menunggu Eriel untuk mengatakannya. Untuk mengucapkan kata-kata itu agar menjadi kenyataan.

Seperti yang dia duga, Eriel belum selesai. "Meninggalkan kami dengan cobaan yang belum selesai, padahal nyawamu telah diselamatkan. Sekarang itu tidak bisa dimaafkan. Jika kau mati hari ini, kau akan kehilangan sayapmu. Itu sebagai permulaan. Cobaan-cobaan yang belum diberikan kepadamu - tidak akan pernah diberikan. Karena hanya kalianlah satu-satunya yang dapat menyelesaikan tugas-tugas itu. Satu-satunya harapan kami.

"Oleh karena itu, mereka yang akan Anda selamatkan tidak akan diselamatkan oleh siapa pun, kapan pun. Mereka akan mati karena Anda. Semua orang yang pernah engkau selamatkan selama masa ujianmu akan mati.

"Seolah-olah Anda tidak pernah ada. Kematian mereka akan menjadi final. Selesai. Tidak ada kesempatan untuk kehidupan setelah kematian bagi mereka. Bahkan mengirim mereka ke alam barzakh pun tidak akan menjadi pilihan. Kematianmu maka E-Z akan mendatangkan malapetaka dan membawa kekacauan ke dunia. Seperti pada hari kau dan aku berduel. Ingat seperti apa dunia pada hari itu? Begitulah keadaan bumi setiap harinya." Eriel membalikkan badannya. Mereka melihat dia merentangkan sayapnya, seperti bersiap untuk pergi.

Semua terdiam. Merenungkan nasib mereka.

Setelah beberapa lama, Eriel memecah keheningan. "Ariel, Haniel dan aku akan meninggalkan kalian untuk saat ini. Kalian bisa berbicara di antara kalian sendiri dan memutuskan. Tapi cepatlah memutuskannya. Kami tidak punya waktu seharian."

Trio malaikat itu menghilang di balik langit-langit.

BAB 16

Setelah para malaikat agung pergi, The Three terlalu terpana untuk mengatakan apapun. Sampai E-Z memecah keheningan.

"Tidak masuk akal bagiku, bagi mereka untuk membawa kita semua ke sini bersama-sama. Bagi mereka untuk menyiksa Alfred. Bawa kami ke sini. Lalu katakan pada kami salah satu dari kami harus mati. Dan kita harus memilih yang mana. Itu biadab - bahkan untuk Eriel."

Lia mondar-mandir dengan tangan terkepal. Ia terlalu marah untuk berbicara, dan ia tidak peduli jika ia menabrak apa pun. Bahkan, ketika ia menabrak sesuatu, ia menendangnya.

Alfred menimpali. "Saya pikir jika ada yang harus mati, itu adalah saya. Kekuatanku sangat terbatas. Kemungkinan besar aku akan berubah menjadi sup angsa mengingat kerumitan cobaan ini. Seperti percobaan terakhir. Aku tahu kau membantuku E-Z. Kau baik sekali, tapi aku tahu aku tidak berguna."

E-Z mencoba menyela, tapi Alfred terus saja berbicara. "Belum lagi, aku mungkin akan menghalangi. Menempatkan salah satu dari kalian dalam bahaya. Aku menjalani kehidupan yang menyedihkan dan kesepian sejak keluargaku direnggut dariku. Suatu hari nanti, kesepian itu terasa luar biasa. Menjadi anggota The Three telah membantu, tetapi...

"Bahkan sebagai angsa, aku bisa memikirkan mereka. Mengingat mereka, mencintai mereka. Hanya dengan mengetahui bahwa mereka mati bersama dan berada di suatu tempat bersama, saya merasa damai. Bahkan jika saya tidak bersama mereka, tapi saya akan bersama mereka hari ini, jika saya yang mati. Aku bersedia mengambil risiko itu. Selain itu, ketika aku pergi, tak seorang pun di dunia ini akan merindukanku."

"Kami akan merindukanmu!" Kata Lia.

"Tentu saja, kami akan merindukanmu!" E-Z setuju, saat dia melintasi lantai, dia melihat sebuah meja yang sebelumnya menyatu dengan dinding. Ia mendekatinya, dan menemukan setumpuk kertas yang ia buka-buka.

"Saya menghargai perasaan Anda," kata Alfred. "Hei, apa yang kamu lakukan, E-Z? Dari mana meja itu berasal?"

Lia mengulurkan kedua tangannya ke depan sehingga ia bisa melihat E-Z dan Alfred secara bersamaan.

E-Z terus membolak-balik halaman. Tak lama kemudian, mereka terbang mengelilingi ruangan. Berputar-putar di udara seperti terjebak dalam angin tornado.

Ketiganya berkumpul bersama dan menyaksikan kesibukan kertas-kertas itu. Lalu tiba-tiba saja mereka jatuh ke trotoar.

Lia mengambil salah satu kertas dan membacanya, sementara E-Z dan Alfred hanya melihat saja.

"Apa ini?" Lia berseru. "Di situ tertulis nama-nama kita. Di situ tertulis cerita-cerita. Kisah-kisah kita. Tentang kematian kita."

"Di sini tertulis bahwa kita sudah mati!" E-Z berkata sambil membaca salah satu koran yang dia ambil.

"Oh," kata Lia, dengan air mata mengalir di pipinya. "Di situ juga tertulis ibuku sudah meninggal, begitu juga dengan Paman Sam-mu."

E-Z menggelengkan kepalanya. "Itu tidak mungkin benar. Itu tidak benar. Mereka mempermainkan kita." Dia melihat sekeliling. Sesuatu di ruangan itu telah berubah. Dindingnya. Dinding-dinding itu kini berwarna merah. "Apakah kita telah pergi ke dimensi lain atau sesuatu? Lihatlah dinding-dindingnya? Apakah kita berada di tempat lain, di mana masa depan sudah menjadi masa lalu?"

Alfred mengambil salah satu halaman yang jatuh. Buku itu menceritakan tentang kematian istrinya, anak-anaknya, dan kematiannya sendiri. Namun, ketika ia melihat dirinya sendiri, merasakan dirinya sendiri, ia masih hidup, dengan bulu-bulu: angsa peniup terompet. "Saya ingin keluar," katanya.

Lia tersenyum. "Maksudmu, keluar dari ruangan ini, atau keluar dari kehidupan ini? Aku juga ingin keluar, maksudku keluar dari wadah logam yang menyeramkan ini, tapi aku tidak ingin mati. Melihat dunia melalui telapak tangan saya terasa aneh sekaligus keren. Bisa membaca pikiran, itu juga keren. Ketika saya menghentikan waktu, itu luar biasa. Bayangkan jika saya bisa memanggil kekuatan itu, seperti jika seseorang dalam bahaya, atau jika ada bencana. Bayangkan berapa banyak nyawa yang bisa diselamatkan?

Dan sekarang saya berusia sepuluh tahun dan siapa yang tahu kekuatan apa lagi yang akan saya miliki."

"Seperti dewa," kata E-Z. "Aku tahu apa yang kamu rasakan, Lia. Itulah yang saya rasakan juga, ketika saya menyelamatkan gadis kecil pertama itu, ketika saya menyelamatkan yang lain dan ketika saya menyelamatkan Anda."

Ketiganya membentuk lingkaran dan bergandengan tangan sambil mengucapkan kata-kata, "Kita punya kekuatan. Tidak ada yang mati hari ini. Tidak peduli apa yang mereka katakan." Mereka berputar-putar, mengucapkan mantra baru mereka. Hingga mereka siap untuk memanggil para malaikat kembali.

BAB 17

Eriel kam als Erster an, mit hochgezogenen Augenbrauen und einer verächtlichen Mundwinkel. Als Nächstes kamen Ariel und Haniel. Die beiden blieben hinter ihm im Schatten seiner riesigen Flügel. Eriel verschränkte die Arme, während die beiden anderen Erzengel näher kamen. Sie schwebten auf gegenüberliegenden Seiten seiner Schultern.

„Wir haben beschlossen", sagte E-Z. "Heute wird niemand sterben."

Eriels Gelächter hallte durch die Metallumzäunung. Er erhob sich in die Luft und verschränkte dann die Arme vor der Brust. Ariel und Haniel schwiegen, während Eriels Gelächter immer schriller wurde, so hoch, dass es Alfred in den Ohren schmerzte.

Alfred wurde ohnmächtig, erholte sich aber schnell wieder. Lia und E-Z halfen ihm auf. Sie hielten ihn hoch, bis Little Dorrit über sie hinwegflog. Augenblicke später saß Alfred hoch über ihnen auf dem Einhorn. Er stand Eriel gegenüber.

„Danke, Kumpel„", sagte Alfred.

„Ich bin froh, dass ich helfen konnte", sagte Little Dorrit.

„Genug!", schrie Eriel und flog noch höher über sie hinweg. Er schüchterte sie mit seiner Größe, seiner Morbidität und seiner donnernden Stimme ein. "Ihr glaubt, ihr könnt ändern, was sein wird? Ich habe euch gesagt, was geschehen muss, und ihr habt keine andere Wahl, als mir zu gehorchen. Es war keine Umfrage. Auch keine Demokratie. Es war eine Gewissheit. Denn es steht geschrieben ..."

Dann bemerkte er, dass der Boden mit Papieren bedeckt war. Er flog hinunter und hob eines davon auf. Dann richtete er sich auf, sodass er Alfred von Angesicht zu Angesicht gegenüberstand. In seiner Hand hielt er Alfreds Geschichte.

„Ich sehe, du hast die Zukunft gelesen. Jetzt kennst du die Wahrheit, dass du in einem Paralleluniversum lebst. Was hier geschieht, wirkt sich auf die anderen Universen aus. An Orten, an denen sowohl die Zukunft als auch die Vergangenheit existieren."

Lia ließ ihre rechte Hand sinken und hielt ihre linke hoch. Ihre Arme waren nicht stark, denn sie mussten sich erst daran gewöhnen, sie hochzuhalten.

Eriel flog durch den Raum zu einem roten Sofa, auf das er sich setzte. Die anderen Engel gesellten sich zu ihm, einer auf jedem Arm. Eriel saß bequem, mit seinen Flügeln weder ganz eingezogen noch ganz ausgestreckt.

Nachdem er es sich bequem gemacht hatte, fuhr er fort. „In einer der Welten seid ihr drei bereits tot. Ihr habt die Wahrheit gelesen. In dieser Welt gibt es noch Hoffnung. Hoffnung gibt es, wegen uns, das heißt wegen mir, Ariel, Haniel und Ophaniel. Wir haben euch drei Menschen ausgewählt, um mit uns zusammenzuarbeiten. Wir haben euch Ziele gegeben und wir haben euch unterstützt, wo und wann wir können. Solange wir bei euch sind, sind wir es, die eure Existenz ermöglichen. Wir allein geben eurem Leben einen Sinn. Wenn ihr euch weigert, dem Weg zu folgen, den wir für euch gewählt haben, werdet auch ihr hier auf dieser Welt nicht mehr existieren. Ihr werdet ausgelöscht, als hättet ihr nie existiert und würdet nie existieren."

E-Z ballte die Fäuste und sein Stuhl kippte nach vorne. „In dem Dokument, dem Dokument über mein anderes Leben, stand, dass Uncle Sam auch tot war. Er war nicht bei dem Unfall mit meinen Eltern dabei. Er ist nicht Teil dieses Handels. Hast du ihn getötet, Eriel, um mich hier zu behalten?"

Ohne auf eine Antwort zu warten, mischte sich Lia ein. „In meinem Dokument steht, dass meine Mutter tot ist. Wie kann das wahr sein? Bitte sag mir, dass es nicht wahr ist!"

Alfred fühlte sich nun besser und sprang von Little Dorrits Rücken. Er watschelte näher an das Sofa heran und stand Eriel erneut gegenüber.

E-Z blickte stolz auf seinen Freund Alfred, den furchtlosen Trompeterschwan.

„Und in den Dokumenten werden meine Gebete erhört. Ich bin bereits tot. Ich bin mit meiner Familie gestorben, wie es hätte sein sollen. Ich wäre lieber tot geblieben. Mit ihnen gestorben zu sein, anstatt als Trompeterschwan wiedergeboren zu werden. Das ist, nachdem Haniel mich aus dem Zwischenreich gerettet hat."

Eriel scheuchte Alfred weg. „Ah, ja, das Dazwischen und das Jenseits. Ich hatte vergessen, dass du dorthin geschickt wurdest. Das hat dir nicht so gefallen, oder?"

Alfred bewegte den Hals und verzog das Gesicht mit dem Schnabel. Er fletschte seine kleinen, scharfen Zähne, als wollte er Eriel beißen.

„Halt dich zurück", sagte E-Z, während er sich zum Sofa rollte.

Alfred schloss seinen Schnabel. Lia rückte näher heran. Nun standen die Drei gemeinsam vor Eriel. Sie warteten darauf, dass der Erzengel etwas sagte, irgendetwas. Ausnahmsweise einmal sprachlos.

E-Z nutzte die Gelegenheit, um die Situation in den Griff zu bekommen.

„In den Zeitungen stand, dass Uncle Sam bei dem Unfall mit meiner Mutter, meinem Vater und mir gestorben sei. Er saß nicht mit uns im Auto, denn damit das geschehen konnte, hätte er mit uns in das Fahrzeug gesetzt werden müssen. Zu welchem Zweck? Erklärt uns das, ihr sogenannten Erzengel. Warum würdet ihr die Geschichte verändern, um sie euren eigenen Zwecken anzupassen? Wo ist Gott in all dem übrigens? Ich möchte mit ihm sprechen."

„Ich auch!„, rief Lia aus.

„Ich auch!", stimmte Alfred ein.

Eriel verschränkte die Beine und breitete seine Flügel aus. Er legte die Hand auf sein Kinn und antwortete: „Gott hat nichts mit uns oder euch zu tun – nicht mehr." Er gähnte, als würde ihn diese Aufgabe langweilen.

„Was wäre, wenn ich dir sagen würde, dass dein Haus in diesem Moment in Flammen steht? Was wäre, wenn ich dir sagen würde, dass weder Onkel Sam noch deine Mutter Samantha oder Lia einen weiteren Tag erleben würden?"

„Du B-B-B-Bastard!„, rief E-Z.

„Das Gleiche gilt für dich!", sagte Lia.

„Kommt schon", tadelte Eriel. ‚Wir sind hier alle Freunde. Freunde, nicht wahr? Euer Haus könnte in Flammen stehen, alles könnte passieren, während wir hier an diesem Ort sind, in der Zeit schwebend. Je länger ihr mit der Entscheidung zögert, desto mehr Chaos schafft ihr in der Welt.' Er stand auf und seine Flügel breiteten sich aus, sodass das Trio ein paar Schritte zurückwich.

Er fuhr fort: „E-Z, du würdest dein Leben für deinen Onkel Sam riskieren, oder?" Er nickte. „Natürlich würdest du das. Und Lia, du würdest dein Leben riskieren, um das Leben deiner Mutter zu retten, oder?" Lia nickte.

„Und Alfred, mein lieber kleiner Trompeterschwan. Mein gefiederter, toter Freund. Wen von beiden würdest du retten? Wenn du nur einen von ihnen retten könntest?„ Eriel lächelte, stolz auf die Reime, die er gemacht hatte.

„Ich würde sie beide retten", sagte Alfred. „Ich würde mein Leben riskieren oder bei dem Versuch sterben."

„Du hast einen seltsamen Todeswunsch, mein gefiederter Freund."

Alfred stürmte auf Eriel zu.

„D-u b-i-s-t n-i-c-h-t m-e-i-n F-r-e-u-n-d! Hör auf, mit uns Spielchen zu spielen. Du hast uns zusammengebracht. Warum? Um uns zu verspotten. Um ein kleines Mädchen zum Weinen zu bringen. Du bist nichts als ein, aber ein großer Tyrann."

„Ja", sagte Lia. ‚Hör auf, uns zu tyrannisieren."

„Was sie gesagt haben', fügte E-Z hinzu.

Eriel war jetzt wütend und verfärbte sich von schwarz zu rot und dann wieder zu schwarz. Er flog durch den Raum und schlug mit den Fäusten auf den Tisch.

„Ihr wollt die Wahrheit? Ihr könnt die Wahrheit nicht ertragen!" Er grinste. "Eine kleine Randbemerkung: Ich liebe Jack Nicholsons Auftritt in Eine Frage der Ehre."

In einem Punkt waren sich Eriel und E-Z einig. Nicholsons Auftritt in diesem Film war makellos.

„Schluss mit dem Theater, sag uns, was du von uns willst."

„Das haben wir bereits", sagte Eriel. ‚Ich habe euch gesagt, dass einer von euch heute sterben muss. Ich habe euch gesagt, dass ihr entscheiden müsst, wer. Es steht geschrieben, dass einer von euch sterben muss. Ihr müsst euch entscheiden. Jetzt."

Alfred trat mit ausgestrecktem Schwanenhals vor. 'Dann werde ich es sein."

Alfred kniete nieder, sein Körper zitterte. Er senkte den Kopf, als erwarte er, dass der Erzengel ihn abhacken würde.

Stattdessen applaudierten alle drei Erzengel. Sie tobten durch den Raum. Sie kreischten, als wären sie angeheuerte Clowns, die auf einer Kindergeburtstagsparty auftreten.

Nach ein paar Minuten völligen Wahnsinns hörten die Erzengel auf.

„Es ist vollbracht", sagte Eriel.

Und dann waren sie verschwunden.

BAB 18

Dengan E-Z di kursi rodanya, Lia di atas Little Dorrit, dan Alfred si angsa masih tetap menjadi The Three saat mereka terbang melintasi langit. Mereka terus melaju sejauh beberapa mil, hingga di bawah mereka melihat sebuah jembatan logam besar.

Seorang pemuda berjalan terhuyung-huyung di atas langkan yang memberikan indikasi bahwa dia akan melompat.

E-Z mengeluarkan ponselnya dan bersiap untuk menelepon 911, sementara Alfred, tanpa ragu-ragu terbang menghampiri pemuda itu. Dia meletakkan ponselnya dan dia dan Lia mengikutinya.

Alfred melayang di dekat pria itu, tidak dapat berbicara dan dimengerti oleh pria itu, yang dapat ia katakan hanyalah, "Hoo-hoo!"

"Menjauhlah dariku!" teriak pria itu, melambaikan tangan pada Alfred yang hanya berusaha menolong.

Pria itu beringsut mendekati tepian, menendang sepatunya dan melihat sepatunya jatuh ke sungai di bawahnya. Dia melihat, bagaimana air mengambil alih sepatu tersebut, menarik sepatu itu ke bawah dengan mulutnya yang lapar. Karena ingin melihat lebih banyak, ia membuka kaosnya - yang ironisnya bertuliskan "The End" di bagian depan kaosnya.

Pemuda itu melihat kaos kesayangannya bergoyang dan menari-nari saat turun ke bawah. Saat air menelannya, pria itu mulai bernyanyi:

"Di sini saya pergi mengitari semak murbei.

Semak murbei, semak murbei.

Di sini saya pergi mengitari semak murbei,

Semua di pagi hari yang cerah."

Alfred mendengarnya bernyanyi. Ia sangat familiar dengan sajak itu. Ia menunggu pria itu menyanyikan bait lainnya. Sebenarnya, ia ingin pria itu bernyanyi lagi. Tetapi ia takut untuk mengganggunya. Pria itu tidak akan mengerti, bahkan jika dia mencoba untuk berbicara dengannya.

Pada saat itu, E-Z sedang menunggu tanda dari Alfred. Akhirnya, ia mendapatkannya - Alfred menyuruhnya dan Lia untuk tidak mendekat.

Alfred berharap pemuda itu bisa memahaminya. Jika dia mendekat, bisakah dia menangkapnya? Ia mendekat, mengembangkan sayapnya sepenuhnya.

Pemuda itu melihatnya. "Angsa," katanya. Lalu dia melompat.

Angsa terompet itu lebih besar dari angsa pada umumnya. Tapi tidak cukup besar untuk menangkap seorang pria dewasa. Namun, dia mencoba untuk mematahkan jatuhnya. Dia mempertaruhkan nyawanya untuk menyelamatkannya. Namun, apapun yang dilakukannya, pria itu tetap jatuh seperti balon timah. Masuk ke dalam mulut sungai yang lapar.

Alfred tanpa berpikir panjang, terjun ke sungai untuk menyelamatkannya. Bagaimana dia bermaksud membawa pria itu keluar, tidak ada yang tahu. Ada yang mengatakan bahwa yang terpenting adalah pikiran. Dalam kasus ini, Alfred ditarik ke bawah oleh berat badan pria itu.

Pada saat itu, E-Z melayang-layang di atas air, mencari pria itu atau Alfred untuk muncul ke permukaan agar bisa menolong mereka. Baik Lia maupun Dorrit kecil tidak bisa berenang. Dan E-Z tidak bisa menolong mereka dengan atau tanpa kursinya.

Dengan jengkel ia terbang ke arah pantai, mencari tanda-tanda kehidupan. Akhirnya, dia melihatnya, sesuatu yang terombang-ambing di sisi lain. Ia bergegas mendekat, menggendong pria itu ke tempat Lia menunggu, dan ketika pria itu batuk-batuk, ia mencari tanda-tanda Alfred si angsa.

Lalu dia melihatnya. Setengah masuk dan setengah keluar dari air. Terombang-ambing mengikuti arus air.

"Alfred!" panggilnya, sambil mengangkat kepala angsa itu, dan segera menyadari bahwa lehernya patah. Alfred si angsa peniup terompet, temannya telah tiada. Tugas Eriel telah selesai.

Lia, yang telah memperhatikan setiap gerakan E-Z, melihat leher Alfred dan berteriak, "Tidaaakkk!"

E-Z mengangkat tubuh angsa yang sudah tidak bernyawa itu ke atas kursi rodanya dan memeluknya. Dia juga mulai menangis.

Di belakang mereka, pria yang diselamatkan Alfred berteriak,

"Aku tidak mati! Ini aku, Alfred."

BAB 19

Jeda Bumi.

Burung-burung berhenti di tengah penerbangan. Seperti halnya pesawat. Dan benda-benda terbang lainnya seperti balon dan pesawat tak berawak. Peluru berhenti ditembakkan setelah mereka keluar dari ruangan. Air berhenti mengalir di atas Air Terjun Niagara. Serangga tidak lagi berdengung. Udara menjadi hening.

Ophaniel muncul, bersama dengan Eriel, Ariel dan Haniel. Dengan tangan di pinggul dan dagu terangkat ke depan, terlihat jelas bahwa dia merasa terganggu.

Alih-alih berbicara, dia malah menoleh ke arah E-Z.

Dia terdiam, mulutnya terbuka lebar. Kata-kata terakhir yang diucapkannya adalah, "TIDAK!"

Sekarang dia mengamati Lia. Air mata gadis itu membeku di pipinya. Air mata itu mengalir dari matanya yang lama.

Sekarang kembali ke E-Z. Dia membawa sebuah tubuh. Tubuh angsa yang sudah mati.

Sekarang, untuk Alfred, yang bukan lagi angsa. Dia telah mengambil bentuk seorang pria. Seorang pria yang tenggelam.

Orang yang akan menggantikannya di The Three.

"Sekarang, apa yang salah dengan gambar ini?" Ophaniel, sang penguasa bulan bintang, bertanya.

Tidak ada yang berani berbicara.

"Eriel, kau yang bertanggung jawab di sini. Pertama, kamu mengacaukan tes ikatan dengan E-Z dan Sam dengan membuat dirimu sendiri, maafkan ungkapannya - diusir dari taman.

"Sekarang, karena kebodohanmu, Alfred si angsa telah mengambil alih tubuh manusia. Tubuh orang yang saya ceritakan tadi, seharusnya adalah anggota The Three.

"Kau tahu apa yang kita hadapi. Kau mengerti apa yang akan terjadi di masa depan jika kita tidak membereskan semuanya. Kau tahu!"

Eriel membungkuk di kaki Ophaniel, lalu mengangkat badannya dari tanah sebelum berbicara. "Saya telah mengucapkan kata-kata itu, semuanya sudah selesai."

"Ya, kau mengucapkan kata-katanya dan kemudian kau gagal memastikan tugasnya selesai, dasar bodoh!"

Dia melayang di dekat Alfred yang baru. "Maafkan aku, tapi ini mempersulit keadaan, bahkan bagi kita. Bahkan dengan kekuatan kita, mengeluarkannya dari tubuh manusia dan kembali ke bentuk angsa tidak akan mudah. Kita mungkin harus mengirimnya kembali ke dunia lain! Dan dia tidak pantas untuk itu. Bahkan, "

Ariel terbang ke sisi Ophaniel dan bertanya, "Bolehkah saya berbicara?"

"Boleh, jika kamu punya informasi tentang Alfred yang bisa membantu kita keluar dari masalah ini."

"Saya mengenal Alfred, lebih baik dari siapa pun di sini. Dia setuju untuk menjadi orang yang mengorbankan dirinya sendiri. Dia akan melakukannya lagi tanpa ragu sedikit pun - bahkan jika tidak ada imbalan apa pun untuknya. Itu adalah salah satu pengorbanan yang sangat besar yang harus dilakukan oleh makhluk hidup, memberikan hidupnya untuk menyelamatkan yang lain. Juga, harus dipertimbangkan seberapa besar Alfred telah dibuat menderita, baik dalam eksistensi sebagai manusia maupun sebagai angsa. Dia adalah jiwa yang luar biasa dan dia harus diberi kesempatan kedua, ketiga, dan seterusnya!"

Eriel mencemooh, "Dia seharusnya pergi, kembali ke alam baka untuk selama-lamanya. Dia tidak layak untuk..."

"Aku tidak memberimu izin untuk menyela!" Ophaniel berteriak. Untuk mencegahnya menyela di masa depan, dia mengunci bibirnya.

"Ini benar, apa yang kau katakan, Ariel," kata Ophaniel. "Alfred berkolaborasi dengan baik dengan Lia dan E-Z. Kita harus memberinya kesempatan kedua dalam tubuh yang baru ini. Dia tidak ditakdirkan untuk berada di antara keduanya. Itu tergantung pada Hadz dan Reiki. Kami akan langsung membuang mereka ke tambang setelah itu. Namun, kami memberi mereka kesempatan lain dengan E-Z.

"Namun, Eriel tetap mengirim mereka ke tambang. Jadi, semuanya berakhir dengan baik. Mungkin, Alfred memang pantas mendapatkan kesempatan lain. Mari kita lihat apa yang terjadi, seperti kata orang, mainkan dengan telinga. Jika berhasil dengan baik. Jika tidak, tubuh ini bisa didaur ulang karena rohnya sudah meninggalkan gedung."

"Terima kasih," kata Ariel, membungkuk rendah pada Ophaniel. "Terima kasih banyak. Aku akan mengawasi situasi ini. Aku tidak akan membiarkan Alfred mengecewakanmu."

Ophaniel mengangguk, bangkit dan mengucapkan kata-katanya:

BUMI LANJUTKAN.

Waktu mulai berdetak dan dunia kembali seperti semula.

Ophaniel menghilang terlebih dahulu, tiga orang lainnya menunggu beberapa detik sebelum mereka menyusul.

BAB 20

"Tidakmungkin!" E-Z berseru, mendekatkan dirinya ke Alfred yang baru. "Alfred, apakah itu kamu? Mungkinkah itu, benar-benar kamu?"

Lia tidak perlu bertanya karena dia sudah tahu. Ia berlari ke arah Alfred dan memeluknya.

Alfred berkata, dengan aksen Inggrisnya, "Eriel pasti sudah melakukan switch-a-roo."

Alfred, yang hanya mengenakan celana jins, menggigil. "Meskipun saya kedinginan, rasanya menyenangkan bisa kembali ke tubuh saya lagi." Dia melenturkan otot-ototnya dan berlari di tempat untuk menghangatkan diri. Kemudian dia melakukan beberapa kali jungkir balik di halaman sementara E-Z dan Lia berdiri menonton dengan mulut ternganga.

"Benar-benar pamer!" Kata Dorrit kecil.

Alfred yang baru saja memperhatikannya, menghampiri dan mengusap-usap bulunya. Dia merasa begitu lembut dan hangat, dia mendekatinya.

"Ini kejadian yang agak aneh," kata E-Z sambil mendekat. "Aku tidak tahu harus bagaimana menjelaskannya."

"Aku juga tidak tahu," kata Alfred, "Tapi bisakah kita mendiskusikannya sambil makan? Aku kelaparan dan burger keju yang penuh dengan saus tomat dan bawang bombay dengan kentang goreng raksasa pasti akan sangat lezat."

"Tunggu sebentar," kata E-Z. "Jika Anda adalah orang ini, orang yang namanya bahkan tidak kami ketahui - lalu bagaimana jika ada orang yang mengenali Anda?"

Alfred membungkuk dan menyentuh jari-jari kakinya. Dia merasakan kulit di wajahnya. Rambutnya. "Kita akan menyeberangi jembatan itu saat kita sampai di sana." Dia tersenyum, mengangkat kepalanya ke arah langit dan berkata, "Terima kasih Eriel, di mana pun kau berada."

Sebuah pesawat di atas kepala mereka menuliskan kata-kata itu:

Sekali lagi sampai jumpa, teman-teman.

"Itu frasa yang agak aneh untuk tulisan di langit," kata Lia. "Ada di antara kalian yang tahu apa artinya?"

E-Z menggeleng, "Saya bisa mencarinya di Google." Ia mengeluarkan ponselnya.

"Tidak perlu," kata Alfred. "Itu dari Shakespeare, dikaitkan dengan Raja Henry. Secara harfiah artinya, 'Mari kita coba sekali lagi'. Saya yakin itu diucapkan selama pertempuran. Jadi, saya berasumsi bahwa ini adalah pesan dari Ariel saya, memberi tahu saya bahwa saya telah diberi kesempatan lagi." Air mata mengalir di matanya.

E-Z curiga dengan perubahan peristiwa ini. Ia senang Alfred masih bersama mereka, tapi ia bertanya-tanya berapa harganya. "Saya khawatir," E-Z mengakui.

Lia mengatakan bahwa dia juga khawatir.

"Ah, jangan khawatir. Jika Ariel mengirimkan pesan ini padaku, berarti dia ada di pihak kita. Lagipula, pria yang ada di dalam tubuhku - dia tidak menginginkannya lagi. Aku mencoba menyelamatkannya, tapi dia tetap melompat. Mungkin ini takdir, bagiku untuk membantumu dalam ujianmu E-Z. Apapun itu, aku akan menerimanya. Aku akan memberikan yang terbaik. Itu setelah aku memakai baju dan sepatu."

"Aku ingin tahu apa kekuatanmu sekarang Alfred. Maksudku, jika kau masih memilikinya, atau jika kau memiliki kekuatan lain. Atau tidak ada sama sekali. Karena kau sudah menjadi manusia lagi," tanya Lia.

Alfred menggaruk-garuk kepalanya yang berambut pirang. "Eh, aku tidak tahu. Satu-satunya yang membutuhkan penyembuhan di sekitar sini adalah tubuh angsaku yang dulu. Aku tidak mau mengambil risiko jika aku menyembuhkannya, aku akan kembali ke tubuh angsa itu."

"Cukup adil," kata Lia. "Tapi kita tidak bisa meninggalkan tubuh angsa lamamu di sana, kan? Kita harus menguburnya."

Ketika mereka melihat tubuh tak bernyawa itu, tubuh itu menghilang ke udara.

"Nah, itu menyelesaikan masalah," kata E-Z.

"Saya merasa harus mengucapkan beberapa kata, untuk kepergian tubuh lama saya. Apakah ada yang keberatan?"

Baik E-Z maupun Lia menundukkan kepala.

Alfred membacakan sebuah kutipan dari puisi karya Lord Alfred Tennyson yang berjudul:

Angsa yang Sekarat:

Dataran itu berumput, liar, dan gundul,

Lebar, liar, dan terbuka ke udara,

Yang telah dibangun di mana-mana

Di bawah atap abu-abu yang menyedihkan.

Dengan suara hati, sungai itu mengalir,

Di bawahnya mengapung seekor angsa yang sekarat,

Dan dengan keras ia meratap.

Di sini Alfred Hoo-Hoo dan Hoo-Hoo sampai air mata memenuhi semua mata mereka saat puisi itu berlanjut:

Saat itu tengah hari.

Angin yang lelah terus berhembus,

Dan membawa buluh-buluh itu pergi.

Mereka berdiri bersama dalam keheningan sejenak.

Kemudian Lia berkata, "Sekarang mari kita ambilkan pakaian yang segar dan kering, lalu kita semua akan pergi ke tempat makan burger. Aku juga lapar dan haus."

E-Z menggelengkan kepalanya. "Beberapa makanan akan lebih baik, tapi aku masih curiga pada Eriel. Ada sesuatu yang tidak beres di sini."

"Kita akan mencari tahu - setelah kita makan! Bawalah aku ke surga burger keju."

Mereka mulai berjalan di sepanjang kawasan pejalan kaki di tepi pantai. Mereka terus berjalan selama beberapa waktu. Sebelum mereka menyadari bahwa mereka tersesat.

"Saya adalah seorang navigator yang hebat," kata Dorrit si unicorn kecil, saat dia terbang untuk menyambut mereka. "Naiklah ke kapal Alfred dan Lia. E-Z kalian bisa mengikuti saya."

Alfred merogoh saku celana jinsnya dan mengeluarkan sebuah dompet. Di dalamnya ia menemukan beberapa lembar uang dan tanda pengenal mayat yang kini berada di dalamnya. Pemuda itu bernama David, James Parker, berusia dua puluh empat tahun. Dia memegang sebuah surat izin mengemudi.

"Foto yang bagus," kata Lia.

"Ya, saya agak tampan."

"Oh, Kak," kata E-Z, sambil terus berjalan.

Naik, naik ke udara, penumpang Dorrit kecil terbang. E-Z mengikuti sampai dia tahu di mana dia berada. Dia memutuskan untuk meminta GPS untuk ditambahkan ke kursi rodanya. Sayang sekali mereka tidak memikirkannya saat memodifikasinya.

Penurunan dilanjutkan dengan perjalanan singkat ke toko barang bekas. Alfred kini mengenakan kaos, celana jins, sepatu lari dan kaus kaki baru. Diikuti dengan antrean singkat sebelum pemesanan makanan dimulai.

Dorrit kecil membuat dirinya sendiri langka, sementara ketiganya menyelipkan makanan mereka. Mereka semua sangat lapar.

Alfred mengeluarkan suara-suara mendengkur, terlalu banyak untuk dijelaskan secara rinci. Setelah selesai makan, mereka membuang sampah ke tempat sampah yang telah disediakan. Dan mereka pun berjalan pulang.

Ketika mereka hampir sampai, Alfred berseru kepada E-Z, "Kita harus bicara!"

"Tidak bisakah ini menunggu sampai kamu mendarat?" Dorrit kecil bertanya. "Setelah aku selesai di sini, aku punya banyak tempat yang harus aku kunjungi, banyak orang yang harus aku temui."

"Tidak sopan sekali," kata E-Z. "Silakan, Alfred atau David atau siapa pun namamu sekarang."

"Itulah yang ingin saya bicarakan dengan Anda," kata Alfred. "Bagaimana kamu akan menjelaskan perubahanku kepada Paman Sam dan Samantha? Eh, Paman Sam dan Samantha, aku ingin kalian bertemu dengan Alfred si angsa peniup terompet. Namanya sekarang David James Parker. Berkat tubuh yang dimasukinya dan saat ini ia tinggal. Sejak pemuda yang merupakan pemilik tubuh sebelumnya bunuh diri. Di Jembatan Jones Street."

"Ya ampun," kata E-Z. "Itu seratus persen benar seperti yang kita ketahui, tapi kita tidak bisa mengatakan yang sebenarnya."

"Ibuku bisa pingsan jika kita mengatakannya. Mengapa kita tidak mengatakan kepada mereka bahwa Alfred si angsa terbang ke selatan? Untuk cuaca yang lebih cerah. Atau bahwa dia bertemu dengan pasangannya? Lalu kita bisa memperkenalkan Alfred sebagai D.J., yang terdengar jauh lebih ramah daripada David James."

"Kamu jenius," kata E-Z. "Meskipun, karena temanku dipanggil PJ, semuanya bisa jadi sedikit membingungkan dengan DJ dan PJ. Bagaimana menurutmu Alfred? Apa kamu punya pilihan lain?"

"Saya tidak suka DJ. Kedengarannya terlalu umum. Saya lebih suka dipanggil Parker. Parker si Kepala Pelayan adalah salah satu karakter favorit saya di Thunderbirds."

"Parker, kalau begitu," E-Z selesai berkata saat Lia menjerit dan Alfred pingsan - rumah mereka lenyap. Terbakar habis.

BAB 21

"O tidak!" E-Z menangis sambil berlari ke arah sisa-sisa yang terbakar. "Aku harus menemukan Paman Sam dan Samantha. Aku harus menemukan mereka."

Kursinya melayang di atas puing-puing; semuanya hitam hangus. Kekacauan yang tak bisa dibedakan dari kehancuran tanpa tanda-tanda kehidupan manusia. Barang-barang sporadis yang dibasahi air. Kepulan asap sesekali muncul di sana-sini dari bara api yang padam.

E-Z mengangkat tinjunya ke udara. "Kemarilah Eriel, kau raksasa-"

"Terbanglah!" Parker menyelesaikan hinaannya.

Lia mencoba menenangkan semua orang.

"Kenapa kau harus melakukannya? Kenapa? Mengapa?" E-Z menangis.

Lia terjatuh ke tanah. Dia menyandarkan kepalanya di lutut E-Z dan Parker memeluknya tepat ketika sebuah mobil berderit berhenti di belakang mereka.

Dua pintu terbuka: Sam dan Samantha.

Mereka berlari dan berpelukan; seperti tidak pernah berharap untuk bertemu lagi. Semua orang meneteskan air mata, sebelum mereka berpisah. Ketika mereka menyadari bahwa di dalam pelukan mereka terdapat seorang pria yang tidak mereka kenal.

Orang asing itu adalah seorang pria bertubuh tinggi, yang tidak akan kesulitan untuk mendapatkan tempat di Raptors. Dia mengenakan setelan jas bergaris-garis hitam gelap dengan sepatu yang serasi.

Kancing jasnya yang terbuka memperlihatkan setelan jas hitam dengan bahan yang mengkilap, mungkin sutra. Matanya yang hitam legam dan rambutnya yang tertiup angin sangat kontras dengan kulitnya yang seperti tanaman ivy. Dia menyerupai perpaduan antara seorang dokter mayat dan pesulap.

Dia mengulurkan tangannya, "Hai, saya orang asuransinya Sam."

Paman Sam menjelaskan bahwa dia dan Samantha pergi keluar untuk mencari makan. Melihat ekspresi E-Z, dia membenarkan hal ini, "Dia tidak bisa tidur karena jet lag." Samantha dan Sam saling bertukar pandang, mengangguk. "Samantha dan aku..."

"Oh, Ibu!"

E-Z berkata, "Samantha dan Paman Sam duduk di atas pohon - k-i-s-s-i-n-g."

"Hentikan," kata Parker. "Kamu mempermalukan mereka."

Semua mata tertuju pada petugas asuransi. Namanya Reginald Oxworthy. Dia sedang berbicara di telepon. Berteriak. "Apa maksudmu dia tidak memenuhi syarat?"

"Oh tidak!" Sam berkata.

"Dia sudah menjadi pelanggan kami selama bertahun-tahun, pertama kali saat dia tinggal di negara bagian lain dan sejak pindah ke sini. Dia terlindungi, saya yakin itu." Ada jeda sejenak. "Nah, LIHAT LAGI!" Dia menutup teleponnya. "Saya minta maaf atas semua ini."

Sam berjalan mendekat dan yang lainnya mengikuti. "Apa sebenarnya masalahnya?"

"Oh, tidak ada masalah sebenarnya."

"Memang terdengar seperti masalah bagiku," kata Samantha. Yang lain mengangguk.

Oxworthy berdeham. "Saya sudah menyuruh mereka untuk memeriksa polis Anda lagi. Hubungi saya," teleponnya berdering. "Sebentar," katanya sambil berjalan meninggalkan mereka. Mereka mengikutinya seperti sekelompok pemain sepak bola yang sedang berkerumun, mendengarkan setiap kata yang diucapkannya. "Uh, ya. Benar. Mereka sudah mengonfirmasikannya. Tidak masalah, itu terjadi."

Dia melempar senyum ke arah Sam dan mengacungkan jempolnya. Dia menjauh dari rombongan dan melanjutkan pembicaraannya.

Mereka berdiri bergerombol, memandangi sisa-sisa rumah mereka. Rumah yang telah ditinggali E-Z sepanjang hidupnya. Apa yang akan terjadi sekarang? Apakah mereka harus membangun kembali di lokasi ini? Sebuah rumah baru, tanpa sejarah atau makna. Rumah baru yang tidak akan pernah menjadi rumah baginya. Tidak akan pernah menjadi tempat di mana hantu orang tuanya, jika hantu itu ada, bisa berkunjung.

Oxworthy berjalan ke arah mereka. "Baiklah, sekarang. Saya minta maaf atas keterlambatannya. Tapi reservasi hotel Anda sudah dikonfirmasi. Kita bisa pergi. Silakan masuk, kapan pun Anda siap."

"Terima kasih," kata Sam. "Sudah tahu, apa penyebab kebakaran itu?"

"Setelah penyelidikan awal, mereka sembilan puluh persen yakin ledakan itu disebabkan oleh kebocoran gas. Tapi jangan khawatirkan hal itu sekarang. Polis Anda menanggung semua biaya untuk menginap di hotel. Saya sudah memesankan tiga kamar untuk Anda. Itu sudah cukup, bukan?"

"Itu sudah cukup," kata Sam. "Terima kasih, Reg."

"Polis Anda juga menanggung biaya, untuk barang pengganti, kebutuhan, makanan. Anda tidak perlu membayar sepeser pun di hotel. Apa pun yang dibeli, kirimkan kuitansinya. Buat salinannya, kamu simpan yang asli. Saya akan memastikan bahwa Anda akan mendapatkan penggantian."

Sam dan Oxworthy berjabat tangan.

"Ada yang butuh tumpangan ke hotel?" Oxworthy bertanya, dan Lia serta Samantha naik ke kursi belakang mobil Mercedes hitamnya.

E-Z dan Parker masuk ke dalam mobil Paman Sam.

"Saya rasa kita belum pernah berkenalan," kata Paman Sam sambil mengulurkan tangannya kepada Parker yang duduk di kursi belakang.

"Senang bertemu dengan Anda," kata Parker.

"Oh, Anda orang Inggris juga," kata Paman Sam. "Ngomong-ngomong, di mana Alfred?"

E-Z menggelengkan kepalanya. "Saya akan menjelaskannya besok pagi. Dan kau bisa melanjutkan apa yang ingin kau ceritakan pada kami, tentang kau dan Samantha."

"Cukup adil," kata Sam, melihat ke kaca spion dan melihat Parker tertidur pulas. Dia menyalakan mobilnya dan melaju kencang.

"Kita semua mengalami hari yang cukup sibuk," kata E-Z.

"Kau yang mengatakannya padaku."

Maaf Eriel, karena menyalahkan hal ini padamu, pikir E-Z. Meskipun firasat di dalam benaknya mengatakan bahwa juri masih belum memutuskan masalah ini.

BAB 22

Setelah semua orang tiba di hotel, mereka masuk ke kamar masing-masing, dengan rencana untuk bertemu nanti untuk makan malam pada pukul 18.00.

Paman Sam memiliki kamar untuk dirinya sendiri, tetapi antara kamarnya dan kamar keponakannya memiliki pintu yang bersebelahan. Parker juga tidur di kamar E-Z, sementara Lia dan ibunya berbagi kamar di sebelahnya.

Setelah menetap, Lia dan Samantha memutuskan untuk berbelanja kebutuhan. Prioritas utama mereka adalah pakaian baru karena semua yang mereka bawa ludes terbakar.

"Bagaimana dengan paspor kita?" Lia bertanya.

"Untung aku selalu menyimpannya di dalam tas."

"Wah!" Keduanya masuk ke sebuah toko desainer dan langsung mencoba pakaian-pakaian terbaru dari Amerika Utara.

"Ini pasti sangat menyenangkan karena perusahaan asuransi membayar semuanya!" Samantha berseru melalui dinding kepada putrinya di ruang ganti yang bersebelahan.

"Tidak ada yang lebih kami sukai selain berbelanja!" Kata Lia. "Saya pasti akan membeli ini, dan ini, dan ini."

✹✹✹

Di hotel, Parker sedang mendengkur di tempat tidur. E-Z berjalan mondar-mandir di kamar sambil memikirkan komputernya yang hilang. Untung saja dia belum menyelesaikan novelnya Tattoo Angel, tapi yang paling banyak dipikirkannya adalah barang-barang milik orang tuanya. Dia tidak percaya bahwa mereka semua telah tiada. Itu tidak membantu karena dia tidak melihat mereka untuk waktu yang sangat lama. Tapi mengapa dia menyalahkan dirinya sendiri? Pihak asuransi mengatakan bahwa penyebabnya adalah kebocoran gas. Mereka mengatakan bahwa mereka yakin sembilan puluh persen. Mengapa ia terus merasa bahwa itu semua adalah kesalahannya karena ia bisa saja menghentikannya, menghentikan Eriel saat ia punya kesempatan.

Sam menjulurkan kepalanya ke dalam ruangan. "Kalian berdua baik-baik saja?"

Parker meregangkan tubuhnya.

"Ya, kami baik-baik saja. Ayo masuk."

"Aku akan pergi ke toko untuk membeli beberapa kebutuhan. Kalian berdua ingin memberikan daftar apa yang kalian butuhkan, atau kalian ingin bergabung denganku?"

"Jika ini melibatkan makanan - hitung aku ikut!" Kata Alfred.

"Kamu selalu lapar!"

"Apa yang bisa saya katakan, saya sudah cukup lama hanya makan rumput."

E-Z menangkap tatapan Sam dan berpura-pura menghisap rokok.

Paman Sam mencemooh, bertanya-tanya bagaimana keponakannya yang baru berusia tiga belas tahun mengetahui hal-hal seperti itu. Untuk mengalihkan topik pembicaraan, mereka mengunci kamar dan berjalan menyusuri lorong.

"Kita mau ke mana sebenarnya?" E-Z bertanya.

"Benar, kita jarang sekali berbelanja di kota. Ada sebuah mal yang fantastis, saya ingin sekali mengunjunginya sejak saya pindah ke sini. Tidak jauh, jadi saya pikir kita bisa mengobrol di sepanjang jalan."

"Bisakah Anda ceritakan apa yang terjadi?" Parker bertanya.

"Ya, bagaimana Anda dan Samantha bisa berhubungan begitu cepat?" E-Z bertanya.

"Hmmm," kata Sam.

"Maksudku kebakaran itu," kata Parker, sambil menatap E-Z dari balik bahunya.

Mereka tiba di toko. Parker dan Sam masuk melalui pintu putar, sementara E-Z menggunakan tombol pembuka pintu untuk masuk.

Begitu masuk, Parker membungkuk untuk mengikat sepatunya. E-Z mengambil sebuah jaket denim dari gantungan baju dan mencobanya. Dia memutar badannya di depan cermin untuk memeriksa kecocokannya. "Ini terlihat cukup bagus."

Sam datang untuk menilai situasi, "Setuju, ini sangat pas. Sepertinya memang dibuat untukmu."

"Bagaimana menurutmu, Alfred?"

Sam melakukan dua kali pengambilan gambar. Parker berkata, "Bisakah kau berhenti memanggilku Alfred! Siapa sebenarnya si Alfred ini?"

"Eh, maaf, itu adalah aksen Inggris. Dia juga punya aksen itu. Alfred adalah, yah, teman kita."

Sam kembali melihat-lihat pakaian. Dia mengisi sebuah keranjang dengan pakaian dalam dan perlengkapan mandi.

"Bagaimana menurutmu Parker?"

Dia menyeberangi lantai untuk melihat lebih dekat. "Ini sangat cocok. Saya pikir kamu harus membelinya. Tapi sayang sekali kalau sayapmu patah dan rusak."

Sam berjalan lewat dan E-Z melemparkan jaket itu ke dalam keranjangnya. "Saya pikir kalian juga harus membeli beberapa kebutuhan, seperti celana dalam. Kecuali jika kalian berniat menjadi komando."

"Eww!" E-Z berseru.

"Oh, aku akrab dengan kalimat itu. Asalnya, aku cukup yakin dari Inggris."

"Aku bisa mengerti mengapa keponakanku terus memanggilmu Alfred. Itu adalah hal yang akan dia katakan."

E-Z memelototi Parker sejenak. Kemudian mengikuti pamannya menuju kasir di mana dia berhenti, mencoba sebuah topi, dan melemparkannya ke dalam keranjang.

"Sekarang, sampai di mana Parker?" tanyanya. Sam terus melihat-lihat pin dasi sementara E-Z memindai toko untuk mencari temannya yang hilang.

Parker berdiri diam di tengah-tengah Lorong Empat dengan tangan kanannya ke atas, dan tangan kirinya ke bawah. Ekspresi wajahnya sangat mirip zombie.

"Oh, tidak!" E-Z berkata saat dia beringsut. "Eh, Parker," bisiknya. "Apa yang terjadi? Sebaiknya kamu berhati-hati atau seseorang akan mengira kamu adalah manekin."

Parker tetap tidak bergerak.

"Sadarlah," kata E-Z, mengetuk Parker dengan kursinya. Tubuh Parker miring, lalu terjatuh. E-Z menangkapnya tepat pada waktunya, memegangi bagian belakang kemejanya. Dia mencoba menegakkan temannya, agar tidak terlihat kaku dan seperti manekin, tapi itu bukan tugas yang mudah.

Paman Sam bergegas membantu. "Ada apa dengan Parker?"

"Saya tidak tahu. Kita harus mengeluarkannya dari sini."

"Apa dia memakai narkoba? Ekspresi wajahnya aneh, seperti habis melihat hantu atau semacamnya."

"Tidak, tidak ada narkoba, selain sedikit ganja sesekali. Dan tidak ada yang namanya hantu - apalagi ini siang hari. Mungkin saya bisa membawanya ke kursi saya? Kita harus membawanya keluar dari sini sebelum ada orang yang tahu dan menelepon polisi.

"Setuju. Saya tidak tahu alasan apa yang akan mereka berikan kepada polisi jika mereka memanggil mereka. Ada seorang pria di toko kami yang meniru manekin! Cepatlah datang."

"Lucu," kata E-Z. "Kamu pergilah dan periksa dan aku akan tinggal di sini. Mari kita pikirkan bagaimana caranya agar kita bisa mengeluarkan dia dari sini tanpa menarik terlalu banyak perhatian."

Paman Sam pergi membayar sementara E-Z tetap bersama Parker. Para pelanggan yang datang ke lorong, mengalami kesulitan untuk masuk dan mengelilinginya. E-Z memutar kursinya ke kiri, lalu ke kanan, untuk mengakomodasi para pembeli.

Pada akhirnya, ketika ada beberapa pelanggan sekaligus, dia mendorong Parker ke dinding. Setidaknya dia sudah menyingkir. Lalu duduk menunggu Sam.

"Kami ada di sini!" E-Z berseru ketika dia melihatnya.

"Kenapa dia menghadap ke dinding? Dan apa yang kamu lakukan di sebelah sini?"

"Ada banyak pelanggan, dan kami menghalangi. Apa kamu sudah memikirkan bagaimana caranya agar kita bisa mengeluarkan dia dari sini?"

"Ya, saya akan mengambil salah satu dari mobil-mobil itu," kata Sam.

"Mengapa tidak menggunakan gerobak?" E-Z bertanya. "Tidak terlalu mencolok."

"Kita tidak akan pernah bisa memasukkannya ke dalam gerobak. Tidak, kecuali jika Anda ingin mematahkan sayap Anda, mengangkatnya dan menjatuhkannya ke dalamnya."

"Aku harus berpikir." Setelah beberapa menit, dia menyadari bahwa mengambil sebuah flatbed adalah ide terbaik. "Ya, carilah flatbed dan aku bisa membantumu memasukkannya ke dalamnya. Setelah kita keluar dari toko, saya bisa menerbangkannya kembali ke hotel.

Satu-satunya masalah adalah, ketika saya sampai di sana, apa yang harus saya lakukan dengannya."

"Kita akan mencari tahu setelah kita keluar dari toko." Sam pergi untuk mengambil gerobak. Namun, ia kembali dengan membawa sebuah ranjang. Ternyata itu adalah pilihan yang lebih baik. Mereka dengan mudah menaikkan Parker ke atasnya dan kembali ke hotel.

"Ayo kita jalan kembali, pelan-pelan dan mantap," kata E-Z. "Lagipula saya tidak perlu terbang. Kita akan santai saja, naik ke kamar kita, letakkan dia di tempat tidurnya."

"Lalu aku akan mengembalikan ranjangnya, aku harus berjanji akan mengembalikannya secara pribadi."

"Kedengarannya seperti sebuah rencana. Ups."

Sekelompok pembeli memenuhi sebagian besar trotoar. Mereka berhenti, membiarkan mereka lewat, lalu melanjutkan perjalanan lagi dan segera kembali ke hotel.

Begitu masuk ke dalam, flatbed tidak muat di lift biasa, jadi mereka harus menggunakan lift servis. Hal ini membutuhkan beberapa upaya meyakinkan, yaitu dengan menyuap petugas. Setelah uang itu berganti tangan, dia bahkan membantu mereka mengeluarkan flatbed dari lift. Dia juga menawarkan untuk mengembalikannya ke toko setelah mereka selesai. Tawaran yang dengan sopan ditolak oleh Sam.

Sekarang, di luar kamar E-Z dan Parker, lift terbuka dan keluarlah Lia dan ibunya. Masing-masing membawa banyak tas ketika mereka melihat para pria dan ranjang itu.

"Oh, tidak! Apa yang terjadi? Lia bertanya.

"Entahlah," kata E-Z. "Dia berubah menjadi lucu."

"Ayo kita bawa dia masuk," kata Sam.

Setelah mereka meletakkan tas mereka, gadis-gadis itu membantu E-Z dan Sam membawa Parker ke tempat tidur.

"Mungkin dia terkena mantra?" Lia menyarankan.

"Itu lompatan yang agak aneh untuk kamu lakukan," kata Samantha. "Kamu terlalu banyak menonton tayangan ulang Charmed."

Lia tertawa. "Ya, itu salah satu favorit saya. Maksudku versi sebelumnya, yang ada gadis dari Who's the Boss."

"Senang mengetahui bahwa Anda juga menonton saluran oldies di Belanda," kata E-Z. Kemudian dia mendekat ke arah Parker. "Tunggu sebentar. Apakah dia masih bernapas?"

Mereka memperhatikan naik turunnya dada Parker. Itu tidak terjadi.

"Periksa detak jantungnya - atau denyut nadinya," saran Samantha.

"Ada detak jantung," kata Sam. "Dan dia bernapas, tapi tidak teratur."

Samantha membungkuk dan meraba dahi Parker. "Astaga, dia demam tinggi!"

"Ambilkan es!" Sam menangis, lalu mengikuti perintahnya sendiri, berlari ke koridor dengan ember es di tangannya.

"Apakah kita tidak perlu memanggil dokter?" Samantha bertanya.

BAB 23

"Saya setuju dengan Ibu. Kita harus memanggil ambulans, atau mungkin hotel ini punya dokter yang tinggal di sini," kata Lia.

E-Z meringis, menyampaikan pesan pada Lia - kita harus menyingkirkan Paman Sam dan ibumu.

Sam kembali dengan seember es. "Kita harus memasukkannya ke dalam bak mandi." Dia dan Samantha mulai mengangkat Parker.

"Tunggu!" Lia berkata. "Eh, Sam dan Ibu, kenapa kalian berdua tidak pergi dan mengambil banyak es? Maksudku, kita harus mengisi bak mandi sebelum memasukkannya ke dalamnya, kan?"

"Eh, saya pikir mereka mencoba menyingkirkan kita," kata Sam.

"Maaf," kata E-Z. "Bisakah Anda memberi kami waktu beberapa menit untuk mencoba mencari tahu situasi Parker ini?"

Samantha dan Sam mengangguk, lalu meninggalkan ruangan.

E-Z mengucapkan kata-kata ajaib yang memanggil Eriel: Roch-Ah-Or, A, Ra-Du, EE, El.

Tetap saja sang malaikat agung tidak muncul. Bahwa dia tidak dihiraukan membuat E-Z kesal bukan kepalang, karena dia tahu bahwa dia selalu diawasi oleh Eriel.

Lia mencoba menghubungi Haniel namun tidak mendapat jawaban.

E-Z dan Lia tidak tahu apa yang harus dilakukan ketika jantung Parker melambat detaknya dan hampir berhenti.

Tanpa dipanggil atau dengan gembar-gembor, Ariel tiba. Dia langsung menghampiri Parker. Dia meletakkan tangannya di atas dahinya. Mereka menyaksikan tetesan air mata jatuh dari matanya dan mendarat di pipinya. Dia berteriak, menyanyikan sebuah lagu yang lembut, dan menunggu. Ketika dia tidak bergerak atau sadar, dia berbalik untuk pergi. Namun sebelum ia pergi, ia meratap, "Dia telah tiada." Dan beberapa detik kemudian dia pun pergi.

Meskipun mereka berada di lantai 45 dan meskipun Alfred/Parker sudah meninggal. Lagi. E-Z mengangkatnya dari tempat tidur dan membawanya ke jendela. Dia melirik ke arah Lia dari balik bahunya.

Dia menangis saat dia dan Parker terjatuh.

Jatuh, jatuh. Sampai sayap kursi roda E-Z keluar. Mereka terbang, dia dan Alfred, dia, dan Parker. Mereka berdua sama. Dua untuk harga satu.

Dia mulai mengigau, saat dia naik semakin tinggi. Bagian-bagian logam pada kursinya semakin lama semakin panas.

Dia takut mereka akan terbakar.

Dia harus melakukan ini dengan benar. Dia harus melakukannya. Dia harus menemukan Eriel.

Kursi rodanya mulai berguncang, menyebabkan E-Z dan Alfred/Parker terjatuh.

Mereka mendarat tanpa kursi di silo di mana E-Z berpegangan pada tubuh temannya yang sudah tidak bernyawa.

Tidak lama kemudian Eriel tiba dan melayang di udara di depan mereka sambil berseru, "Sudah kubilang ini akan terjadi. Saya sudah bilang dan dia setuju. Kesepakatan telah terjadi."

E-Z tahu bahwa ini benar, namun tetap saja. "Mengapa Anda memberinya harapan saat itu, dan mengapa ada kutipan dari Shakespeare tentang memberinya kesempatan kedua?"

Eriel menatap tubuh lemas yang digendong E-Z. "Itu bukan perbuatanku."

"Lalu dengan siapa aku harus bicara?" E-Z bertanya. "Bawalah dia kepadaku. Tuhan, atau siapa pun yang berwenang. Saya menuntut untuk bertemu dengannya!"

BAB 24

E riel gusar, lalu menghilang.

E-Z dan Alfred/Parker tetap tinggal. Nama Parker bukan apa-apa dan bukan siapa-siapa baginya. Alfred adalah temannya dan sekarang setelah dia pergi, dia akan mengingatnya sebagai Alfred dan hanya Alfred.

Menunggu sesuatu dan tidak ada apa-apa pada saat yang bersamaan. E-Z memeluk tubuh temannya yang telah meninggal, berharap dia hidup kembali.

"Apakah Anda ingin minum?" tanya suara di dinding itu.

"Saya ingin teman saya hidup kembali. Bisakah Anda menghidupkannya kembali? Bisakah Anda membantu saya untuk menyelamatkannya?"

"Silakan tetap duduk."

PFFT.

Aroma lavender yang menenangkan memenuhi udara. Dia tertidur, dalam keadaan seperti mimpi di mana dia menghidupkan kembali sebuah kenangan, kenangan yang telah bergeser dan berubah sesuai dengan situasinya saat ini.

Di sana mereka adalah ayah dan ibu E-Z yang masih hidup dan sehat, namun tampak lebih muda. Mereka kembali dari rumah sakit dengan mobil yang belum pernah dilihatnya. Ayahnya, Martin bergegas keluar dari kursi pengemudi, untuk membantu ibunya, Laurel keluar dari mobil.

Dan bersama-sama, mereka merogoh jok belakang dan mengangkat kursi bayi. Mereka menatap penuh kasih sayang pada bayi di dalamnya, yang sedang tertidur lelap.

"Dia sudah seperti kakaknya," kata Martin.

"Ya, E-Z selalu tertidur di dalam mobil," kata Laurel.

"Ayo masuk ke dalam," Martin mendekat.

"Dan temui kakakmu," kata Laurel, saat bayi itu membuka matanya sebentar lalu kembali tidur lagi.

E-Z yang sedari tadi melihat ke luar jendela, dengan Paman Sam di sampingnya. Ingin sekali keluar dan menyapa adik dan kakak barunya.

"Tunggu sampai mereka masuk ke dalam," kata Paman Sam.

"Oke," kata E-Z yang berusia tujuh tahun, dengan wajahnya yang menempel di jendela sambil menggenggam kedua tangannya.

Pintu depan terbuka, "Kita sudah pulang!" seru ibunya, Laurel.

E-Z berlari ke pintu depan, di mana ayah dan ibunya memeluknya. Mereka berjongkok untuk mempersembahkan anggota terbaru keluarga Dickens.

"Dia sangat kecil," kata E-Z.

"Dia laki-laki," kata ayahnya.

"Oh."

"Apakah kamu ingin menggendongnya?" tanya ibunya.

"Oke," kata E-Z sambil memegangi tangannya agar ibunya dapat menggendong adiknya. "Saya tidak ingin membangunkannya. Apakah dia keberatan?"

"Tidak, dia tidak akan bangun," kata Laurel.

"Jika dia bangun, itu karena dia ingin bertemu dengan kakaknya."

"Apakah dia punya nama?" E-Z bertanya, menggendong bayi yang baru lahir ke dalam pelukannya, dan membuai kepalanya.

"Belum, apakah kamu ingin memberinya nama?" tanya ibunya. "Bagus, pegang lehernya, bagus sekali. Dari mana kamu tahu melakukan itu? Kamu benar-benar kakak yang baik."

"Kerja bagus, nak," kata ayahnya.

E-Z menatap wajah cygnet itu dan berkata, "Dia terlihat seperti Alfred bagiku."

Air mata mengalir di pipi E-Z saat dua dunia bertabrakan. Di satu sisi ia menggendong adik bayinya yang bernama Alfred. Di sisi lain, dia memeluk mayat Alfred yang sudah meninggal di dalam silo.

"Waktu tunggu sekarang tujuh menit," kata suara di dinding.

"Tujuh menit," E-Z mengulangi.

Dia berpikir tentang Alfred, tentang kekuatannya. Tentang bagaimana dia bisa menyembuhkan bentuk kehidupan lain, termasuk manusia. Dia bertanya-tanya apakah Alfred, telah menyembuhkan pemuda itu. Apakah dia sendiri yang melakukan peralihan itu? Apakah itu mungkin?

"Alfred," kata E-Z. "Alfred, bisakah kau mendengarku?" Dia mengguncang tubuh temannya. "Alfred!" katanya, berulang-ulang sambil berharap temannya bisa mendengarnya.

Saat jam dinding menghitung mundur, Ariel muncul. "Kamu tidak bisa memperlakukan tubuh, dengan cara seperti itu. Itu memalukan." Dia melebarkan sayapnya dan mengangkat tubuh lemas Alfred dari pelukan E-Z dengan maksud untuk membawanya pergi.

"Tidak!" E-Z berkata. "Kamu tidak akan memilikinya."

Ariel mengibaskan sayapnya, lalu mengacungkan jari telunjuknya ke arah E-Z.

"Alfred telah meninggalkan gedung, kau memegang kulitnya, baju yang menahannya. Alfred sudah berada di tempat yang seharusnya sekarang. Lepaskan tubuhnya."

E-Z duduk. Jika Alfred bersama keluarganya di suatu tempat, jika itu benar, maka ya, dia bisa melepaskannya. Sampai saat itu dia masih bertahan.

"Di mana dia sebenarnya? Apakah dia bersama keluarganya?"

Ariel melayang mendekat, sangat dekat, hampir duduk di atas hidung E-Z. "Itu tidak bisa kukatakan."

"Kalau begitu aku tidak akan melepaskannya."

"Baiklah," kata Ariel. Dia gusar dan menghilang.

Di atasnya, di dalam silo muncul dua sosok pria dan wanita. Mereka bergerak ke arahnya dan melayang turun. Semakin dekat dan semakin dekat.

Dia menggosok-gosok matanya. Apakah dia bermimpi lagi? Itu adalah ibu dan ayahnya. Martin dan Laurel. Malaikat, datang untuk menyambutnya. Dia menggelengkan kepalanya. Itu bukan mereka. Tidak mungkin. Dia telah memimpikan mereka - mereka membawa pulang adik bayi. Sekarang mereka ada di sini, bersamanya di dalam silo. Secerah siang hari - tapi apakah dia masih tidur? Bermimpi?

"E-Z," kata ibunya. "Orang ini, temanmu Alfred sudah meninggal. Kamu harus mengikhlaskannya dan melanjutkan pekerjaanmu. Kamu harus menyelesaikan ujian dan waktu terus berjalan. Kamu kehabisan waktu."

Ayah E-Z, Martin, berkata, "Ini adalah satu-satunya cara agar kita semua bisa bersama lagi."

"Tetapi mereka membohonginya," kata E-Z. "Mereka mengatakan kepadanya bahwa dia akan bersama keluarganya. Dia tidak bisa bersama keluarganya sekarang, tidak seperti ini. Bagaimana saya tahu bahwa mereka tidak berbohong kepada saya, tentang kebersamaan dengan Anda? Bagaimana aku tahu bahwa kamu bukan manipulasi dari Eriel untuk membuatku melakukan perintahnya?"

"Siapa Eriel?" tanya ibunya.

"Kami tidak mengenal Eriel," kata ayahnya.

Ini tidak masuk akal. Ini adalah tempat Eriel. Apakah mereka mengenalnya atau tidak, itu tidak penting, dia bertanggung jawab atas keberadaan mereka di sana. Dia tahu bagaimana cara menarik hati sanubari Eriel. Dia tahu bagaimana cara membuatnya melakukan apa yang dia inginkan.

Apa sebenarnya yang dia inginkan? Dan mengapa dia menggunakan orang tuanya untuk mendapatkannya? Itu tidak tahu malu. Di udara di atasnya, orangtuanya melayang-layang, menghidupkan dan mematikan senyum mereka seperti boneka. Saat itulah dia tahu dengan pasti bahwa kedua hantu itu, atau apa pun itu, bukanlah orang tuanya. Mereka adalah khayalannya, atau mungkin khayalan Eriel. Yang tidak ia ketahui adalah mengapa. Mengapa dia dimanipulasi dengan kejam dan tanpa malu-malu?

"Bangun E-Z!"

Dia kembali ke tempat tidurnya. Di rumahnya.

Dia berguling dan kembali tidur... dan mendarat kembali di silo - lagi.

BAB 25

Tiga benda seperti silo melayang-layang di sekitar ruangan seperti sedang memainkan permainan Follow the Leader.

Itu bukan silo. Mereka adalah tempat peristirahatan abadi yang disebut Penangkap Jiwa.

Setiap kali makhluk hidup binasa, asalkan tubuh yang ditempatinya terlahir dengan jiwa, suatu hari nanti akan tetap hidup. Penangkap Jiwa sangat banyak, terlalu banyak untuk dihitung. Jumlah mereka jauh lebih besar daripada yang dapat dipahami oleh manusia. Lebih dari satu googolplex, yang merupakan jumlah terbesar yang diketahui.

Ketika E-Z tiba, seperti sebelumnya dia dimasukkan ke dalam penangkap jiwanya yang telah menunggu.

Alfred tiba berikutnya, masih dalam keadaan mati, tubuhnya dimasukkan ke dalam penangkap jiwanya.

Lia tiba terakhir, masih tertidur di penangkap jiwanya.

Tidak butuh waktu lama bagi E-Z untuk mulai merasa sesak.

"Apakah Anda ingin minum?" tanya suara di dinding.

"Tidak, terima kasih," katanya, sambil mengetuk-ngetukkan jari-jarinya di lengan kursi rodanya, ketika seorang malaikat muncul. Malaikat baru, yang belum pernah ia lihat sebelumnya.

Malaikat ini adalah seorang wanita. Ia mengenakan gaun dan topi hitam yang menjuntai - seperti sedang mengikuti upacara kelulusan. Di wajahnya yang tampak tegas, ada sebuah kacamata. Mirip dengan kacamata yang dikenakan Marilyn Monroe pada poster di Café. Bedanya, kacamata ini memiliki cairan merah yang menyerupai darah.

"E-Z," katanya, dengan suara bergetar. Suaranya bergema. "Selamat datang kembali di Soul Catcher-mu."

"Soul Catcher?" katanya. "Apakah itu sebutan untuk benda ini? Bagiku itu lebih mirip sebuah silo. Jadi, apa itu Soul Catcher?"

"Itu adalah tempat peristirahatan abadi bagi jiwa-jiwa," katanya, seperti sudah menjawab pertanyaan yang sama jutaan kali sebelumnya.

"Tapi bukankah itu untuk orang yang sudah mati? Saya belum mati." Dia sangat berharap dia tidak mati!

"Tunggu!" teriaknya.

Sekali lagi, ia mengguncang dinding ketika berbicara. Dan giginya juga bergetar. Sedemikian rupa sehingga dia lebih suka berada di luar di tengah salju, daripada harus mendengarnya mengucapkan kata lain.

"Saya tidak bilang ini adalah waktu tanya jawab. Seperti yang saya lihat, Anda telah menyelesaikan sebagian besar uji coba Anda dengan sukses. Meskipun Alfred membantu dalam percobaan nomor dua. Seperti yang Anda tahu, bantuan tanpa izin tidak diperbolehkan."

E-Z membuka mulutnya untuk membela Alfred, tapi kemudian menutupnya kembali. Dia tidak ingin mengambil risiko jika dia meninggikan suaranya lagi. Dia yakin mereka akan memanas-manasi di sana. Tapi sekali lagi, itu adalah tempat bagi para jiwa. Mungkin para arwah lebih menyukai tempat penyimpanan yang dingin.

TICK-TOCK.

Sebuah selimut kini melingkari pundaknya.

"Terima kasih."

"Kau benar saat kau mati, jiwamu akan beristirahat di sini. Atau akan beristirahat di sini, seandainya kami membiarkanmu mati. Tapi kami membiarkanmu tetap hidup. Kami memiliki alasan yang baik untuk melakukannya. Hal-hal telah berubah. Itu tidak berhasil. Oleh karena itu, kami ingin membatalkan kesepakatan awal kami."

"Apa maksudmu membatalkannya? Kau punya keberanian! Mencoba membatalkan perjanjian, apa hanya karena aku masih kecil? Ada undang-undang yang melarang pekerja anak. Selain itu, aku sudah melakukan semua yang diminta dariku. Tentu saja, saya harus mempelajari semuanya dengan cepat. Tapi melalui suka dan duka, saya telah melakukannya. Saya telah menepati janji saya, dan Anda juga harus menepati janji Anda!"

"Oh ya, Anda telah melakukan apa yang diminta dari Anda. Itulah masalahnya - Anda kurang inisiatif."

"Kurang inisiatif!" E-Z berseru sambil menghantamkan tinjunya ke lengan kursi rodanya. "Perjanjiannya adalah Anda mengirimi saya cobaan dan saya mencari cara untuk menaklukkannya. Saya telah menyelamatkan banyak nyawa. Anda tidak bisa mengubah aturan di tengah permainan."

"Benar, itu adalah perjanjian awalnya. Kemudian ada yang tidak beres dengan Hadz dan Reiki - mereka lupa menghapus pikiran - karena satu hal dan Eriel harus terlibat."

"Dia mengirimi saya cobaan, saya menyelesaikannya. Saya bahkan mengalahkannya dalam sebuah duel."

"Ya, benar. Saya memintanya untuk menilai ikatan antara Anda dan Paman Sam."

"Untuk mengevaluasi kita?"

"Ya. Seorang malaikat tidak dimaksudkan untuk MENCIPTAKAN cobaan bagi seorang malaikat yang sedang berlatih. Karena kurangnya inisiatifmu, Eriel harus terlibat lebih banyak dari yang seharusnya."

"Tunggu sebentar! Jadi, maksudmu aku ditakdirkan untuk pergi keluar dan menemukan cobaanku sendiri? Mengapa tidak ada yang memberi tahu saya tentang persyaratan ini?"

"Kami berharap Anda akan mencari tahu sendiri. Sudah ada petunjuk. Petunjuk tentang gambaran besarnya. Kesamaan. Kami berharap jika kau memiliki orang lain untuk mendiskusikan uji coba ini. Uji coba yang sudah kau selesaikan. Bahwa Anda akan nol pada masalah. Sampai pada kesimpulan yang sama.

Bantu kami. Bahkan mungkin menaklukkannya - tanpa kami harus menyuapi Anda. Kami telah memberikanmu setiap kesempatan, tapi kamu tidak melakukannya. Jadi, kita akan melakukan cara lain."

"Kesamaan? Saya mungkin tahu apa yang Anda maksud."

"Jika kamu mengetahuinya dan mengambil opsi Superhero... Itu akan berhasil. Selama semuanya jelas. Kau punya gambaran lengkap. Tahu risikonya."

"Jadi, kita akan tetap menjadi satu tim? Kenapa kau tidak menjelaskannya? Membuatnya mudah bagi saya?"

"Di masa lalu, meskipun rekan-rekanmu diberi kekuatan, yang tidak kamu miliki - kamu tidak menggunakannya. Sebaliknya, kalian bertiga hanya duduk-duduk saja - membuang-buang waktu - menunggu semuanya terjadi.

Tidakkah Anda merasa aneh ketika Eriel muncul di taman hiburan? Dia menaikkan profil The Three. Itu bukan tugas seorang malaikat. Itu tugasmu."

Dia menggelengkan kepalanya. "Aku tidak seratus persen yakin itu adalah Eriel, sampai dia mengidentifikasi dirinya sendiri di akhir cerita. Sebelum itu saya sudah curiga. Siapa lagi yang akan berpakaian seperti Abraham Lincoln?

"Selain itu, saya pikir tidak ada yang tahu. Hingga saat itu, saya pikir uji coba tersebut adalah rahasia. Saya takut melanggar perjanjian saya dengan Anda. Ophaniel berkata jika saya memberi tahu siapa pun, saya akan kehilangan kesempatan untuk bertemu dengan orang tua saya lagi. Aku mengikuti aturan yang ditetapkan untukku. Saya rasa kamu tidak memahami konsep permainan yang adil."

"Ini bukan permainan. Malaikat bisa melakukan apapun yang ingin kita lakukan!" serunya, bergerak lebih dekat ke tempat E-Z duduk. Dia menyodorkan dagunya ke depan. "Kami memutuskan kamu lebih cocok untuk permainan Superhero daripada permainan Malaikat. Saat itu, Anda dibantu di departemen PR. Untuk mendorongmu menemukan orang-orang yang bisa kau bantu. Tuhan tahu bumi ini penuh dengan mereka. Shakespeare menyebut mereka sebagai apa, mereka yang merintih dan muntah di pelukan perawatnya."

"Saya belum pernah membaca karya Shakespeare, tetapi saya memiliki hubungan keluarga dengan Charles Dickens. Bukan berarti itu relevan. Tapi, oke, jadi, Anda ingin saya melanjutkannya, sebagai Pahlawan Super bersama Alfred, jika dia masih hidup dan dengan Lia di sisi saya. Kita bisa dengan mudah mendapatkan banyak dukungan dan publisitas dari media.

"Saya masih berkomitmen kepada Anda. Jika Anda mengizinkan kami untuk bebas berkuasa, mengapa, langit akan menjadi batasnya. Kami mengenal banyak anak di sekolah dan di industri olahraga. Kita bisa membuat Hotline Superhero dan sebuah situs web. Kita bisa menggunakan media sosial untuk terhubung dengan orang-orang dari seluruh dunia. Orang-orang akan mengantre untuk meminta bantuan kita. Ini akan menjadi sebuah permainan yang benar-benar baru."

"Ah, akhirnya dia berbicara tentang inisiatif... tapi anakku sayang, itu terlalu terlambat. Seperti yang sudah saya katakan sebelumnya, kami ingin keluar dari kewajiban terhadapmu. Kamu tidak lagi terikat dengan kami. Kamu tidak lagi memiliki hutang yang harus dibayar."

"Tapi..."

"Kalian bertiga telah membuktikan bahwa kalian hanya melakukan ini untuk diri kalian sendiri. Ketika para malaikat pertama kali menyarankan agar kalian dapat membantu kami, mewakili kami di bumi - kami punya rencana. Dengan Alfred, sama saja. Lalu, Lia datang. Sejak itu, kami telah meraih kesuksesan dengan kalian berdua.

Kami memasukkannya ke dalam trio... tapi sekarang kalian sudah tidak ada lagi."

"Kami menyelamatkan orang, kami membantu orang."

"Jangan beri aku itu. Jika aku menawarkanmu kesempatan untuk bersama orang tuamu hari ini, di sini, dan sekarang. Anda akan menyerah. Kamu akan pergi tanpa peduli atau memikirkan nyawa yang mungkin bisa kamu selamatkan jika cobaan itu terus berlanjut.

"Sama halnya dengan Alfred, saya berharap - itu jika dia selamat. Dia akan pergi ke ladang bunga aster bersama keluarganya tanpa mengedipkan mata. Dan berbicara tentang mata, jika Lia bisa melihat kembali - dia juga akan pergi.

"Setelah mempertimbangkan dengan seksama, kami menyadari bahwa tak satu pun dari kalian yang berkomitmen pada hal lain selain diri sendiri, oleh karena itu, kami beralih ke Rencana B."

"Tunggu sebentar. Mari kita definisikan pekerjaan." Dia mencari di Google dan senang menemukan bahwa dia memiliki empat pilihan. "Menurut kamus online: melakukan pekerjaan atau memenuhi tugas secara teratur untuk mendapatkan upah atau gaji. Saya bekerja untuk Anda, tanpa bayaran. Selain janji kompensasi. Kami memiliki perjanjian lisan.

"Saya tidak yakin dengan detail kesepakatan apa yang dimiliki Alfred, atau Lia, tapi saya yakin malaikat mereka menawarkan insentif yang sama. Saya menepati kesepakatan saya, dan Anda juga harus menepati kesepakatan Anda. Saya berumur tiga belas tahun dan," dia mencari tahu di Google. "Ya, seperti yang saya kira menurut Departemen Tenaga Kerja AS, empat belas tahun adalah usia minimum untuk bekerja."

Dia tertawa dan membetulkan letak kacamatanya. Dia melihat ada darah di tangannya. Ia menyekanya dengan pakaian hitamnya. "Hukum-hukum awal tidak berlaku untuk malaikat atau malaikat utama. Adalah naif bagimu untuk berpikir bahwa hal itu akan terjadi." Dia berhenti sejenak. "Kami siap untuk menawarkan dua pilihan. Pilihan nomor satu: Kau akan tetap berada di sini di dalam Soul Catcher-mu selama sisa hidupmu."

"Apa?"

Dasar-dasar dari Soul Catcher-nya bergetar. Bayangan dikubur hidup-hidup di dalam wadah logam ini membuatnya muak.

"Kehidupan yang akan kau jalani, selama kau masih bernafas akan dihabiskan seperti yang dijanjikan oleh para malaikat dungu itu. Bersama orang tuamu. Artinya, kamu akan menjalani kembali hidupmu bersama orang tuamu sejak hari kamu dilahirkan hingga saat kehidupan mereka berakhir. Kamu tidak akan pernah berada di kursi roda, dan mereka tidak akan pernah mati." Dia berhenti sejenak. "Sekarang, kamu boleh bicara."

"Apakah maksud Anda saya akan menjalani kembali hidup saya bersama orang tua saya, setiap hari yang kami lalui bersama, untuk selama-lamanya, lagi dan lagi?"

"Ya."

"Apa pilihan nomor dua?"

"Tidak bisakah kamu menebaknya?" tanyanya sambil menyeringai.

Senyumnya tidak tulus sehingga dia harus memalingkan muka.

Dia menunggu.

"Pilihan kedua berarti kamu kembali menjalani hidupmu bersama Paman Sam." Dia ragu-ragu, bergerak mendekat ke arah E-Z. Dia sudah kedinginan, dan sekarang dia membuatnya semakin kedinginan dengan setiap kepakan sayapnya. Dia menutupi dirinya dengan selimut. Dia melanjutkan. "Seperti yang mungkin sudah kalian duga, kalian tidak akan, atau tidak akan pernah dipertemukan dengan orang tua kalian dengan salah satu dari kedua pilihan itu. Kami akan menciptakan kembali masa lalu. Ini akan menjadi seperti kamu hidup dalam sebuah drama atau acara televisi."

"Apa! Bukan itu yang saya setujui!" E-Z berseru. "Apa yang kau katakan Hadz. Reiki, Eriel dan Ophaniel berbohong padaku?"

"Berbohong adalah kata yang kuat, tapi ya. Lihatlah sekelilingmu. Jiwa-jiwa disimpan ke dalam kompartemen-kompartemen tersendiri. Sebuah kompartemen telah dipersiapkan sebelumnya untuk setiap jiwa."

"Jadi, maksudmu orang tuaku masing-masing berada dalam salah satu dari benda-benda ini?"

"Ya, jiwa mereka."

"Lalu apa yang terjadi pada mereka?"

"Wah, mereka melayang-layang di langit."

"Itu menyedihkan. Saya selalu berpikir bahwa orang tua saya akan bersama, di suatu tempat. Saya tahu bahwa itulah satu-satunya hal yang memberi Alfred semacam penghiburan. Bahwa istri dan anak-anaknya ada bersama di suatu tempat. Tidak ada yang suka memikirkan orang yang mereka cintai mati sendirian. Apalagi menghabiskan kekekalan di dalam wadah logam yang melayang-layang dari satu tempat ke tempat lain."

"Sentimentalitas manusia. Jiwa-jiwa hanya ada. Mereka tidak hidup dan bernapas, juga tidak makan, atau merasa terlalu panas atau terlalu dingin. Manusia tidak memahami konsep itu."

Dia mencemooh.

"Saya tidak bermaksud menghina spesies Anda. Tapi ketika tubuh mati, yang tersisa, jiwa, adalah konsep yang sulit untuk dipahami. Otak manusia terlalu kecil untuk memahami kompleksitas alam semesta. Oleh karena itu, terciptalah doktrin-doktrin agama. Ditulis dalam istilah awam. Mudah diajarkan dan diikuti tanpa bukti."

"Karena jiwa-jiwa lebih dihargai daripada manusia seperti saya, bagaimana mungkin saya menjalani sisa hidup saya di salah satu wadah ini?"

"Kami telah melakukan penyesuaian, seperti sekarang dan sebelumnya. Anda tidak memiliki masalah saat berada di sini ketika kami membawa Anda masuk, bukan?"

"Selain klaustrofobia," katanya. "Dan saat-saat ketika mereka harus menenangkan saya dengan semprotan lavender itu."

"Ah, ya. Kambuhnya klaustrofobia tentu saja akan tergantung pada opsi mana yang Anda pilih. Jika Anda memilih Opsi nomor satu, lingkungan akan menopang Anda dalam segala hal sampai jiwa Anda siap. Kemudian bentuk duniawi Anda dapat dibuang. Manusia beradaptasi, dan Anda akan terbiasa. Ditambah lagi, Anda akan bersama orang tua Anda, menghidupkan kembali kenangan. Ini akan menghabiskan waktu. Sekarang, sebutkan pilihanmu!"

"Tunggu, bagaimana dengan sayapku, dan sayap kursiku? Apa yang akan terjadi pada mereka?" Dia ragu-ragu, "Bagaimana dengan kekuatan Alfred dan Lia? Jika kita memilih pilihan nomor satu, apakah kita akan kembali seperti semula? Maksudku sebelum kau dan para malaikat lain terlibat dalam kehidupan kami?"

"Tentu saja, kami tidak akan mencabut sayapmu, anakku, atau menghilangkan kekuatan yang telah diberikan kepadamu. Kami adalah malaikat agung, bukan sadis."

"Senang mendengarnya, jadi, kita bisa terus menjadi Pahlawan Super."

"Bisa, tapi kalian harus membuat publisitas sendiri - karena saat kita keluar - kita keluar untuk selamanya."

"Silakan tetap duduk," kata suara di dinding, meskipun E-Z tidak punya banyak pilihan dalam hal ini.

Sang malaikat agung tidak mengatakan apa-apa. Sebaliknya, dia mengalihkan perhatiannya dengan membersihkan kacamatanya dan memakainya kembali.

"Satu hal lagi," tanya E-Z, "mengenai Alfred."

"Lanjutkan, tapi cepatlah. Konsep lain yang tidak dimengerti manusia adalah bahwa waktu ada di seluruh alam semesta. Saya memiliki tempat lain untuk dikunjungi dan malaikat lain untuk dilihat."

"Baiklah, aku akan melakukannya. Alfred sekarang berada di tubuh manusia yang lain. Jika jiwanya tetap berada di dalam tubuh, lalu, apakah ada dua jiwa di sana? Apakah sang penangkap jiwa sedang menunggu dua jiwa?"

Malaikat itu berbalik membelakanginya. Dia berdeham sebelum berbicara, "Saya, kami, berharap Anda tidak akan menanyakan pertanyaan itu. Kamu lebih pintar dari yang kami perkirakan." Dia menutup matanya, mengangguk, "Mhmmm." Matanya tetap terpejam. E-Z melihat untuk memastikan apakah dia memakai penyumbat telinga karena dia terlihat sedang mendengarkan seseorang. Atau mungkin dia sedang membayangkannya. Dia mengangguk. "Setuju," katanya.

"Apakah ada orang lain di sini bersama kita?" tanyanya.

Sebuah suara baru menggelegar dari sekelilingnya. Mengapa semua malaikat memiliki suara yang begitu keras?

"Saya Raziel si Penjaga Rahasia. E-Z Dickens, kamu harus memperhatikan kata-kataku. Karena sekali kata-kataku diucapkan, kau tidak akan mengingatnya. Juga bahwa aku ada di sini. Penangkap Jiwa dan tujuan mereka bukan urusanmu. Kalian telah melewati batas, dan kami tidak akan mentolerirnya! Kami dengan murah hati memberikan dua pilihan. Putuskan SEKARANG, atau teman saya yang terpelajar ini akan membuat keputusan untuk Anda."

E-Z mulai berbicara, tapi kemudian pikirannya kosong. Apa yang mereka bicarakan?

Sang malaikat agung menutup matanya lagi, mengucapkan kata-kata, "Terima kasih," dan suara Raziel tidak terdengar lagi.

✳✳✳

Rasanyaseperti waktu telah melompat mundur. "Anda mengharapkan saya untuk memutuskan saat itu juga, tanpa memberi saya waktu untuk memikirkannya? Tanpa berbicara dengan Paman Sam atau teman-teman saya? Ngomong-ngomong, bagaimana dengan Alfred, dia diberitahu bahwa dia akan berkumpul kembali dengan keluarganya? Dan Lia, dia diberitahu bahwa dia akan mendapatkan penglihatannya kembali."

"Karena Alfred telah tiada, keputusanmu - apakah dia akan tetap hidup di bumi atau tidak - adalah keputusannya. Pilihan nomor satunya akan sama dengan pilihanmu. Apakah dia ingin menghidupkan kembali kehidupannya bersama keluarganya lagi? Saat dia pergi, dia mungkin sudah memiliki mimpi yang menyenangkan tentang mereka. Sekali lagi, kita tidak pernah tahu trik apa yang bisa dimainkan oleh pikiran. Dia mungkin berada dalam lingkaran mimpi buruk dan hanya Anda yang bisa menyelamatkan dia dan keluarganya dengan membuat pilihan yang tepat untuknya."

"Apakah Anda mengatakan bahwa dia tidak akan pernah keluar dari sana? Dengan pasti?"

"Itu tidak bisa saya katakan. Yang aku tahu, penangkap jiwa belum siap untuk mengambil jiwanya...belum."

"Dan Lia?"

"Mata manusianya sudah tidak ada dalam kehidupan ini, seperti kakimu. Dia bisa menghidupkan kembali hari-harinya yang bisa melihat, tapi dia mungkin lebih suka kamu yang memilihkan untuknya. Lagipula, dia tidak punya waktu untuk tumbuh dan menjadi dewasa seperti anak normal. Dia telah kehilangan tiga tahun dari hidupnya dan episode penuaan ini, kami tidak yakin apakah ini hanya terjadi sekali, atau, apakah ini akan terjadi lagi."

"Maksud Anda, Anda juga tidak tahu apa yang akan terjadi padanya?"

"Tidak, kami tidak tahu. Lagipula, dia masih tidur."

"Saya tidak bisa memutuskan ini, untuk kita bertiga dengan batas waktu. Ini adalah keputusan besar dan aku butuh waktu."

"Kalau begitu, kamu akan memilikinya." Sebuah jam muncul, menghitung mundur dari enam puluh menit. "Waktumu dimulai sekarang. Berikan jawaban Anda sebelum waktu menunjukkan angka nol. Jika tidak, semua yang telah kita diskusikan akan menjadi tidak valid. Dan kalian akan kembali ke hotel dengan mayat teman kalian." Sayapnya mengepak dan dia terbang semakin tinggi.

"Tunggu, sebelum kau pergi," teriaknya.

"Ada apa sekarang?"

"Apakah ada orang lain, maksudku anak-anak lain seperti kita?"

"Senang sekali mengenalmu," katanya.

"Perasaan itu jelas tidak sama," jawabnya.

BAB 26

Setelahbeberapa menit berlalu, E-Z membahas semua yang baru saja diberitahukan kepadanya. Dia berharap silo itu cukup lebar sehingga dia bisa bergerak lebih banyak. Setidaknya dia bisa duduk dengan nyaman di kursi rodanya. Bersama-sama mereka seperti duo yang dinamis.

"Apakah Anda ingin makan?" suara dari dinding bertanya.

"Tentu saja," jawabnya. "Sebuah apel, popcorn rasa keju akan lebih baik dan sebotol air."

"Segera datang," kata suara itu, ketika sebuah meja logam mendorong melalui celah di dinding yang tidak dia sadari sebelumnya. Meja itu berhenti di depannya. Dari celah itu keluar sebuah pengait, yang pertama membawa sebotol air. Kemudian pengait kedua membawa gelas. Pengait ketiga menyusul dengan sebuah apel. Sebelum meletakkannya, pengait itu menggosoknya dengan handuk. Kemudian pengait keempat muncul, membawa semangkuk popcorn.

"Terima kasih," katanya saat keempat pengait itu melambaikan tangan dan menghilang kembali ke dinding.

"Sama-sama."

"Eh, ada kemungkinan Anda bisa mengambilkan komputer saya? Komputer saya hancur dalam kebakaran itu. Saya ingin sekali bisa membuat daftar hal-hal untuk membuat keputusan ini."

"Tentu saja. Beri saya waktu satu atau dua menit."

Saat dia menghabiskan apel dan merenungkan popcorn, dari celah lain di dinding seberang, laptopnya muncul. Pengait itu mengangkatnya tinggi-tinggi, menunggu E-Z memindahkan benda-benda lain untuk menampungnya. Ketika dia tidak melakukannya, pengait muncul dari sisi yang lain. Satu mengambil inti apel dan menghilang kembali ke dinding. Yang lainnya menuangkan sisa air ke dalam gelas. Kemudian mengambil kembali botol yang kosong itu melalui celah di dinding. Karena dia ingin menyimpan popcorn dan segelas air, dia menyingkirkannya dari meja. Pengait itu meletakkan laptopnya, lalu mengembalikannya melalui slot di dinding.

E-Z berpikir bahwa pengait itu adalah aksesori yang keren. Dia bisa dengan mudah memasarkannya ke jaringan toko besar di Swedia.

Setelah semua pengaitnya hilang, dia mengangkat tutup laptopnya dan menyalakannya. Pertama, dia memeriksa file Tattoo Angel-nya, semuanya masih ada di sana! Dia sangat senang; dia mungkin akan menangis jika waktu tidak terus berjalan.

"Terima kasih banyak," katanya, sambil menjejalkan segenggam popcorn ke dalam mulutnya. Dan kemudian dia mulai mengetik. Dia memutuskan untuk memikirkan tentang dirinya sendiri yang ketiga. Pertama, menuliskan pro dan kontra tentang Alfred. Dia langsung tahu bahwa

Alfred tidak akan keberatan untuk mengenang masa lalunya bersama keluarganya berulang kali. Dia akan langsung memilih opsi itu.

"Namun, bagi E-Z, itu bukanlah pilihan yang diinginkan oleh keluarganya. Karena dia akan mengenang kembali apa yang telah terjadi, bukannya melangkah maju. Dalam hidup, Anda ditakdirkan untuk bergerak maju. Untuk terus belajar dan berkembang.

Semakin ia memikirkannya, semakin ia menyadari bahwa hal itu akan seperti menonton ulang kisah hidup Anda. Bayangkan hidup Anda selama 24 jam sehari, tujuh hari seminggu. Tidak pernah tahu kapan itu akan berakhir. Atau apakah itu akan pernah berakhir. Itu bisa berubah menjadi neraka yang berbeda. Yang tidak bisa dipikirkannya.

Kecuali, jika dia tahu pasti Alfred akan selalu dalam keadaan koma. Yang telah disinggung oleh malaikat itu. Maka baginya, membuat pilihan itu akan menangkal mimpi buruk atau mimpi buruk. Alfred akan bersama keluarganya, selamanya. Meskipun itu bukanlah hal yang nyata... itu mungkin sudah cukup. Apakah dia akan memilihnya?

Dia melirik ke arah jam, lima puluh menit lagi. Dia mulai memikirkan kasus Lia. Mimpinya untuk menjadi seorang balerina terkenal telah terputus. Apakah ia ingin mengenang kembali masa kecilnya, dengan mengetahui bahwa mimpi itu tidak akan pernah terwujud? Baginya, ada baiknya mengambil kesempatan di masa depan. Mata di telapak tangannya membuatnya istimewa, unik...dan dia disukai. Dia bahkan mungkin bisa menjadi versi terbaru dari wanita ajaib, jika dia mampu memanfaatkan semua kekuatannya.

"E-Z?" Lia berkata. "Aku bisa mendengarmu berpikir, tapi di mana kau?"

Oh tidak! Sekarang dia sudah sadar, dia harus menjelaskan semuanya kepadanya, dan itu akan memakan waktu dan waktu hampir habis. Dia harus melakukannya, dengan cepat. "Dengar Lia," dia mulai, "Aku punya cerita panjang untuk diceritakan padamu, tolong jangan hentikan aku sampai ceritanya selesai. Kita kehabisan waktu." Dia menjelaskan semuanya, butuh waktu sepuluh menit. Sepuluh menit lagi hilang. Empat puluh menit tersisa.

"Oke, E-Z, kamu pikirkan tentang dirimu, dan saya akan memikirkan tentang saya. Mari kita luangkan waktu lima menit, lalu kita bicara lagi. Waktu dimulai sekarang."

"Rencana yang bagus."

Lima menit kemudian dan jam menunjukkan waktu tersisa tiga puluh lima menit. E-Z bertanya kepada Lia apakah dia sudah memutuskan.

"Sudah," jawab Lia. "Bagaimana denganmu?"

"Saya juga," katanya. "Kamu duluan, dalam lima menit atau kurang dari itu kalau bisa."

"Ini adalah keputusan yang cukup mudah bagi saya, E-Z. Aku tidak ingin tinggal di dalam benda ini dan menjalani hidupku di sini. Ketika Penangkap Jiwa membawaku ke sini ketika aku sudah mati. Tidak apa-apa. Tapi aku tak ingin dikurung secara paksa di tempat ini. Tidak ketika aku bisa berada di luar sana merasakan kehangatan sinar matahari, mendengarkan kicauan burung, dengan angin yang menerpa rambutku. Belum lagi menghabiskan waktu bersama ibu saya dan Paman Sam, dan semoga Anda. Hidup ini terlalu singkat untuk disia-siakan dan saya sangat menyukai mata baru saya." Dia tertawa.

"Saya setuju dan jika saya jadi Anda, saya akan melakukan hal yang sama."

"Terima kasih, E-Z. Jam berapa yang tersisa sekarang?"

"Dua puluh lima menit lagi," dia menegaskan. "Sekarang ini adalah pemikiran saya, mudah-mudahan kurang dari lima menit. Saya tidak keberatan di sini, tidak jauh berbeda dengan di luar sana. Saya telah belajar bahwa menggunakan kursi roda bukanlah akhir dari segalanya. Bahkan, saya sudah cukup terbiasa. Saya bisa melakukan hal-hal yang biasa saya lakukan sebelumnya seperti bermain bisbol, dan saya tidak terlalu buruk dalam hal itu. Bahkan, saya akan memainkannya di Paralimpiade.

"Orang tua saya tidak ingin saya menyia-nyiakan hidup saya di masa lalu. Begitu juga dengan Paman Sam. Saya tidak mau menyerahkan semuanya, hanya karena para malaikat pencabut nyawa itu membuat beberapa janji yang tidak pantas. Jadi, saya setuju dengan Anda. Kita harus keluar dari penangkap jiwa ini. Kita akan menjalani hidup kita sampai kita selesai hidup. Dan kemudian ia akan datang dengan baik dan menangkap kita. Bertahun-tahun kemudian, setelah semoga kita telah berkontribusi pada umat manusia dan menjalani kehidupan yang baik. Kita bisa menemukan orang lain seperti kita. Kita bisa membuat hotline Superhero dan bekerja sama di seluruh dunia. Kita bisa menggunakan kekuatan kita untuk membuat dunia menjadi tempat yang lebih baik. Kita bisa menjalani hidup kita sepenuhnya; menciptakan kehidupan yang menginspirasi yang bisa kita banggakan, dan keluarga kita juga."

"Bravo!" Lia berseru. "Tapi apakah ada orang lain yang seperti kita?"

"Saya bertanya kepada malaikat yang menjelaskan semuanya kepada saya, tetapi dia tidak menjawab. Itu membuat saya berpikir bahwa memang ada." Ia melirik ke arah jam. "Tinggal dua puluh satu menit lagi."

"Bagaimana dengan Alfred? Apakah dia akan bangun?"

"Malaikat itu mengatakan dia tidak tahu, hanya penangkap jiwa yang tahu... tapi dia mengatakan dia mungkin mengalami mimpi buruk. Jika ada kesempatan, dia berada di neraka, maka lebih baik kita lepaskan dia. Pilihan nomor satu, dia menghidupkan kembali kehidupan dengan keluarganya secara berulang-ulang adalah yang terbaik untuknya?"

"Saya tidak setuju. Tidak ada satu pun dari kita yang tahu pasti, kapan penangkap jiwa akan datang kepada kita. Alfred tidak akan mau menyia-nyiakan waktu di sini karena mimpi buruk bisa saja menimpanya. Tidak di mana ada kesempatan, dia bisa membantu seseorang atau menginspirasi seseorang. Kami datang ke sini bersama-sama dan kami harus pergi dari sini bersama-sama. Menurut saya, hanya itu saja."

Empat belas menit terus berjalan.

Dia telah membahas masalah Alfred dengan cara yang unik, apakah dia benar? Apakah Alfred memang ingin menyerahkan keluarganya dalam skenario ini untuk masa depan yang tidak pasti? Bukankah kita semua hidup di dunia yang tidak pasti? Mengubah arah, menunduk, dan menukik. Membuka jendela, menutup pintu. Membiarkan emosi kita menyesatkan kita dan kemudian kembali lagi. Ini semua tentang hidup. Ya, Lia benar. Itu adalah kesepakatan yang dilakukan.

Delapan menit tersisa pada jam.

"Saya pikir Anda benar, Lia. Ini semua untuk satu dan satu untuk semua," kata E-Z. "Malaikat mengatakan kepada saya bahwa saya harus mengatakannya sebelum waktu habis. Lalu kita semua akan kembali ke hotel... seperti selingan Penangkap Jiwa yang tidak pernah terjadi."

"Apakah Anda pikir kita masih akan mengingat tentang penangkap jiwa? Ini adalah hal yang penting bagi kita untuk belajar dari pengalaman ini. Bahkan jika kita tidak menceritakannya. Ingatlah bahwa hal itu meruntuhkan semua yang kita ketahui tentang surga dan akhirat."

Lima menit tersisa.

"Memang benar, tetapi mari kita bahas ini di sisi lain." Dia mengepalkan tinjunya saat jam menunjukkan waktu tinggal empat menit. "Kami sudah memutuskan!" teriaknya. "Keluarkan kita bertiga dari sini, penangkap jiwa ini - SEKARANG!"

Dinding-dinding silo E-Z mulai bergetar. "Kau baik-baik saja, Lia?" teriaknya. Dia tidak menjawab. Tanah di bawah kakinya tampak bergetar dan bergemuruh. Kemudian mulai berputar, searah jarum jam terlebih dahulu, kemudian berlawanan arah jarum jam, lalu searah jarum jam.

Bagian dalam perutnya berputar. Dia memuntahkan popcorn keju dan mengunyah potongan apel merah di mana-mana.

Itu adalah satu-satunya suvenir yang dimiliki Penangkap Jiwa darinya. Semoga untuk waktu yang sangat lama.

UCAPAN TERIMA KASIH

Pembaca yang terhormat,

Terima kasih telah membaca buku pertama dan kedua dalam Seri E-Z Dickens. Saya harap Anda menyukai penambahan karakter-karakter baru ini dan tertarik untuk mengetahui apa yang akan terjadi selanjutnya.

Dua buku berikutnya dalam seri ini akan segera tersedia!

Terima kasih sekali lagi kepada para pembaca beta, proofreader, dan editor. Saran dan dorongan Anda membuat saya tetap berada di jalur yang benar dalam proyek ini dan masukan Anda selalu saya hargai.

Terima kasih juga kepada keluarga dan teman-teman yang selalu ada untuk saya.

Dan seperti biasa, Selamat Membaca!

Cathy

TENTANG PENULIS

Cathy McGough tinggal dan menulis di Ontario, Kanada bersama suami, anak laki-laki, kucing dan anjingnya.

JUGA OLEH:

FIKSI

YA

E-Z Dickens Superhero Buku Ketiga: KAMAR MERAH

E-Z Dickens Superhero Buku Empat: ON ICE

NON-FIKSI

103 Fundraising Ideas For Parent Volunteers With
Schools and Teams (3RD PLACE BEST REFERENCE 2016
METAMORPH PUBLISHING)
+ BUKU ANAK-ANAK

9 781998 651443